一边园花 一边野卉

一边园花 一边野卉

一边园花 一边野卉

一边园花 一边野卉

一边园花 一边野卉

一边园花
一边野卉

何频　著

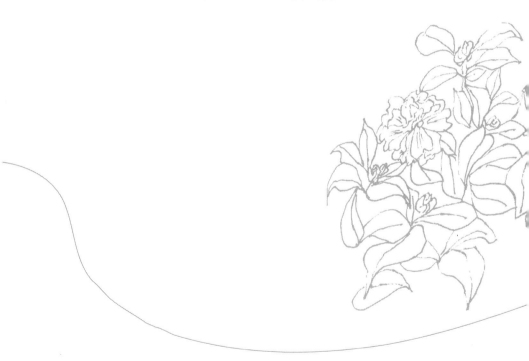

上海远东出版社

图书在版编目（CIP）数据

一边园花一边野卉/何频著. --上海：上海远东
出版社，2025. --（中国作家看世界丛书）. -- ISBN
978 - 7 - 5476 - 2134 - 9

Ⅰ. I267

中国国家版本馆 CIP 数据核字第 2025RY2162 号

策　　划　黄政一
责任编辑　黄政一
插　　图　何　频
封面摄影　黄政一
封面设计　李　廉

中国作家看世界丛书
一边园花一边野卉
何　频 著

出　　版　上海远东出版社
　　　　　（201101　上海市闵行区号景路 159 弄 C 座）
发　　行　上海人民出版社发行中心
印　　刷　上海锦佳印刷有限公司
开　　本　890×1240　1/32
印　　张　11.125
插　　页　2
印　　数　1—2250
字　　数　230，000
版　　次　2025 年 6 月第 1 版
印　　次　2025 年 6 月第 1 次印刷
ISBN 978 - 7 - 5476 - 2134 - 9/I · 406
定　　价　78.00 元

序 园野之间

张定浩

　　有关草木的写作，在中国一直有两条脉络，博物学的和小品文的，前者偏客观写实而后者偏主观象征；再落实到和写作者的关系，又有寻章摘句和耳濡目染两种，前者重博学而后者重经验。草木一方面近山水自然，是中国人心灵深处的图腾，可以托物寄情言志；另一方面，又近人世日常，是厨房餐桌不可或缺的食物，可以充饥解馋养生。而在实际写作中，这一切的分支其实又都糅合在一起。

　　何频先生的草木文字，自然也是从这样丰富复杂的传统中来的，所以让人读着亲切，但何频先生写着写着，似乎又写出了自己的新意趣，一时间不好归类，自然也有些寂寞。这其中的差别，正可以借这本书的题名文章《一边园花，一边野卉》来讲一讲。

　　这篇文章从郑州为迎接盛会开始饰景造景写起，大量的四季盆景花卉从南方从异国移植此地，进而说到城市绿化和新区建设，然后笔锋一转，讲起一个农业学院里的黄土地大操场，讲起这个操场上的野草：

"单说禾本科，由春入夏的杂草，牛筋草、狗尾草和稗子草，这三种野草，是夏季大操场翻腾绿色波浪的主力军，与黄河两岸大田里外的野生杂草步调一致。我对照手边的也有该校教师参编的《河南农田杂草志》，其中将杂草分为麦田杂草、秋田杂草、稻田杂草和果园杂草四大部分。禾本科一共有82种，从第一种虎尾草开始，到第82种白羊草结束，1991年出版的这本书，难得的一部奇书，把中原地区的杂草算是一网打尽了吧！虽然它没有涉及近30年来的外来杂草。有趣有意思的就在于，这么多的杂草，几乎多如牛毛，竟然绝大多数在这个牛筋草称霸天下的大操场上，形形色色都有其存在。听我慢慢说——"

接下来，作者讲了这个操场上出现过的牛筋草、大谷草、金狗尾，蒴藜、马齿菜、酸浆草……随后他总结道：

"特别诡异而好玩的是，杂草出牌，每年生长完全没有主题，一点也不受约束——今年主题是蒴藜和翻白草，以这两种杂草密集出生居多，但是，明年或许就是萹蓄和粉枝蓼了，后年是野苋菜和灰灰菜……神出鬼没的，总之让人猜不透，让你好奇没个完……杂草与看草识草，这分明是个大坑和无底洞，早就不知道一路上淹没了几多人。就是当下很煽情的英国人写的《杂草的故事》，日本人写的《杂草记》，和中国台湾丘彦明及刘克襄等人的草木园蔬杂记等等，加起来也没有离我最近的这个大操场迷人蛊惑人。"

在园花和野卉之间，作者显然偏爱野卉。在另一篇文章中他也说道，"与公式化的树篱演变，跳集体舞般大起大落不同，更加奔放和不受拘束的是这时节地草开花的随性与不羁。由于不规则，颇有点诡谲和出人意料，常常给人惊喜"（《地上草花翻波浪》）。但与其说他要把杂草当作主题，写一本中国的《杂草记》，不如说他有意无意间正在把杂草当作方法。从这个生满杂草的大操场上感悟到某种与自己性情更亲近的写作方式。因此，他近年来的草木文字，渐渐脱离园花的雅致闲适，走向如野卉般的朴质与狂放。一方面，因为浸淫日久，他可能会在一篇两三千字的文章中信手拈来十余种典籍与掌故；另一方面，这种引用又丝毫不给人以掉书袋之感，因为更为夺目的是他在同一篇文章中的文体变化，时而物候日志，时而气候观察，时而田野调查，时而回忆记往，时而家常絮语，时而趣闻杂谈。《世说新语》记载王献之语，"从山阴道上行，山川自相映发，使人应接不暇"，正可用来形容作者如今的独特文风。

作者在一篇写芙蓉的文章中又说，当他正襟危坐时几次都写不下去，索性就放弃平铺直叙，于是就想到了普鲁斯特。我觉得这个联想也很有意味，在普鲁斯特汪洋肆意的闲笔背后，是属于这个久病之人的充沛强烈的生命意识，这和无尽的杂草可以聚集在一方小小的其貌不扬的黄土地操场上，的确有相通之处。而读何频先生的文章，也很容易感受到他的生命热情，因为他不惜用十余年的时间去弄清楚阳藿洋荷姜的来龙去脉，只为写一篇千字文，也会在每年特定的日子听布谷鸟叫、给荷花祝寿、呵冻对景写生。

我与何频先生相识于《文汇报·笔会》副刊在南京举办的笔会，转眼也有 10 余年的光景。对于草木之学，我一直处于叶公好龙的阶段，为长者作序更是愧不敢当，只好避重就轻，谈谈我从这些草木文字中感受到的写作与写作者。

2025 年 3 月 16 日于上海

目　录

1

目录

3

蔓菁帖　洋蔓菁

　　年年过节，每过春节都隆重，聚会待客，皆讲究吃食而吃食多，大鱼大肉吃得人难消化。今年我早作准备，预先弄了一点开封老户人家冬天出品、在门前巷子里摆摊卖的酸辣泡菜，——酸洋姜与红白萝卜片等，脆生生挺开胃的，而且不太咸，女孩子可以用竹签扎起做清口的零嘴，老饕如我，则配而喝闲酒，觉着也颇不赖。尤其是那泡洋姜，别具一格，带了独特的土膏滋味，煞是清真清爽，想来与《遵生八笺》之《饮馔服食笺》里列举的"糟萝卜苳白笋菜瓜茄"等物风味差似。说是泡菜，它却和巴蜀人家见天下饭的泡菜不一样，川人是随泡随吃的，取材用红白萝卜、莲花白最多。开封的酸辣泡菜制作手法，则属于《四民月令》《齐民要术》里记载的"菹"，道在泡菜与腌菜之间。看上去，泡洋姜与萝卜、青笋，分别陈放在坛坛罐罐和不同的塑料面盆里，汁液发白黏糊糊的，可不吃不知道，尝一嘴真是妙——风味奇佳！

　　洋姜又叫鬼子姜或地姜，各地叫法不同，乃是学名为菊芋的茎块，因其模样略似中国生姜而称洋姜。但比起七岔八五、扁而大块的生姜，洋姜显得要小而圆，皮色似生姜，形状更近似芋艿和蔓菁。比起孔子所谓"不撤姜食，不多食"的生姜而言，洋姜资历浅，与生姜也没有血缘关系。它来华的时间，植物和蔬菜专家很确切地说："菊芋又称洋姜，它原产于美国的宾夕法尼亚。公元17世纪，由莱斯卡弗带到欧洲。其后逐渐成为欧洲的一种常蔬。19世纪70年代，从英国引入我国上海。现在各地均有少量栽培。"（张平真《中国蔬菜名称考释》，北京燕山出版社，2006年10月版）洋姜属于见面熟、不择地而生的植物，而且，种一次就可以自生，所以我国到处都有洋姜。小时候在山里老家，清寒的日子，正儿八经有名堂的好吃的东西很稀罕，但野菜野果，冬天的白茅根与洋姜，在农家出红薯的时候，连带着挖一点咬着吃颇刺激。大豆的豆腥味，洋姜的土腥味，出奇地重。太行人家口味也重，腌洋姜，与腌白萝卜和芥疙瘩一样，重盐重色，才入口能把舌头蜇掉一层皮。而大宋皇城根的开封人，会吃讲究吃，一脉传承了幽兰居士《东京梦华录》卷之二《州桥夜市》里的"姜辣萝卜、夏月麻腐鸡皮、麻饮细粉、素签、砂糖冰雪冷元子、水晶角儿、生淹水木瓜、药木瓜、鸡头穰、沙糖菉豆甘草冰雪凉水、荔枝膏、广芥瓜儿、咸菜、杏片、梅子姜、莴苣笋、芥辣瓜儿……"诸如此类，五花八门的特色吃食，古法弄出来的现代泡洋姜，推陈出新，则可以空口吃，和昆明街头的"吃酸"异曲同工。

　　陕北与蒙古高原交界地带，万里长城穿过榆林，市区的老城墙下，深秋的早市很热闹，根茎类的作物与蔬菜，有洋姜、蔓菁、芥疙瘩和苤蓝，还有土豆与红薯。各种萝卜、胡萝卜是黄色的，红葱是长茎洋葱。但当地人把洋姜又叫洋蔓菁。蔓菁久矣，在毛诗里以"葑"或"菁"的名字出现，《周礼·天官》里说，由"醢人"负责掌管的食物里，也包括蔓菁类的腌渍制品曰"菁菹"。可它和西来的麦子一样，也是随着丝绸之路之前的通商古道而来。草原之路，连接新疆与陕甘宁，内蒙的包头、鄂尔多斯与呼和浩特，这一路多蔓菁，有的地方，甚至以蔓菁命名。而新疆的伊宁和喀什，维吾尔族叫喀什噶尔的，夏末深秋的街头上到处有卖蔓菁的，摆摊卖，赶马车卖，发音曰"恰玛古"，可以与羊肉一块煮食。

蔓菁在学名为芜菁的蔬菜家族里很复杂，形状酷似那百变孙悟空。有大有小，有白有黄有紫红，圆的扁的，有的似土豆，有的似萝卜，有的竟然还似红薯。我的老家产两种蔓菁，白蔓菁状似芥疙瘩产量大，又像我奶奶纺花而成的线卜球，味淡而怪，随锅煮粥，是充数垫肚子的。另一种黄蔓菁，不规则的蒜头状，越小越甜，煮粥吃，糯而且"腻"。老家老辈人只有煮蔓菁一种方法，鲜食或晒干食用，不知道别的吃法。王世襄先生的文章却写蔓菁腌渍后生辣扑鼻，是老北京冬天和过年的开胃小菜。我一直局限于老家人随锅下蔓菁煮吃的印象，先入为主，开初还以为王老弄错了蔓菁和芥疙瘩（大头菜）的区别。随后才知道，河南的驻马店和汝南一带，当地人历来用芥疙瘩和蔓菁一块腌咸菜，出产有名的黑咸菜。日本汉学家青木正儿著《腌菜谱》，说到一种土名曰"寒渍"的腌萝卜，可以松脆地吃，是酒肴的妙品，而"年月多了变成漆黑柔软甜美的，就是那么切了，也是佐茶的奇品"。汝南的黑咸菜，芥疙瘩腌成是脆生生的，蔓菁则一如青木所言的"漆黑柔软"。

老辈人也是多年都没有吃过蔓菁了。开封书法与篆刻名家，"暂园"主人桑凡先生，他与海上北山老人也有交情。当年过上海，顺道替李白凤先生给施蛰存先生送碑拓，桑先生随后为"北山楼"刻印作书并画笺，画笺多达数十种。1975 年 5 月孟夏，施蛰存特作《夷门三子墨妙歌》，答谢武慕姚、桑凡和老友李白凤，并逐一书写成行书卷子邮寄奉送。其中北山赞桑凡，称其小篆书法脱胎秦代李斯："春衫白袷子桑子，好学深思未渠已。红尘白日谋稻粱，黄卷青灯涉文史。十年染翰柿填门，臣斯妙迹参差是。……呜呼三子有独诣，大雅扶轮岂一艺。"而桑先生名士风度，晚年讲究食不厌精的，在得到我送的蔓菁之后，亲自切丝腌制品尝。前年冬天，他还特地写信来说蔓菁——

何频贤弟：

吴门松子饼及蔓菁，均由国桢交下，谢谢。蔓菁原亦系用小米煮粥，闻可腌渍，唯不甚爽脆。多年未见此物也。不仅青年，恐老年人亦不觉为何物也。

即顿　冬日安善。

侍　桑凡草上　十二日

蔓菁帖　洋蔓菁

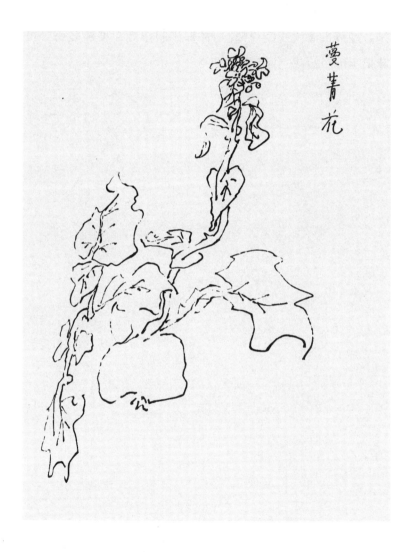

蔓菁花

老辈手泽犹在，墨香依然。惜桑凡老人于今年春节前立春的头一天去世了，享年八十五岁。与诸人在开封禹王台送别桑先生归来，过节再展读《蔓菁帖》，食古汴制作之洋姜洋蔓菁，可谓五味俱全……清哉！痛哉！

丙申春节人日，2 月 14 日于甘草居

荼蘼蔷薇

荼蘼花。荼蘼玄乎且困人！它仿佛就是古人为了作诗而凭空捏造出来的花神话。

"开到酴醿花事了，丝丝天棘出莓墙。"这句古诗至今耳熟能详，妇孺皆知，诚然是借光于家喻户晓的《红楼梦》。《红楼梦》第六十三回写"寿怡红群芳开夜宴"，轮到丫鬟麝月抽签行酒令，随即抽出一签画着荼蘼开花，上面题着"开到荼蘼花事了"的句子，顿时煞了大热闹的风景。"宝玉一看犯忌讳，连忙将此签藏下。"而曹雪芹在此引用的这句古诗，就出自宋人王淇的绝句《暮春游小园》："一从梅粉褪残妆，涂抹新红上海棠。开到酴醿花事了，丝丝天棘出莓墙。"荼蘼或者酴醿，它分明指的是春夏之交的一种既常见而又开得很热烈的藤本花。

那么，按时节把晚春的藤花排列一下吧！——紫藤藤萝花不说了，初夏的金银花和夏日的凌霄花也不是，剩下的，还有木香和蔷薇。

好多年，我弄不清木香和荼蘼的关系，曾经认为荼蘼就是晚

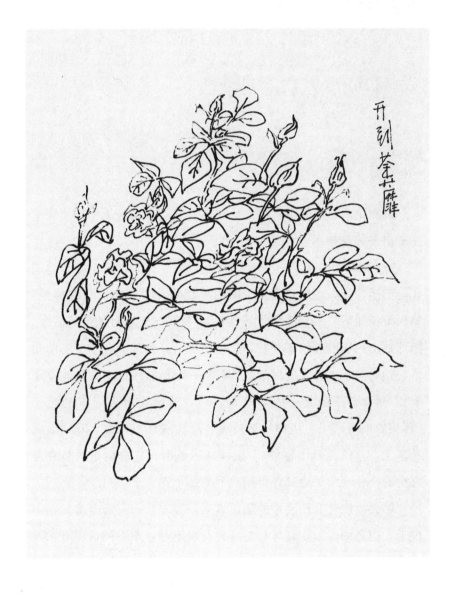

春开放的木香花。木香乃披藤花，"五一"前在郑州开花好，处处可见，而人民公园南大门进门，迎面那"胡公祠"的月台上面，东西两边各有一架。西架白胜雪，东面的则是千叶稠黄花，一双花瀑布，招蜂引蝶是春暮公园里的一大胜景。我把茶藤视为木香风雅的大名或别名，这样的指鹿为马，不是我的发明，因为宋代的骚客不止一人就是这样说的。其中，《墨庄漫录》云："酴醾，或作荼蘼，一名木香。有二品：一品花大而棘，长条而又紫心者为酴醾；一品花小而繁，小枝而檀心者为木香。"如果将荼蘼简称木香，问题就简单了。

本来吧，把木香荼蘼凑合在一起也说得过去。不料曹雪芹之前，兰陵笑笑生的《金瓶梅》却把它们明确分开。杨宪益、戴乃迭夫妇翻译的英文版《红楼梦》很有名，可如今年逾八旬的美国教授芮效卫，他翻译的五卷本《金瓶梅》，带注释4 400余条终于也出齐了，这是译界和汉学界的一件大事，也是中外文化交流的一件大事。对照着新书评论文章，我再看《金瓶梅》，却发现木香和荼蘼并不是一种。貌似俗艳的《金瓶梅》，涉及晚春的花事颇仔细，——陈经济"走在酴醾架下，远远望着，见妇人摘去冠儿，半挽乌云，上着藕丝衫，下着翠纹裙，脚衬凌波罗袜，从木香棚下来。这经济猛然从酴醾架下突出，双手把妇人抱住……"这是第八十回"潘金莲月夜偷期　陈经济画楼双美"里描写的情景。

唉！酴醾不仅起名怪，选字既怪且任性。它的汉字书写不尽相同，累计起来五六种写法不止，通常就有荼蘼、酴醾、荼縻等等。说实话，我真是觉得它的命名有点装蒜，和古人历来故弄玄虚的坏脾气有关。一物多名，山茶又名曼陀罗，草八仙又名绣球等等，不一而足，这是花文化草木世界里的一个突出现象。

不急，我们接着来！既然木香也被排除在外，那剩下的就只有爬藤蔷薇、刺玫和野蔷薇了，北方这时节再没别的开得好的藤花了呀。

荼蘼果然就是蔷薇花的一种。你听那老北京的一番大白话，王敦煌说荼蘼，——蔷薇在北京很常见，家里不见得有，公园里准有，谁没有见过蔷薇呀。可是，见过荼蘼的人就少多了，甚至听都没听说过。"其实见过蔷薇，就如同见过荼蘼。它和蔷薇一样，也是爬蔓儿、带刺儿，开花儿的模样、大小、颜色都差不多。唯一不同的是，蔷薇开花单瓣，荼蘼开花复瓣，可就是因为这一点，荼蘼比蔷薇漂亮。所以，在北京像点样儿的院子里，如果主人喜欢这类花草，一定会是荼蘼，或者有荼蘼，亦有蔷薇。而且，也会仿照江南的景致，先用竹劈儿搭一道篱笆墙，在两侧花插着、依墙栽种，待整道篱笆上爬满了枝蔓，花开时节，那才是个景儿哪。"（王敦煌：《吃主儿二编——庭院里的春华秋实》）

也是个"众里寻他千百度"，也是个"得来全不费工夫"。王敦煌说得不错。陈俊愉主编的《中国花经》，里面记荼蘼花，别名即悬钩子蔷薇。蔷薇科，蔷薇属，落叶或半常绿蔓生灌木。"荼蘼花枝梢茂密，花繁香浓，入秋后果色变红。宜作绿篱，也可孤植于草地边缘。花是很好的蜜源，也可提炼香精油。"

荼蘼啊荼蘼，原来不过是悬钩子蔷薇，晚春攀缘开小白花，南北各地很常见的。但是，迷信一旦破除，就未免大煞风景，雉与野鸡，鸤鸠和布谷，……名物一旦简化，水落石出，我的茶蘼寻梦等等，也就怅然若失。

2016 年 5 月 9 日于甘草居

促织和叫狗

年年直到霜降的时候，中原大地摇摆起伏的天气才最终变凉。这种天凉，其实说天冷更直白，可前人诗意地称之为嫩寒，曰"泽国嫩寒月，天气小阳春"。这几年，中原的小气候明显在变化中，虽然霜降天凉了，但市区和近郊的树木整体还是绿的，树下的草花以美人蕉、紫茉莉、葱兰、半枝莲为代表，开了一夏天还在继续开。而林下草虫的声音，明显变软了，沥沥拉拉还未终止。这天打车的时候，我听到明显是蝈蝈的叫声很清越的，原来是司机带了一只养蝈蝈的小葫芦在身边。农历进入十月，城市的玩家要玩蟋蟀与蝈蝈的。"十月玩虫"原是老北京的旧俗——

《道光都门纪略》："油葫芦市，并卖蛐蛐蝈蝈，十月盛行，以竹筒贮之，纳入怀中，听以鼠须探之即鸣。蝈蝈兴使抹之，以铜渣和松香为膏，点镜上，振羽即带铜音，出卖者以针插帽为标记。"

《燕京岁时记》："京师五月以后，则有蝈蝈儿，沿街叫卖，每枚不过一二文。至十月，则煠佳煴者生，每枚可值数千矣。七月中旬则有蛐蛐儿，贵者可值数金，有白麻头、黄麻头、蟹壳青、琵琶翅、梅花翅、竹节须之别，以其能战斗也。至十月，一枚不过数百文，取其鸣而已矣。蛐蛐儿之类，又有油葫芦，当秋令时，一文可买十余枚，至十月，则一枚可值数千文。盖其鸣时，铿锵断续，声颤而长，冬夜听之，可悲可喜，真闲人之韵事也。"

夜雨秋灯之下，闲读而触景生情，使我联想起在老家逮蝈蝈捉蟋蟀的趣事，但诸虫的叫法各有不同，正谓"百里不同俗"。

蒲松龄笔下的《促织》，分明是把蟋蟀叫促织。豫北则叫蝈蝈为促织，还有把蝈蝈呼叫宇（唱）的。蝈蝈出现早，麦收才过，仲夏的山坡上草木葳蕤变浓绿，如黄荆、酸枣和野皂角的扑棱棵上，绿油油与紫褐色的大肚子蝈蝈，在午后的毒日头下嘈嘈切切肆意地鸣叫，震得绿叶簌簌抖动。它目标大，老远就被发现了，小伙伴蹑手蹑脚靠近靠过去，轻易就可以捏住它。蝈蝈不会飞，似螃蟹的一双螯，笨蝈蝈仅靠自己的一双大牙啮人反抗，捉虫人毛手毛脚，弄不好会弄掉了它的长腿，但这不妨碍捉住它尽情地玩，——系在茅草或狗尾巴草的草莛上玩，放在麦秸秆编织的小笼子里玩，看它又笨又轻巧地爬来爬去，听它天籁似的间歇性歌唱。现在，每年从7月开始，据说全是河北人，在郑州市区推着自行车，带着一大咕隆装了蝈蝈的小编笼，招摇过市哄城市的小孩子玩。蟋蟀，我们称为叫狗，叫狗比促织出现要晚一些，却比促织得来容易，山地平地都有。夜晚乘凉，路口和大门口的路灯，电灯泡灯塔一般，专门招惹飞虫和地虫出来，扑灯蛾和蝼虫一类的在上面环绕，不时也飞来蝼蛄和叫狗，蝼蛄，我们叫蝲蛄，它们没头苍蝇一样，猛起猛落，猛然摔个跟头掉下来，打地有声，接着急速地爬行。可是没有人像玩促织一样玩叫狗和蝲蛄的，只是逮蝲蛄和叫狗喂鸡子。小鸡仔喂到中秋前就大了，食量大需要喂虫，啄食蟋蟀蝲蛄一类的活物催肥。三伏天玉米节节长高，青纱帐深了，锄地封过了玉米苗，玉米顶上出天英，腰间散红缨了，这时地里最多叫狗，四处横行。午后也是玉米地里逮叫狗的好光景，人人带个玻璃瓶，也不管玉米的叶片锋利如刀，脸上胳膊上被划得七紫八道的，但不长时间就可以把叫狗装个大半瓶。

　　别处将蝼蛄叫耕狗，或者土狗、扒扒狗。英国人怀特的《塞耳彭自然史》，开初翻译过来的时候，随即很受几位新文学名家的推崇，"生物中又以鸟类为主，兽及虫鱼草木次之，这些事情读了都有趣味，但我个人所喜的还是在昆虫，而其中尤以讲田蟋蟀即油葫芦、家蟋蟀、土拨鼠蟋蟀即蝼蛄的三篇为佳"。知堂不厌琐细，夜读抄撮，抄蝼蛄又名蛐蛐。而怀特列举其土名，则分别是泥塘蟋蟀、啾啾虫、晚啾。叫狗在我的老家，虽然不包括蝼蛄，可不仅仅指蟋蟀，也包含灶台煤火台和水缸米面瓮下面，那种弓腰如虾米似的蟋蟀。别处把这种蟋蟀呼灶马。南方的蟑螂，北方的叫狗，最喜欢围起主人家的厨房活动。但我们叫灶马的这种叫狗，给主人和主家的危害不明显，远不及丑陋的蟑螂让人讨厌。我们祖祖辈辈住窑洞和瓦房、平房，厨灶和住处不分开，家家都有个不小的煤火台，而煤火台上距离煤火口不及一尺远，一并砌一口温水的小缸，利用夜晚煤火的余温自然热水，秋冬的时

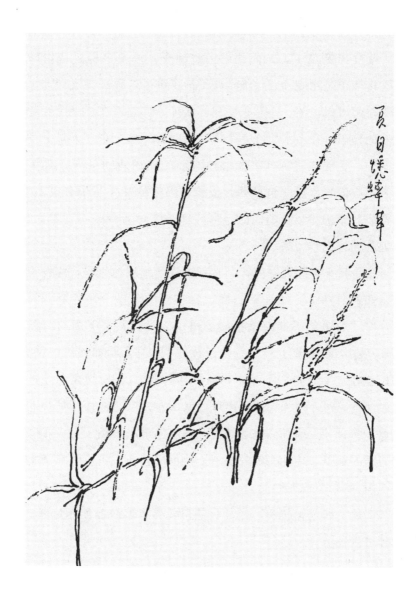

候，供家人第二天早上洗脸或洗涮用温水。秋天来了，山家的柿子，八月黄柿子先熟，可以吃脆甜的漤柿。寒露到霜降冬播结束，小麦出新苗了，人们才集中够柿子，还要漤柿子或淤柿子吃。漤柿子是用硬柿子，清水罐子泡了柿子，靠在煤火台上，两三天时间可以去涩，吃起来脆甜。淤柿子，是将在树上已经变红发软的柿子，在温水里浸一个夜晚或略长一些，第二天早上就可以吃的，是催红催熟的意思。这样变红变浓的柿子，早上随手取出来，空口吃，是一包糖稀，或抹在隔夜的窝头与小鏊馍上吃。常常掀开罐子和小缸的同时，那些细长腿弓着背的叫狗受惊吓，四处乱蹦，挺乖巧的。

我是后来多次观看白石老人草虫花鸟画展的时候，才发现蝈蝈、蝼蛄、蟋蟀、灶马不一样，各有各的名堂。怀特笔下的灶马，曰"炉边的蟋蟀说是主妇的风雨表，会预告下雨的时候"。但灶马在《酉阳杂俎》里另有记载："灶马，状如促织，稍大，脚长，好穴于灶侧。俗言灶有马，足食之兆。"民间在湖北又补充说灶马，——因为它总不离灶台煤火台左右，故而与灶神老爷亲近。腊月廿三或廿四祭灶结束，抹着满嘴满脸糖稀，自我感觉甜似蜜的灶爷，迷迷糊糊的灶爷，要借助轻捷又机灵的灶马上天去……

于是，如今想起来，越发觉得老家被笼统称之为叫狗的灶马十分可爱。

2016 年 10 月 23 日于甘草居

祭灶旧俗里的鸡和羊

　　手机是个好东西。单说其触屏可翻的万年历，比纸本的日历记岁时节令都详细，例如冬来数九的日子，常用的日历里没有标注，而用手机里的万年历，查看起来却一清二楚的。可事情一分为二，——以腊月祭灶过小年为例，古来祭灶有"官三、民四、船家五"之说，但手机日历把腊月二十三标为北方祭灶日，二十四标为南方祭灶日，这就有点僵化、简单化，犯了以偏概全的错误。因为南方地大，民俗、风俗也不尽一致，江南与浙东和苏沪杭等地是腊月二十三祭灶过小年，而福建与湖北等地，则一直流行腊月二十四祭灶。鲁迅和李越缦是同乡，以他们的日记为准，绍兴也是二十三为祭灶日。1901 年 2 月 11 日，阴历庚子年腊月二十三，鲁迅和周作人兄弟在故乡过小年，鲁迅即兴作五绝一首——《庚子送灶即事》："只鸡胶牙糖，典衣供瓣香。家中无长物，岂独少黄羊！"送灶爷上天，拜托其"上天言好事"，关乎到来年全家平安、生计与生意兴旺发达，且带有游戏而滑稽的成分，故而民间至今还保留着放火鞭、上供香、吃糖瓜、灶糖或祭

17

灶火烧的风俗，但用鸡和黄羊祭灶，便是旧典了。

旧典复杂。古书传承中的手民之误，加上风习演变，难免前后不一。如果文人和名人注解有误，更容易把问题搞糊涂。

先说黄羊。老辈邓云乡著《增补燕京乡土记》，有《黄羊祭灶年关到》一文，他解释鲁迅先生的祭灶诗，是这么说的——"黄羊"是古代用来祭灶的，但到后代则无人再用。据《燕京岁时记》说"内廷尚用之"，至于民间，则不知黄羊为何物，只是清水草料、关东糖瓜而已。

此文不长，邓先生于文末，特地加注对黄羊予以说明。他引用清人梁章钜《浪迹三谈》的闻见与考证："余在兰州，饱食黄羊，所谓迤北八珍也。其状绝不类羊，而与獐相似。戴侗《六书故》直以黄羊为獐，误矣。按汉阴子方祀灶用黄羊，窃谓阴是贫家，祀灶安得此异品？考《尔雅·释畜》：'羒羊黄腹。'阴所祀当是羒羊。而邵二云先生《尔雅正义》直以今之黄羊当之，恐误。"

误之所在，不在前人，或是梁章钜和邓云乡二位都错了。甘草居曰，祭灶杀羊的风俗经过后世演变才有，开头却不是这样。为什么这么说？因为祭灶的风俗，早在《礼记·祭法》中就有，但当初未确定后来的腊月廿三或廿四。而黄羊祭灶出典，《荆楚岁时记》曰：十二月八日为腊日，"其日，并以豚酒祭灶神。……汉阴子方，腊日见灶神，以黄犬祭之，谓之黄羊。阴氏世蒙其福，俗人竞尚，以此故也。"看看！上古祭灶敬灶神，用犬而非羊，名曰羊也。上溯一步考察，而杀狗祭祖的风俗，最迟在汉代就流行了——东汉崔寔《四民月令》就有："先后冬至各五日，买白犬养之，以供祖祢。"

诗曰"十月获稻"。冬季是庆丰收和祭祀的日子。从《四民月令》说冬至前后买犬备用，到《荆楚岁时记》曰腊日用犬祭灶神，从此可以看出，在佛教初来，于华夏大地尚没有大盛行的时候，道教或萨满教宗旨里最初的祭灶日或在腊八。这天杀狗敬神，吃灶糖，用甜似蜜的糖瓜糖稀，糊在既憨且馋的老灶爷的大嘴巴上，再放火鞭烧纸马，供灶爷吃着糖瓜或芝麻糖上路，那灶爷志得意满，乘云车风马摇摇摆摆上天庭复命，便紧着为凡界的主人往好里说了。

说过了指犬为羊，还有"只鸡胶牙糖"，那鸡呢？鲁迅曾觅人为他代为收集豫地的汉画像石和朱仙镇木版年画，其本意在于美术，用汉画的雄强与豪放，来纠正宋元以后国画的萎靡与琐细。而开封朱仙镇木版年画社的姚敬堂先生，前几年著《中原年俗》，具体解说灶神像和祭灶程序："腊月廿三日晚上，祭灶前，备红公鸡一只，作为灶王爷的坐骑……祷告后，灶爷的坐骑喂好，拍打红公鸡叫三声，粘抹灶糖于灶王爷脸上，随同黄裱纸香火焚烧告曰：三十日夜早回，全家叩首。再分吃灶糖，将鸡子宰杀，捆绑如马状，放入灶王神龛内。"

鄂人韩致中撰《新荆楚岁时记》，记录今日湖北腊月廿四的祭灶习俗，长江边上的蒲圻一带的地方风习是，百姓祭灶送灶爷的祷告："一碗清茶两根葱，快送灶神上天宫。多说好话多降福，少降灾难给世人。"而黄河以北，黄河故道所在的豫北一带，滑

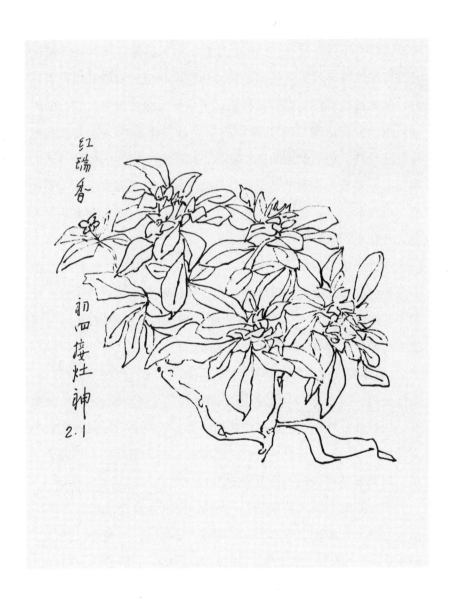

红瑞香

初四接灶神
2.1

县的木版年画也颇有地方特色。前些年，冯骥才的团队曾经专门到内黄、滑县一带抢救木版年画，蛇年的春节，"滑县木版年画展览"在河南博物院举办，同时播放天津人整理制作的滑县祭灶风俗声像资料——腊月廿三上午，冬日惨淡的阳光下，主人来到村口的枯树林边，面朝太阳，规规矩矩放一只盛满清水的大粗碗于地上，碗口摆放很整齐剥了皮的一双大葱，男子再施礼下跪，磕头送灶爷，大声喧哗，连声说今岁年景不好，自己年纪又大了，实在没有本事置办更好更丰富的礼物给老灶爷带上天庭，——"就这我老马越来越不中……"。此地可西望太行，离我的老家也不算太远，但我们山里人是晚上祭灶送灶神，大家说笑话一般送"吃人嘴短"的老灶爷上路，并没有这一通"哭穷"的说辞。滑县人将其他地方流行正月晦日即正月最后一天的"送穷"与祭灶合二为一，也说明地方风俗复杂，即使同为豫北，各处有各处的内容。

2016 年 12 月 25 日改正于甘草居

一番话惊了采风赏花人

玉兰花！望春花！报春花！——年年春来的时候，"七九河开，八九雁来"，打春之后的土地和草木急不可耐地改换面孔，直似玉兰满树的花蕾膨胀、鼓胀着，炭炭欲撑破残冬最后一层僵硬的外壳。此刻，河南的大小报纸也像上海、北京一样，及时报道玉兰开花的消息。年年望着玉兰于早春发花，并通过纸媒与网络遥看各地玉兰花开，记录玉兰开花的第一时间，剪辑且保存沪豫京三地玉兰初花的资料，是我常年以来的基本功课。

我觉得玉兰比梅花还有意思。"只有梅花是知己"，梅花太过文人化与精神化了。玉兰花大大方方，似灯盏，似荷花，似鸽子飞，似开怀大笑……梅花一如书斋里的挂联，清雅而出尘；玉兰却似过大年的门联，喜气又热闹。但是，《河南日报》每年关注并聚焦的是伏牛山区的古玉兰，位于鲁山县花园沟乡的大玉兰开花，间或为南召县深山里的漫天玉兰花。好家伙，彩色照片很逼真充满质感，满满的紫玉兰花，满坑满谷的玉兰花，把整条山谷都憋开了！

那年3月底，我利用去南阳出差的机会，路过鲁山县境，在路标为"四棵树"的地方从高速公路上下来。沿着清浅的山涧流水，曲曲弯弯前行，经过牛王庙乡和花园沟乡，山区的自然村，山家像连枝灯和瓜蔓一样，有高有低，依着河流两边分布。一路都是苗圃和培育食用菌的，山里人因地制宜，利用杂木树干树枝或营养钵，种木耳和平菇、猴头菇，山茱萸开着琐碎的小黄花似蜡梅花，还有栽栗与养柞蚕的。此地已经是长江流域了，源于岭上的清水河向南流，是汉水的一条支流。走走停停，遇人就问大辛夷，而人皆直朝深山里指路。好不容易到达花园沟乡的一处寨子，这里的村寨皆曰沟和坪、瓦房沟、槭树坪等等。面对一道陡峭的山梁，山沟已是尽处了，遂弃车登高，冲着斑鸠高亢的叫声走进村子，只见大树参天，黑黢黢的树干黑铁一般，有皂角树、黄楝树等等，说粗头乱服不足以形容。而相距不远的一双玉兰树，大可合抱，实际上两个人是搂不住的，分明就是"辛夷王"了——一个长在地头的斜坡上，大半边意外残裂了；一个长在梯田里，壮如铁塔，直指苍穹。可惜花季才过不久，那棵完整的大玉兰，新生的树叶，紫黄带褐红还没有变绿，独以它那饱经沧桑、不屈不挠的原生面容，"爆炸式"地震撼着远道而来的访客。错失了一季的好花，这一趟访花之旅，当然有些败兴。

我不甘心。去年的3月11日，丙申"二月二"龙抬头翌日，我又约了朋友再去访大辛夷。这次走得更远一些，是和鲁山相邻的南召县。虽然同为伏牛山系，但鲁山归平顶山市，南召则是南阳市辖。这里的大玉兰也多，是有名的"辛夷之乡"。古来当地

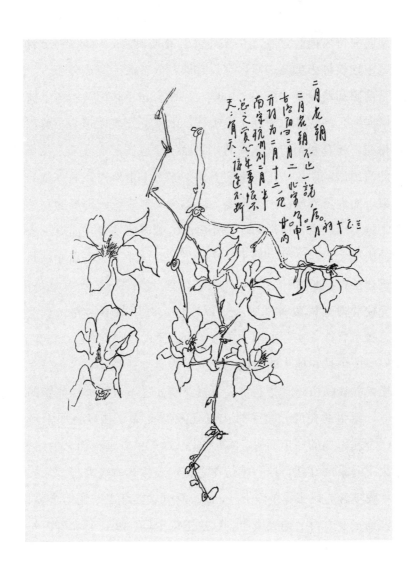

24

人采玉兰花的花蕾名辛夷，作为药材出卖，现在已经产业化了，全国中药材市场，超过八成的辛夷供应与交易，都来自南召和鲁山两县。可不同的年份，花开的时间也不尽相同，算是老天作弄人，上次在鲁山去迟了，这次却是来早了，大山里气温低，此刻南召的玉兰花大多数没有开放，少数像崩炒豆一样零星开花，想象中如城市玉兰缤纷开花，云蒸霞蔚般的景致还没有。早上车出郑州的时候，嵩山边缘，新郑始祖山向阳的山岭上，杏花开得正浓，与缭绕的白云互为交织。而南召云阳镇，山家出墙的大杏树，一头红透而发怒的花蕾还未及绽放。主人家楼上楼下，屋子里和院子天棚里堆满了秋冬两季采集的辛夷，像粮食一样成大堆，——玉兰花蕾像毛笔头，且如一粒粒小毛桃似的。但主人直抱怨今年价钱不好。

歇歇脚再向深山里行，翻山越岭，一路上不断可见到大玉兰树，仿佛我老家南太行的大柿子树一样。可是，玉兰的树枝比柿子树要松脆，种花人攀援登高采辛夷，难免发生坠伤事故，甚至塌天大祸陡降，闹出人命来。人工栽植的玉兰树，乡人用粗大的麻绳，把它不大的树冠拢起来，相对采摘容易，而大树野树参天，人力不能羁绊和束缚它，采辛夷就不一样了，如同虎口夺食，年复一年。山深了，明显又发现此地畸人多，矮个子或者谈吐不囫囵的人多了，有一家，两口子都是受害者。树太多，漫山遍野是野生或人工栽种的玉兰树，春节前没有采过的玉兰，快开花的辛夷，撑破了老壳即将开花。这是一岁之间收获辛夷的抢收时节，远山近水，遥相呼应，到处是登高采辛夷的人。下一道山岭，接近名叫西花园沟村子的时候，我们意外发现一片古树群，大树玉兰全被截肢，——高而直的参天树干被无情拦腰斫断，骨断筋连的模样，一枝枝，一片片，横七竖八斜卧山坡或山沟里，受伤的树截面，分明还涂了公园里冬天剪树枝时用来保护断枝的药剂色。我们一头雾水！询问过路人，汉子吞吞吐吐地说，树太大太高，人上树采辛夷经常受伤，为了应季采辛夷，把大树砍头也是没有办法的事。他又说，好在砍断的树枝生命力顽强，毕竟它的树皮还连一点，来年照样可以开花生花蕾。一番话惊了采风人，不入虎穴焉得虎子，谁料想科技发达的今天，伏牛山深山里的种花人兼采药人，竟然用这样的方法采辛夷。

我们是城市里来的看花人，赏花人，写花人，评头论足的闲游人，原本只知道，农村和山里有留守儿童和失学儿童，有的大男人不好娶亲，有的吃水和居住条件很差，有的看病就诊不易，有时候，或是年景不好，或是市场变化，粮食和其他农产品、林产品的价格不稳定，而影响农民收入……谁知道堂堂"辛夷之乡"，人们世世代代不为看花为采药，人和树，共同背负着如此沉重而残忍的负担？

村头的院子，一棵树冠尚丰满的玉兰树上，有一位登高的妇女全副武装采辛夷。白亮的阳光下，没开花也没有生叶满是花苞的裸树，仿佛是一幅叠印在天空里硕大的剪影。正当年的女子，约莫40岁左右，穿着严严实实的冬装，用围巾把头和面部尽量包扎严实，把一个穿成桶状的编织袋挂在腰上，像极去新疆"拾花"摘棉花的女子。她不许对着她照相，但人开朗又爽朗，一应一答地告诉我们，自己曾经是民办教师，现在不干了，丈夫一过年就外出打工，她在家带孩子，还要繁育辛夷树苗采辛夷。退耕还林实行后，这里人以辛夷和苗圃为主，平整的土地少，也基本不再种地。中午的时候，有外乡人开着农用车进山来，走村串户向主人推销大米、白面和玉米，玉米自然也是猪和牛的饲料。城市建设的进度包括绿化，这几年略微停滞了一些，大山里的好苗木，很大的广玉兰和香樟树、桂花等等，还有引种的山玉兰，价格都比过去低了。

我等连在山里边吃一顿农家饭的兴致也没有了。做贼心虚似的，在一株古玉兰的尸骸前留了影，慌慌张张就离开了。好像还没有特别报道，专门介绍鲁山与南召这里的大树古玉兰的。此前，我去过陇东的天水市，按图索骥，在距离麦积山石窟不远的地方，访暮年齐白石题匾的"双玉兰堂"，说是全国最大的一双白玉兰。但是，那里的玉兰树，实际比鲁山和南召的大辛夷和"辛夷王"明显要小一些。

2017 年 2 月 16 日于甘草居

苜蓿和草头

　　《笔会》4 月 9 日刊登彭卫先生的读书札记，从博物和文史考订的角度说苜蓿，并由此而引申到中外文化交流的层面，谈国人接受外来物种的心态与方法。同时，彭先生又自报家门，自述其先人曾在"关中生活了四代"，久闻陕人古来多以苜蓿入馔之故实种种，通篇说苜蓿的"过去式"，委实是精彩话苜蓿的文献版。也算"无巧不成书"吧，我想借题发挥，补充点关于苜蓿的考证资料，说一说紫花苜蓿和黄花苜蓿的种植、应用和食用现状，——苜蓿在南北各地的"当代版"。

　　因"丝绸之路"的开辟，苜蓿在汉代来到中国，张骞、汉武帝和陕西西安，一直是关于苜蓿的主题词。故而周王《救荒本草》记苜蓿，说的是紫花苜蓿，也说："苜蓿出陕西，今处处有之。"苜蓿在陕西，现在也还是当地百姓最喜爱的蔬菜。麦收 6 月初，丙申年的端午节，我和朋友结伴去关中访古，从咸阳到宝鸡，依次看茂陵、法门寺和周公庙，连霍高速和高铁并行两边，旅游环道与渭水蜿蜒其中，邻着城镇的公路，集市上卖粽子卖布老虎与香包、五彩线，卖杏卖油桃和大小樱桃，也有开着农用三轮车整车卖苜蓿菜的。女子笑逐颜开抓苜蓿挑苜蓿买苜蓿，热心给我们解说苜蓿菜的种种好吃，——下面吃，做汤吃，拌面粉蒸蒸吃……"关中妇女有三爱，丈夫、棉花、苜蓿菜。"据说，还有包子、饺子用苜蓿馅的。由于西北农大所在，全国闻名的杨凌农业高科技示范区近在眼前，传说中的稼穑始祖后稷，手持五谷的高大雕像矗立于连霍高速路边，农业高科技博览会的广告牌，很醒目推介的"绿色食品"就有苜蓿糕点和苜蓿方便面。

紫花苜蓿，是优质牧草也是园蔬，逸生为野草一岁一生者也多，一年之间可采食多遍。不仅关中地区和陕西一省，西北和内蒙的许多地方，人们春来"掐苜蓿"吃苜蓿，历来是迎春的仪式之一。

江南出产的黄花苜蓿，又曰"南苜蓿"，即上海人爱吃的"草头"。包括红烧鳗鱼、红烧羊肉、红烧圈子（大肠），往往用碧绿的草头做底子。也有"酒香草头"，素吃一口接接地气也蛮好。彭先生文章里，还谈及近世文人龚乃保记南京风土的《冶城蔬谱》，说苜蓿是春来尝鲜的"雅馔"。江南吃苜蓿，或许是北人影响的原因，南宋林洪的《山家清供》里，已经有了"苜蓿盘"的雅名。格外有意思的是，传为林逋，即"梅妻鹤子"林和靖后人的林洪，在此讲了一则幽默而高冷的苜蓿掌故，——唐玄宗时，有东宫臣子薛令之者，借口食苜蓿怨待遇低，吟诗吐槽："朝日上团团，照见先生盘。盘中何所有，苜蓿长阑干。饭涩匙难滑，羹稀箸易宽。以此谋朝夕，何由保岁寒。"偏偏玄宗发现了，随手题跋曰："若嫌松桂寒，任逐桑榆暖。"令之赶紧称病谢归。对此，林洪又道："每诵此诗，未知为何物。偶同宋雪岩伯仁访郑垫鐴，见所种者，因得其种并法。其叶绿紫色……用汤焯油炒，姜盐如意，羹茹皆可。风味本不恶，令之何为厌苦如此？"宋雪岩者，大名鼎鼎《梅花喜神谱》的撰著与刻画者也。林洪的"苜蓿盘"，又生动地记录了南宋时苜蓿在江南一带种植并食用的情况。紫花苜蓿源于伊朗是确切的，而南苜蓿，农史和蔬菜学家，有人考证它来自印度。印度和我国西藏边界绵长，藏东南林芝人称西藏的"小江南"，秋来国庆节之前，林芝与鲁朗的藏家，山地出土豆和圆根（蔓菁），撒种播种小麦；而山南和后藏地区，号称"米粮仓"的，人们收青稞，割苜蓿出大萝卜。林芝一带由广东、福建援建，山南和后藏由上海、山东援建，远行临近日喀则的时候，我曾眼见藏民在雨中收苜蓿，牧草苜蓿依然是紫花苜蓿，并没有看到黄花苜蓿。

　　每年暮春，从谷雨到立夏而端午，这一段时日，郑州人品饮新茶，吃应季绿叶蔬菜，包菜、莴笋和香椿、蒜薹，而且樱桃与大蒜陆续上市，南国则有荔枝初来。好事往往成双，这一刻，南京的朋友，除了天目湖的好茶叶，且有当季的"咸秧草"一并快递而来。广告曰扬中地区，世世代代田园出产的秧草，即黄花苜蓿，又名金花菜、三叶菜和草头等，是下饭佐餐的妙物。镇江出产的"咸秧草"，照例也是摆乾隆皇帝下江南的噱头。但是瓶装的"咸秧草"与雨前茶一样，放久便不保质了，过夏之后再配饭吃，吃在口里木渣渣的。

开花三叶草

彭卫先生在文中，特别引用农史界老辈石声汉的旧作——《试论我国从西域引入的植物与张骞的关系》，指出张骞与苜蓿事实上并无直接关系。但大名鼎鼎的《中国伊朗编》，美籍东方学者劳费尔则明确说，只有苜蓿、葡萄两种是经过张骞之手引入中华的，"外国植物的输入从公元前二世纪下半叶开始。两种最早来到汉土的异国植物是伊朗的苜蓿和葡萄树。其后接踵而来的有其他伊朗和亚洲中部的植物……现在学术界竟有这样一个散布很广的传说，说大半的植物在汉朝都已经适应中国的水土而成长了，而且把这事都归功于一个人，此人就是名将张骞。我的一个目的就是要打破这神话。其实张骞只携带两种植物回中国——苜蓿和葡萄树。在他那时代的史书里并未提及他带回有任何其他植物"。（《中国伊朗编·序言》）据此，日本的汉学家与散文作家幸田露伴，在其《蜗牛庵联话》里，也有一大篇洋洋洒洒的《苜蓿》。向达先生，也曾专门翻译劳费尔著作里的《苜蓿》《葡萄》两则。

小小苜蓿，闹得历代的贤者与学者接力考证，这苜蓿是不是也太张精太作怪了？

2017 年 4 月 26 日于甘草居

臭牡丹臭桐臭……

夏天不计花信风。况且依那江南旧俗，又说"芒种送花神"的。

这真让人一头雾水！明明还有那 12 月令花和 12 月花神种种。以前的夏天，即若没有时下五彩缤纷的洋菊开花，如金鸡菊、波斯菊、松果菊、大滨菊、堆心菊、黑心菊、蛇鞭菊、天人菊等等，但睡莲、荷花、菖蒲、茨菇、荇菜、海菜花、千屈菜等水中花，"毕竟西湖六月中，风光不与四时同"的，视而不见总说不过去。《遵生八笺》讲"四时幽赏"，"高子夏时幽赏十二条"，就列有"观湖上风雨欲来"、"步山径野花幽鸟"等等。即或后退一大步，我们不说荷花，将荷花一类统统遮蔽，那陆地的夏天，却也是一岁草花最盛最繁茂的季节，——每年才入 6 月中旬，郑州就要应时举办宿根花卉展，薰衣草、紫马鞭草等等，姹紫嫣红花如雾，展期长达一个半月。其中仅仅喇叭花模样的，人工与野生的加起来，就有牵牛花、打碗花、田旋花、曼陀罗花，还有百合、萱草、紫茉莉、美人蕉、风雨兰，以及墙头或架上的

33

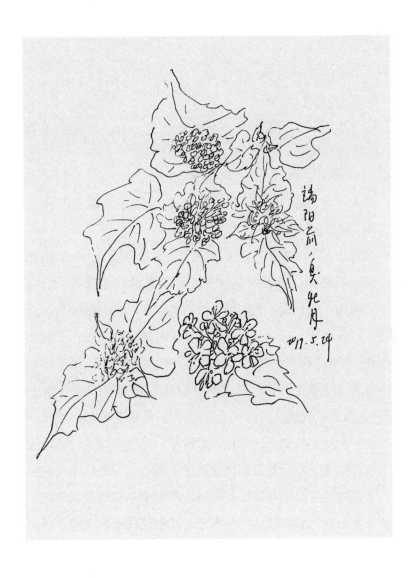

大小凌霄花、金银花等等，甚是可观。

今朝先放下别的，特地摆一摆夏天蛮招摇的一双姊妹花——大名鼎鼎的臭牡丹和臭梧桐，两种很奇葩的落叶植物，而臭梧桐独个儿也有人叫它臭牡丹的和臭桐的，总之"臭"字打头很醒目。同为夏花，臭牡丹开花，一点也不逊于形形色色的绣球花，臭梧桐开花胜似那同类中名为龙吐珠者。而且这花姊妹甚是泼辣，能自然蔓延，天生分布广大，从东北和华北开始，直跨过黄河长江、东海南海，南北中国都有，远到天涯海角的东北亚和东南亚。各地绿地造景，没有人因为臭字当头而拒绝这一双姊妹花的。

臭牡丹在郑州，喜欢向阳的林荫和墙角，每年开春复生，先是生叶，密密麻麻连成一片，继而浓云似的蔚起，很可观。芒种端午前后，乌绿密实的叶苗上，簇簇点点的花蕾暗紫红，像菌子一样冒了出来，逐渐变大变蓬松，须臾花团锦簇，连片开花。它不仅远观花团丰肥，其精巧的花蕊，细看起来，每一粒也是一朵秀丽的小花。臭梧桐是灌木或小乔木，开花比臭牡丹慢一步，因为是树呀，能独立成景，而公园里为了给它做陪衬，常常会布置一爿假山和太湖石。同是马鞭草科的，臭牡丹的别名大红袍没叫响，臭梧桐的官名，四四方方，冠冕堂皇的叫海州常山，它在郑州和北京 6—7 月开花，而上海和江南地带晚春即花。

两本最有代表性的校园植物手册，一南一北，《复旦校园植物图志》（复旦大学出版社 2015 年）和《燕园草木》，都收录有俗名为"臭梧桐"的海州常山，可两本书同时失收了姊妹花的臭

牡丹。是刘华杰自己编的《燕园草木补》（中国科学技术出版社
2015年），才将很是臭美的臭牡丹补录，弥补了庭院花木的缺
憾。刘兄自己撰写的"内容提要"曰——

　　北京大学主校区燕园每年要接待数十万游客，由老校长许智
宏院士亲自主持的校园植物图谱《燕园草木》（北京大学出版社
2011年）出版后受到师生和游客的热烈欢迎，短时间内便重印
了多次。燕园校区有植物大约450种，但《燕园草木》只收录
185种，远远无法满足读者在校园里识花认草的需要。针对这种
情况，《燕园草木补》另外收录71科232种植物，并对校园植物
的管理进行了个人化的点评。两书结合起来是对北京大学校园历
史的一种具体记录，有助于读者辨识校园中的绝大部分植物，也
有利于复兴博物学文化。

　　前边我说了，臭牡丹开花和名为紫阳花的草绣球差不多。草
绣球有红有绿，有紫有蓝，开花会变色；臭牡丹一色花，花蕾暗
紫红，开花粉紫红。但它和海州常山的花期都很长，断断续续，
一直要开到霜降天变冷。11月初，我在郊外画开花依旧玲珑的
臭牡丹，名《向阳的臭牡丹》，题跋曰："此花春生丛生，孟夏发
花，绵延直到初冬。"与此同时，郑州公园里的海州常山落叶了，
树枝上红色的假种皮，噙着蓝色的种子煞是可观。北大教工王立
刚，在《燕园草木》里为其点赞："初听起来，并不像一株植物。
海州旧指连云港，不知它和连云港有什么特别的渊源。倒是古代
的植物志中说的臭梧桐更易理解。据说是因为肥绿的叶子搓后有
臭味。但只要远观而不近玩的话，它的确是种美丽的植物。就像

自导自演的一场戏：先是白色的花萼形成一个个杨桃形的萼苞，然后白色的花朵慢慢从裂开的萼苞里伸出来，而花朵中又长长垂下几条红色花蕊。花落后结出青紫色的果实，此时洁白的萼苞完全裂开如同海星，颜色也神奇地由白变红。它多变的美丽正如同它特别的名字一样。"海州常山即臭梧桐的假种皮如猩红色的海星，有这个比喻足矣。如果硬要补充一点我的感受，包括臭牡丹花后结籽在内，画龙点睛吧，我觉得它们的种子如一粒粒蓝色发光的圆珠，鬼幽幽的，带了些许精灵的意蕴。

很突兀的一个臭字，但是没人嫌它臭。即使近玩和把玩，的确也不觉得它臭。一个爱花如命的女孩子，发自内心的称赞海州常山，觉得它有另一种香味在。《复旦校园植物图志》记录海州常山：系被子植物门，蔷薇纲，唇形目，马鞭草科；亚分类是牡荆亚科，大青族，大青属。其别名就多了，——臭梧桐、泡花桐、八角梧桐、追骨风、后庭花、香楸、炮火桐、海桐、臭桐、臭芙蓉。其中叫香楸者，和臭字对立，完全冰火两重天嘛！

不能不说臭字的植物学含义，带有感情色彩，带了比喻和夸张，无法局于词典的解释。国色天香的牡丹，事实上被封为花王，以此确立正宗的花草香，树立观念中的芳香与芬芳，壁垒森严，固若金汤，与此稍有不同，便要打入臭的行列，——臭杞和臭橘，是"橘生淮北则为枳"的枳果的外号；臭蒿，指野生的黄花蒿和黄蒿，即屠呦呦团队提取"青蒿素"获诺奖的青蒿；臭樟，是因为有的把樟树分香樟和臭樟，有的则把樟科制作香料的肉桂呼为臭樟。哎！即使是臭椿，也非真的臭不可闻之物，只是味重而已，中原人旧年救饥的树头菜，臭椿树叶经水瀹之后，用来包菜馍或炒菜吃很普遍，味道并不差的。臭作为有异味者，非正宗的口味也。

而生活中更有昵称臭字，美化臭字的。那你中有我、我中有你的家庭式的亲近与亲密，一些地方，大人惯常呼叫小儿女为"臭小"、"臭包"。"臭婆娘"，则是汉中地区百姓为日常爱吃的鱼腥草起的外号，完全没有恶意。男人们又称大老爷们的，见天吃饭喝酒，总离不开这一味鱼腥草，祖祖辈辈、世代相传就好这一口，故而才把鱼腥草敬称为"臭婆娘"的——这世界有时竟以如此香臭不分的方式亲密着。

2017 年 6 月 15 日于甘草居

三伏天，四芙蓉

今夏 7 月 12 日入伏。头伏第六天，17 日是农历丁酉六月廿四，这天正是民俗所言的荷花生日。夜雨过后的豫北城市安阳，太阳一出来便又燠热难当，知了在树上声嘶力竭叫得哗哗响。我们才从太行山采风出来，吃过早点就要回郑州，趁着等车的工夫，我提议说，咱就近先到公园里去看看荷花吧。擅画仕女的人物画家张文江兄，画荷的功夫也佳，自然极力点赞。

诚然与自己年龄有关。一年又一年流水账翻过，1982 年大学毕业之人，我差不多也到了汪曾祺为其《晚饭花集》写短序的年龄了。一旦认命了，人也心静了，化繁为简，这些年每年有两件事必做，一是公历 5 月 13 日左右布谷鸟回来，我要到成片的树林边听布谷鸟开口叫。别人和前人，听它的声音很是悲切、焦急，我则感觉无比轻快、欢欣；再就是农历的六月廿四，于古荷花生日当天观荷，每到这一天，不管在哪里，总不忘认真地观看一会儿荷花，虔诚为荷花祝福。其实，还是为我自己。前辈周瘦鹃在《荷花的生日》里说——清代大画家罗两峰的姬人方婉仪，号白莲居士，能画梅兰竹石，两峰称其有出尘之想。方以六月廿四日生，因有《生日偶作》诗云：

> 冰簟疏帘小阁明，池边风景最关情。淤泥不染清清水，我与荷花同日生。

小女子利飒飒如此，白石陈师曾自然当仁不让。1921 年的农历六月六日，陈师曾为迎接"荷花生日"，提前邀诸人相会画荷以庆，齐白石没去成，但第二天早上就一连画荷 4 幅，并墨笔记录"此第一也"，分明我还要接着画，"余不能于荷花无情"。

而爱莲堂主人周瘦鹃又引骚客舒铁云《六月廿四日荷花荡泛舟作》：

> 吴门桥外荡轻舻，流管清丝泛玉凫。应是花神避生日，万人如海一花无。

周公曰：原本"高高兴兴地趁热闹去看荷花，而偏偏不见一花，真是大煞风景；那只得以花神避寿解嘲了。"读书至此，情不自禁把大腿一拍，我恨不得连飞一串表情包过去。

现在吧，夏天在国内旅行，不论在哪里，似乎都可以遇到荷花。南方与中原，还有因雄安新区而大受关注的白洋淀，荷花多很自然，可我竟然在银川和东北的集安，边塞地区也遭遇满目好荷花。哎！看荷赏荷不难，难的是在这一天特意去看又名水芙蓉

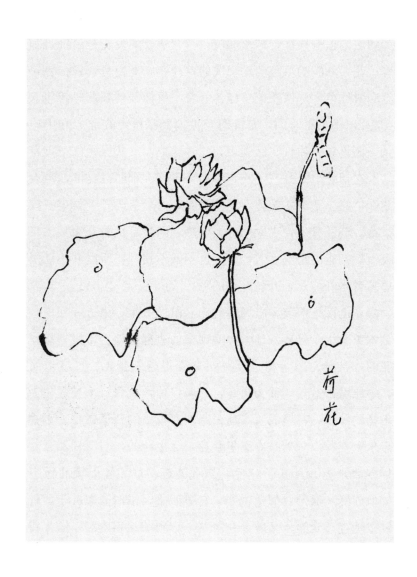

荷花

的荷花。

安阳人民公园的现代风格明显，来往荷花池循环的林荫道，高大的法国梧桐树下，芳草如茵，衬着盛放的夏花是臭牡丹和草芙蓉。花大如碗的草芙蓉是轻浅的单片花，有白色、粉白色，有朱红和紫红色，好像扶桑一样各吐着一丝伸开的长蕊。年年6月至10月，小半年时间，草芙蓉与波斯菊搭配，在北方和中原开花是一大景观。往日我远观多，此时此地，是我零距离亲近草芙蓉，看它招蜂引蝶开花，花似众牡丹里的"阳山牡丹"，半人高的茎叶，完全不类木芙蓉，竟然和大名为菊芋的洋姜长得一模一样。这一刻的日头，大太阳好大好热，固然草芙蓉花朵傻大，却像大大咧咧直心眼的女人，一点也不妖不拐骨，所以并不能引起心思多者格外注意，开就开你的吧。

盛夏也该是木芙蓉出场的时候。吊诡的是，南方和西南，原本是木芙蓉生长最盛的地方，而现在的成都等地，市民埋怨作为市花的木芙蓉，因为街道反复拓宽变得越来越少。反其道而行之，中原城市造景，或为猎奇，却多引种木芙蓉，木芙蓉作为紫薇木槿的姊妹，甚至成了高速公路隔离带里的行道树了。小乔木和灌木木芙蓉，竟然是春天里最迟发芽生叶的，与枣树和合欢树一样姗姗来迟。其叶子叶片，与水芙蓉、草芙蓉南辕北辙不搭界，似苘麻和枫叶，简单说吧，它类似法国梧桐的大叶子。曾经很细致地连续观察木芙蓉开花落花，直到冬深霜浓时，园工将花败叶枯的木芙蓉从根部斫去，像中原人收割黄荆和紫穗槐一样——这是2005年9至12月，三个多月时间，我在上海浦东学习的副产品。

对比着我从心眼里不大瞧得起的草芙蓉，插在木芙蓉之前，容我也说一说菜芙蓉。

菜芙蓉？是的。这时候也正是它风姿绰约的季节。

夏天的秋葵，分现代秋葵与古秋葵。尖椒模样的秋葵，这几年造势很猛，但是口味和口感不佳——日本人喜欢的黏黏糊糊的纳豆与山药的感觉，我们大多数人是没感觉的。准确说，挺烦它的，有点腻歪人。故而热天秋葵上市，在郑州随着卖西瓜的农用车，常常和青辣椒与洋葱一样就地被贱卖。到南方特别是到西南旅行，在广西到处可以看到大片种植的一种作物，和秋葵差不多，开的花一样，但黄颜色略深一些。秋葵类似棉花，枝桠复杂，蓬蓬勃勃的密不透风，而这种比秋葵细秀而疏朗的，四川人叫它漏芦花，更有的地方直呼它为豹子眼睛花。这东西妖且媚，让人过目不忘，而它也是秋葵。汪曾祺说："秋葵我在北京没有见过，想来是有的。秋葵是很好种的，在篱落、石缝间随便丢几个种子，即可开花。或不烦人种，也能自己开落。花瓣大、花浅黄，淡的几乎没有颜色，瓣有细脉，瓣内侧近花心处有紫色斑。秋葵风致楚楚，自甘寂寞。不知道为什么，秋葵让我想起女道士。"他又补充说："秋葵亦名鸡脚葵，以其叶似鸡爪。"（《北京的秋花》）借着说花，把花草与草花，写足人生后半截的况味来，你不能不服汪先生。但是，明人文震亨于《长物志》中是这样说这样比喻的："秋时一种，叶如龙爪，花作鹅黄者，名秋葵，最佳。"文物鉴定有此一说，根据青花瓷的龙图案，三只脚趾还

43

是五只脚趾，用来分辨民用和御用。同样是说古秋葵，它的叶子，苏北民间比喻为鸡爪，而明代的苏州文家，文徵明的后人，直曰其叶似龙爪。菜芙蓉也！它是现代秋葵的长辈。叶如龙爪，正是今之很招摇、很打人的漏芦花！

这篇文章开头之后，我正襟危坐写几次都写不下去，注定不能平铺直叙。若说高攀普鲁斯特的《追忆似水年华》，那是授人以柄在编笑话，但是，我必须说一下前不久的又一见闻。话说郑州地区栽种现代秋葵有几年了，黄花秋葵伴生有红秋葵。稀罕的是，古秋葵漏芦花这两年也有了。微信朋友圈里，不断有好朋友问我这漏芦花。我怎么区别秋葵与古秋葵呢？凭我的综合印象，拿河南人习见的农作物打比方，我说秋葵像棉花，古秋葵似芝麻。

6月下旬，天已经很热了，双休日的早上我沿着北环大道远足，来到大东边的高架桥下，看到管绿化的老两口，在公共绿地边缘种了不少青菜，有荆芥、韭菜、南瓜、冬瓜、丝瓜、豇豆、扁豆、刀豆，红薯和芝麻也各有一点。在此，我经问询，首度知道了冬瓜开黄花而非白花。竟然还有秋葵！已经开花了，可分明是古秋葵漏芦花，不仅叶子不一样，结角结果实也不一样，——秋葵尖辣椒一样朝天长，此葵花朝天，但果实在侧枝下面，短小略似棉花桃。老汉说，别人给我的秋葵种子，哪知道它和秋葵不一样。我说不要紧，可以吃它的花与嫩叶，有特别的味道和营养。老汉半信半疑直摇头。隔了一周，快要入伏的时候，早上我再过去看，特意带着本子欲为"女道士"的风神留影，啊！远远看不到那一片漏芦花了。这次老汉不在老妇人在，她说没有用就给拔掉了，——地上像蒿子与艾叶一样铺了一片，银灰色半蔫的叶子还未干。那未成熟的果实果然似核桃与枣子。

乖，今年伏天天好热！上海、杭州一连多日高温破纪录，中原大地，则既热且旱。今年闰六月，荷花是双生日。这时候木芙蓉怎样了？我想起来前几年8月中旬的上海书展，展览馆广场无遮拦，天高天蓝很通透的，经过这里，太阳烤得人大气都出不来。而浦东大道通往机场方向，夹竹桃花和紫薇花美人蕉花交织开放，竟然有木芙蓉也出人意料地开花凑热闹。木芙蓉虽然又名拒霜花，有名和菊花一样傲霜而开，但是它的第一茬花，却常常开在伏日里立秋前后，尽管秋老虎还肆虐嚣张，重庆和成都的木芙蓉开花与上海也是一样的。当本人怕读者烦，思索着此文是不是应该见好就收的时候，昨天深夜，正在值班的《成都晚报》编辑马小兵兄，子夜兴奋发微信，报西蜀花消息——"今年有部分木芙蓉早已迫不及待地开花了！"

2017年7月28日，丁酉中伏于甘草居

早清明，晚"十月一"

很长时间了，我觉得对照着节气和阳历记事、记录自然可以，而农历有时则不靠谱。

怎么说？比如说农历"十月一"，此日，一非一，一字的发音是儿化音，拖着发声略长。这一天，是中原地区和北方与清明节相对等的祭祖节日，皆郑重其事的。"十月一"上坟，今年迟在了公历的 11 月 18 日，三天后便是廿四节气的小雪，已经入冬了。原本常常与西方的万圣节交会，两大鬼节并行的，而今年的农历"十月一"，却和那边的感恩节接近了。因为今年闰六月，多了一个月。

去年农历"十月一"是 10 月 29 日，霜降才过了。我从郑州出发，北上经过桃花峪黄河大桥的时候，看见北邙山上散散碎碎的野菊花才开，亮晶晶的。黄河北焦作老家，山里山外，冬小麦的麦苗出满了，但树与杂灌还都是绿的。清明和农历"十月一"回家上坟，是老规矩了。本土的守望者——老家人于秋收秋种完成之后，农历"十月一"举行报恩祭祖仪式，于坟前烧纸曰送寒衣。老家有庙却没有祠堂。而我们远道回乡，除了烧纸，还要温习故土乡情，看土地山河的变化，草木风景与人事代谢。这几年，中原地带的小气候变了，秋冬之际雨水明显偏多了，土地墒情好，树绿的时间长，秋生的杂草旺似春草。农历"十月一"上坟和清明节不同，不兴提前上坟，要当天集中起来作祭祀。大家烧纸上供香之前，主事人要带着晚辈依次把祖先的坟头认一遍，祭祀的重点，自然是离现在最近而去世的人，还要把坟头上逸生的蔓草与杂灌清除干净。虽然霜降刚过去，但土地的张力还在，地边的野菊花和蒲公英，花开得很稠很乱，牵牛花还在开，南瓜花也未开完。另外，过去在老家从没有见过红薯开花，眼前，叶子有点泛紫的红薯秧，也零星开着粉紫色的喇叭花，加上那模样很横的曼陀罗，于是，暮秋的坟地，光喇叭花便有三四种。

可是，经过了农历闰月的"十月一"明显就不同了。新世纪刚开头的时候，那几年秋冬的雾霾还不厉害，有一年到豫西出差逢农历"十月一"，分明已经是冬天了。天高而蓝，大地上刮着初冬的冷风，落叶树枯得狰狞，人都穿得厚墩墩的要保暖。洛阳的龙门山连着嵩山和北邙山，与偃师、伊川交界，这一带有白居易的墓，也有范仲淹墓和程颐程颢的墓园，而草民百姓墓，一家一连环，依着朝阳的地势，与坡地的乱石分不大清楚。太阳照着青青麦苗，冬山如睡，山道弯弯，田埂上一岁一枯荣的草木，这时全都偃旗息鼓，呈现出模糊的灰白色。一路上络绎不绝是挎着篮子上坟的人，远近是烧纸和放火鞭的人。当天在伊川县城边，二程故里的程园与县戏校挨着，练功的女孩子，穿着红色粉红色的紧身毛衣，个个头上直冒热气。

农历"十月一"祭祖是大事，相当于江南的冬至。然而，南北风习隔膜，即使在人流物流大流通的今天，南方人多不知道鬼节还有个十月一。最典型的例子，莫过于商务印书馆已出版的《风雨平生——冯其庸口述自传》，其中谈到农历"十月一"，冯先生是这么说的："经过《红楼梦》的校订注释，又经过《红楼梦大辞典》的编写，一晃就是几十年了。我们在对《红楼梦》的认识解悟上，又自然地向前走了几步，对《红楼梦》也断断续续地产生了一些感悟和增加了一些实际知识。有些《红楼梦》的语言你看起来很平淡，其实却牵涉到一个风俗，比如有一回：秦钟死了，贾宝玉跟柳湘莲说，有没有到秦钟的坟上去看看，十月一了，我要去祭扫一下，大致这个意思吧。我们当时校和注的过程中，都没有当一回事，后来上海有一个读者给我写了封信，说你在《红楼梦》的校注本里对'十月一'没有注释，其实应该注释，因为这是北方的一种特殊风俗，'十月一送寒衣'，要给已故的人上坟，因为天冷了，要送冬天的衣服了，所以有'十月一送寒衣'的风俗。我一看到这封信，就觉得太重要了。这个读者叫萧凤芝，前几个月来看过我一次，我也是第一次见到她。"

更加耐人寻味的问题在于，江南、中原和北方，农历"十月一"上坟的风俗原本相同。清人顾禄《清嘉录》记苏州风土，十月初一为"十月朝"：月朔，俗称"十月朝"，官府又祭郡厉坛。游人集山塘，看无祀会。间有墓祭如寒食者。人无贫富，皆祭其先，多烧冥衣之属，谓之"烧衣节"。或延僧道作功德，荐拔新早清明，晚"十月一"

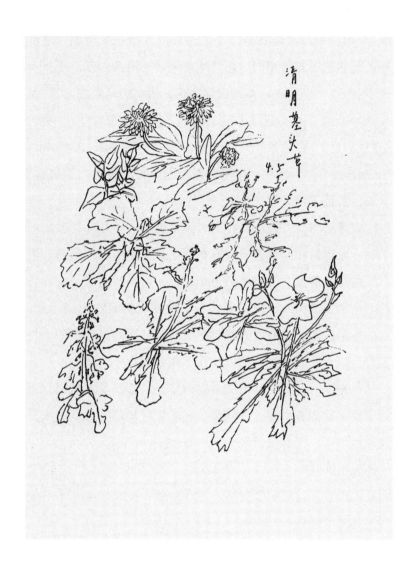

亡，至亲亦往拜灵座，谓之"新十月朝"。蔡云《吴歈》云："花自偷开木自凋，小春时候景和韶。火炉不拥烧衣节，看会人喧十月朝。"十月一乃"烧衣节"的风俗，以苏州一带为例，晚清的时候还与北京和北方相同，而且从南宋以来沿袭未断。周密《武林旧事》云："十月朔，都人出郊拜墓，用绵裘楮衣之类。"又吴自牧《梦粱录》："士庶以十月节出郊扫松，祭祀坟茔。"明代的《北京岁华记》《帝京景物略》分别记载："十月朔，上冢如中元，祭用豆骨朵。""十月朔，纸坊剪纸五色，作男女衣，长尺有咫，曰寒衣。奠焚于门，曰送寒衣。"

　　江南逐渐与南方趋同，什么时候将农历"十月一"改成了冬至上坟？原因何在？尽管还没有找到令人信服的民俗资料，但是它并不妨碍我继续开展此项风俗调查。河南与河南人，自称为中原的，与相邻的河北、山西和陕西，这几省都有农历"十月一"上坟的风俗。湖北没有，安徽，至少是与苏北地区接壤的天长一带没有。最近，我索性利用微信作了问卷调查——

　　孙荪先生，曾经的河南文学院的院长，籍贯是永城人。永城地处豫鲁苏皖四省交界。我问他：孙先生好！请问豫东有十月一上坟的风俗吗？尤其贵故乡。

　　孙先生回复——

　　亘古未变。与清明节对举，一春一秋。我几十年基本不变的是回家两次"送钱"，即为此。

　　所不同者，清明节祭扫可以提前不可推后，十月一反之，不可提前，不怕错后。

山西作家苏华，长期在省方志馆工作，他说——

晋省普遍过十月一寒衣节。

晋南送寒衣时，讲究在五色纸里裹些棉花，据说是为亡者做棉衣、棉被。

晋北送寒衣，是用五色纸做成衣、帽、鞋、被等等。吕梁临县还有竹枝词：粘纸成衣费剪裁，凌晨烧去化灰埃。御寒泉台果否用，但闻悲声顺耳来。

我在第二故乡大同，农历"十月一"曾多见妇女于门外放声大哭。而先人的迁坟与合葬，也多在这一天进行。

为什么要"早清明，晚十月一"呢？老家人多按此理行事，而不问原因，原因的确也不好问，大家都说不知道。直到今年，我才访到了行家，我的同事小牛的母亲都 80 多岁了，也是黄河北的人，看我执意要打破砂锅问（璺）到底，她便延续前辈的声口这么说，——清明节吧，是一年的农事开头，要农忙了，忙罢麦子又是玉米谷子，夏秋两季都赶趁人，人们不能分身。所以清明节祭祖烧纸，又叫"关鬼门"。因为人们马上要忙起来了，顾不上阴间的鬼了，就祭拜一下，先把它们关起来。而秋收过后，冬日农闲回来了，上坟烧纸送寒衣，兼开"鬼门"，放它们出去野游拾钱吧。所以，这天要迟一点，迟一点也不打紧。

2017 年 10 月 23 日，丁酉霜降于甘草居

又见暖冬

新年回首，望着刚刚过去的 2017 年，我感觉眼前这个还在进行中的冬天又是一个暖冬。

我的依据是我周围的草木虫鱼和水域河流——

去年 2017 年，郑州有桂花和凤尾丝兰一年之间陆续开了三次花，凤尾丝兰直到年末 12 月还有抽薹和出花莛的，而普通桂花与四季桂，在公园、绿道绿廊和小区里面，冬至的时候还在开花。关于桂花，以前我相信前人的说法，说八月桂花遍地开，桂花开花需要特殊小气候曰"木樨蒸"的。而今年，当然也是连年观察与体悟的结果，我可以明确地说，桂花开花有周期的，未必都需要闷热、燠热天气。2016 年，整个郑州市区的桂花，大体上仅开放一次。而 2017 年，它便补偿与"报复性"地接连开花，一共开花三次。第二次开花天气已经放凉了，不是热天了。第三次开花，按农历，尚在"十月小春"前后。

去年秋分到冬至，是这些年反季花开放品种最多的一个年份。桃李苹果和海棠木瓜开花，泡桐开花，这或许不稀罕。单个

52

树木开反季花不稀罕，集中开花就不寻常了。但是，竟然还有郁香忍冬和紫丁香也开花了，并且花期长。2018年元旦到来的时候，跨年的月季花和蔷薇花仍然在遍地开放，烂漫开放。

我的微信朋友圈，有意识关注并连续推送草木动向的，有北京、成都、广州三地，加上郑州诸位与我自己，涉及全国四个地方和地域。我下文的"曝料"，或者要被地方志里的"新五行志"采纳。

"十月先开岭上梅"，而丁酉十月，中原郑州的红梅也先期开放，并且不是反季梅花。

丁酉农历十月，公历11月末，广东南雄的椰子树大绿而梅花先开，果梅开了点点小白花，如乌桕树籽似的。这时，郑州带着绿叶与老叶的腊梅也纷纷开花了。而距离我的单位最近的紫荆山公园里，竟然有一株早梅，粉红梅花先开放了！开头，我以为属于反季花开放，可是连续观察它，它的花越开越多，招来了好事的鸟雀，将它的粉蝶花和胭脂红的花蕾糟蹋一地。十月冬至，已经是阳历12月上旬了，豫中的"花木之乡"，鄢陵腊梅也开花了，不止是露天的品种，当地诸多花木大棚里的盆景腊梅，那种冠名为"十月先开岭上梅"的优良品种，老远就清香扑鼻，个个挂上了金黄的"鄢陵腊梅"塑料标签，和阳澄湖大闸蟹一样，等着客人采购和选购。12月27日，第二十二届昆明"龙泉探梅"梅花节开幕，黑龙潭公园山茶与红梅、腊梅齐放。与昆明差不多，郑州的腊梅、红梅与桂花、枇杷、八角金盘、三色堇等杂花齐开。最奇葩的是，珍珠斑鸠也失误而开口叫了——丁酉大雪节

月季花
从春节开到三月二

气翌日，2017 年 12 月 8 日，农历十月廿一，公园红梅开一朵，斑鸠接着开口叫了。而直到此时，郑州还没有见雪。延迟到 12 月 13 日，勉强夜里下了一点若有若无的浅雪，老天算给大家过冬而意思意思。

哎！上世纪五六十年代出生的人，经历过农耕和农村生活的人，总是忘不掉四季的庄稼。但连年以来，朋友们都说，郑州方圆 30 里见不到庄稼了。岂止 30 里！"城市化"大潮正猛，中西部地区要造一批包括郑州在内的特大城市和"城市群"，有些管理者已经不以大道两边的好庄稼为荣，争先恐后，出手秀的是高铁、城铁和农民集中上楼的"新农村"。冬至头一天，因为去"花乡"鄢陵看梅花，车过郑州航空港区，快要到新郑市区的时候，大块的麦田才绵延出现，因为暖冬，厚簇簇的麦苗旺得似铺着厚厚的绿地毯。

直到元旦来临，郑州地界的流水与大水，东风渠和北龙湖，都还没有见到结冰。每年冬深到冬至前后，郑州的河流都要结冰的，河岸上的洋槐树与毛白杨，枯至极点，别具风神，我总要呵冻对景写生的，然而，刚刚过去的这个冬至，我到底还是没有出手画树的机会。

这个冬天，郑州的蓝天是明显变多了，但暖冬更明显。结合古书和古人的经验看，这个暖冬还有特别的气象原因——明代科学家徐光启辑《农政全书》，在《农事·占候》一卷里说："十二月：立春在残年，主冬暖。谚云：'两春夹一冬，无被暖烘烘。'"2017 年丁酉是农历的鸡年，正月初三立春，到十二月十九，则又一次立春，分明是两春夹一冬。

骑驴看唱本——走着瞧。你看着吧，注定 2018 年，今年的春事提前。

2017 年 12 月 27 日于甘草居

咬春、春盘和七草粥

　　我觉得自己读日本人的文字还算仔细，之前却一直没有弄清楚所谓"人日吃七种菜"，或曰"春之七草"的内涵。原以为吧，它和我国的潮汕地区、闽南等地一样，根据不同的风土物产，如潮汕土著人擅用芥菜、芥蓝、韭菜、春菜、芹菜、蒜；客家人喜用芹菜、蒜、葱、芫荽、韭菜加鱼和肉等等；台湾与闽南，则用菠菜、芹菜、葱和蒜、芥菜、荠菜、白菜等等。大体来说，芹菜与葱兆聪明，蒜苗兆着精于算计，芥菜令人长寿……然而，直到去年读了柳宗民氏的《杂草记》，其开卷第一篇写荠菜且详细解说七种菜——

　　"芹、荠、母子草、繁缕、佛之座、菘、萝卜，是为七草"。

　　这是我们耳熟能详的和歌"春之七草"。

　　日本每年一月七日有喝"七草粥"的习惯。所谓"七草粥"，就是将这七种草切碎煮成的粥。这七草在秋天发芽，身披绿叶越过寒冬，是坚韧品格的象征。在一年之始喝下"七草粥"，寄寓着人们希望这一整年无病无灾的心愿。且不论有无道理，想想新

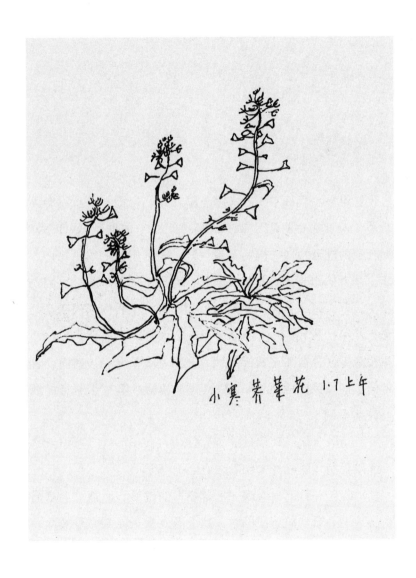

小寒 荠菜花 1.7上午

年头儿天肠胃负担较重，在第七天吃些养胃的粥也是合情合理的。

日本本州是典型的岛国气候，主产稻米之外，有四季常青的香樟，有橘有茶，即便是冬天也青草不断。看梅赏樱的早春时节，那里地栽的水仙花如野花，开着洋萱草一样金黄色的花朵。我曾经在名古屋的岐阜和靠近东京的山梨两地，接连住宿两个晚上，利用难得的机会，一个人早上在日本农村野跑，努力辨认地上的野草——蒲公英、荠菜、艾蒿、青蒿、枸杞、商陆、卷耳与繁缕等等。日本新干线两边，山区和丘陵地带村镇稠密，不亚于乘着京沪高铁穿行宁镇道上所见。但是，它们的村子无论大小，街道和房屋并非整齐划一，朝向不尽相同，而好比一连片被彼此摊开的麻将牌。莫非仿的兰溪八卦村的创意？院子和院子并不一定对门，显得错落有致。村路、田塍与院落的墙根，杂草青草很旺盛的。

彼邦老教授兴膳宏在《汉语日历》中说："6 世纪的《荆楚岁时记》记曰：'正月七日为人日，以七种菜为羹。'似为七草粥的起源。"这个说法在日本学界流行早了，他们早早把中国古俗引入，后来却因为改元，没有阴历而只用公历，农历春节的正月初七，相应变化为公历的元月七日。因为岛国气候，这"春之七草"自然不难弄到。母子草，就是鼠麴草；佛之座，又曰田平子的，汉语的大名即稻搓菜也。对照日常生活，黄河两岸过春节的时候，荠菜和繁缕等等不难找，而鼠麴草与稻搓菜很稀罕，尤其是稻搓菜，它在今日《河南农田杂草志》里，生长的北线，仅到淮河流域的驻马店一带。吴状元的《植物名实图考》已经有了记载，豫南的固始人自古喜欢吃下湿地里生长的野菜稻搓菜，它是典型的稻作农业地带的出产。

中原地区过春节，我们人日吃"七宝羹"的风习貌似淡出了。其原因，因为它和立春而"咬春"，吃"春盘"、"五辛盘"的风俗挨得太近。由于闰月，立春的日子不固定，有时早，有时晚，往往有时候，人日那一天正逢打春。远的不说，我记得2009年春节就是如此。

"五辛盘"，又名"春盘"和"菜盘"。有人说起源于唐代，实则更早。《说郛三种》里有唐人《四时宝镜》，其中记载："东晋李鄂，立春日命以芦菔、芹芽为菜盘相馈贶。立春日春饼生菜号春盘。"看看，它与《荆楚岁时记》记载："正月七日为人日。以七种菜为羹"几乎同时出现。而翻检我手边的旧书《古今岁时杂咏》，的确杜甫与苏轼等人，提及"春盘"和"五辛盘"最频。有趣的是，我与唐人罗隐远隔千古而同"一根筋"，正好，他也有《京中正月七日立春》："一二三四五六七，万物生芽是今日。远天归雁拂云飞，近水游鱼迸冰出。"而老杜咏《立春》："春日春盘细生菜，忽忆两京梅发时。盘出高门行白玉，菜传纤手送春丝……"坡仙更放达，他老人家一吟"春盘得青韭，腊酒寄黄柑"（《立春日》），再吟"辛盘得青韭，腊酒是黄柑"（《立春日小集呈李端叔》），更是名句万古传。我迷信名家，又不全是，而我觉得说春盘故事最厉害的一首诗，则要数清乾隆一朝之《上书房消寒诗录》里，文人叶国观的《咬春诗》说得声色俱全——

暖律潜催腊底春，登筵生菜记芳辰。灵根劚土含冰脆，细缕堆盘切玉匀。佐酒暗香生匕夹，加餐清响动牙唇。帝城接物乡园味，取次关心白发新。

这风俗一直鲜活地延续到现在，其中也包容了"春之七草"的含义。我们倒是不拘泥于菜或野菜的品种，而更加通达圆润，因地制宜。生辣与辛辣之外，要害是两样东西少不得，一是生菜，一是萝卜。生菜的名堂古来就多！《膳夫经手录》，唐代的作家曾说："苣蓿、勃公英皆可为生菜。"南宋《梦粱录》则将芥菜、生菜与莴苣并列。明清以降，生菜品种更丰富了。李时珍曰："白苣、苦苣、莴苣俱不可煮烹，通可曰生菜。"但是萝卜的味道和隐喻生猛——举与我相近的地方志的例子说吧，豫北《辉县志》曰："杂切生菜，曰春盘。裹以薄饼食之，曰咬春。"郑州前身《郑县志》说："举酒则切粉皮，杂以七种生菜，供之筵间。"《燕京岁时记》："是日富家多食春饼，妇女等多买萝卜而食之，谓可以却春困也。"好萝卜大小萝卜，或"心里美"萝卜，"愣头青"萝卜，个个嘎嘣脆，北方民间有称萝卜乃"子孙萝卜"，立春之日迎春，生吃萝卜不仅预防与提前解除春困，而且，还寄寓了生育儿孙的愿望。

2018 年元月 29 日于甘草居

谁是东风第一枝

马上要开春了，这两天总结、盘点一下春节前后的 2 月花事，在我个人的花历日志里，我遇到了一个难题，再也绕不过去的现实问题——

郑州开春第一花一直是辛夷花，梅花与小桃开花慢半拍。大别山里人，老表把辛夷和灌木结香花，一并称之为报春花或应春花。郑州有辛夷和白玉兰早了，结香花迟些。根据我个人有限的观察，10 多年来，辛夷开花的日期如下：

2003 年 2 月 24 日，紫荆山公园的大辛夷开花；

2007 年暖冬，春节大年初一，2 月 13 日，紫荆山公园大辛夷开花，与上海报道白玉兰开花在同一天；

2011 年 2 月 23 日，《大河报》报道，城市西区有玉兰花开。3 月 2 日，紫荆山公园大辛夷才开花而受寒合拢，经过一场雪，雪后放晴，3 月 7 日下午，辛夷花冉冉开放；

2013 年 3 月 5 日，惊蛰当天，紫荆山公园大辛夷缤纷开花；

2017 年 2 月 18 日，雨水节气当天，紫荆山公园辛夷、小桃同时开花；19 日，西区兴华北街的行道树紫玉兰开花；

2018 年 2 月 24 日下午，经过东区大绿地见辛夷开花；25 日，有结香开花；慢了一步，到 26 日的下午，紫荆山公园大辛夷见花。

我以前写文章都说，辛夷开花，是本地东风第一枝，梅花现在给我发难了，它不同意。以前一直是辛夷、玉兰先开，梅花和小桃慢一步的。可是，严格地说，实事求是地说，近几年来，郑州分明已经有梅花开在了辛夷和玉兰的前边。

梅花在岭南，在江南和西蜀，先于辛夷、玉兰开花，这不是问题，但是在中原和北方不一样。还按照我的观察说吧，至迟从 2000 年算起，郑州紫荆山公园在大辛夷旁边，漫坡地上栽了一片不大的梅树，多年也长不好，凄凄惨惨地开花，年年发花于 3 月初，明显晚于辛夷花。你拿它对照《梅花喜神谱》是对不上的。同样的梅花小树，3 月开花，在市人民公园也是的。然而，在近些年情况发生变化——约摸在 2013 年左右，本地加快了城市绿化升级的步伐，开始大量露天植梅，半大的梅花树一批接一批远道运过来了，东区的高校园区一带，梅花与红叶李、美人梅、榆叶梅混合一起，外加樱桃、樱花、杏花、桃花烂漫开花，令人傻傻分不清了！今年元月，郑州一连四次下雪，但紫荆山公园"梦溪园"里南方迁来的一双早梅，从冬至开花，愈冷愈开，凛然挑战着冬冻冬寒，至春节花开满树，活生生上演了一幕"梅花欢喜漫天雪"的情景。这里紧邻着我的单位，况且出于好奇，从园中园"梦溪园"开园之日起，我发现这一双早梅，每年春节

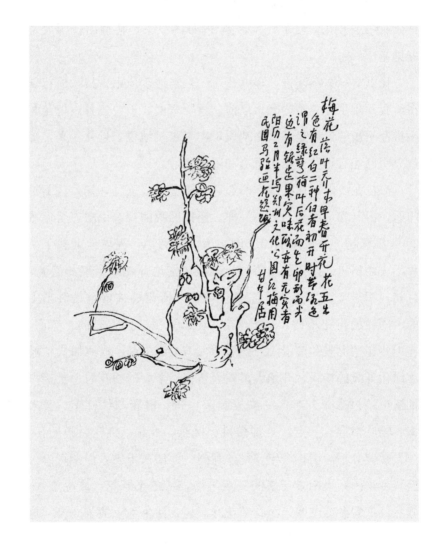

前开花，并且越开越早。郑州多少年，有名是四大公园的，包括人民公园和紫荆山公园，可这些年来，绿地和公园的数量翻番。也不止是新东区，就连距离我家不远的一个小公园，存在近 10 年了，其实就是小片绿地，这两年也不停地在收拾与改造，曾经的石楠、桂花等等被移去了，变身成为以梅花为主题的廉政公园。这里各种梅花都有，春节前，早早有黄心白梅凌寒而开。此外，西南郊紧依着南水北调干渠的郑州植物园，露天梅花龙游梅，开花也开在腊月里。

我写过《冬树四花》——枇杷、蜡梅、柊树和四季桂，说明四季有花的愿景已经在郑州实现。当时下笔还是很保守的。这两年，我看得更仔细了，今年又仔细盘点，逐一罗列出 11 月入冬至 3 月初开春，冬天 4 个月，郑州次第开花的木本花木 13 品，它们依次是——小乔木的枇杷、柊树、四季桂、山玉兰和梅花，灌木有蜡梅、阔叶十大功劳、贴梗海棠、八角金盘、郁香忍冬、月季花、蔷薇花、迎春花。

为什么梅花重回中原，焕发了新容？竺可桢先生曾考证梅花自唐代以后退出中原，直到 1950 年代开头，郑州人民公园方才植梅成功。"汉唐时期，梅树生长遍布于黄河流域。在黄河流域的很多方志中，有若干地方的名称是为了纪念以前那里曾有梅树而命名的。例如陕西郿县西北 30 余里有梅柯岭，因唐时有梅树故名。山东平度的州北 7 里有一座小山，称为荆坡，据说曾种了满山梅树。目前郿州、平度均无梅。河南郑州西南 30 里有梅山，高数十仞，周数里，闻往时多梅花故名。现已无梅。解放后，郑州市人民政府在郑州人民公园栽种梅树已获得成功。郑州在1951年至1959年期间，每年绝对低温在－14℃以上，可以说是目前梅树的最北界限。"（《古今气候变迁考》）从历代方志中检索各地物候的方法，以此来推测气候变化，这是竺可桢先生的一大发明。但他的概括，也是有疏漏的。5000年的气候变迁，现在有不少资料，证明了北宋年间，中原和开封的气候暖化，气温反弹。宋徽宗闹花石纲，从南方和东南移大树，搜罗奇花异草，梅树遍植艮岳，造"梅岭"和"梅渚"两大景观。"艮岳梅岭、梅渚是皇家园林中规模最大的梅花景观，也是北方地区历史上最为盛大的观赏梅林，反映了宋代以来梅花在整个园林植物造景中的重要地位。遗憾的是这一盛大梅花园景出现在一个盛世浮华急遽落幕的悲剧时代，从兴建到被废，只是弹指十年间事，令人感慨万千。"（程杰：《中国梅花名胜考》，中华书局2014年5月第一版）气候在不停波动中，还有一个例子，开封老辈桑凡先生生前，前些年连年在自己院子里尝试植梅，梅花都长不好。他对我说掌故，曾说及解放前开封没有牡丹，盐碱地天冷风沙大，种不成牡丹。但1980年代来后，开封禹王台公园大片牡丹和日本晚樱种植成功，此地牡丹花色不亚于菏泽牡丹。《全宋笔记》第三编之七，有《中吴纪闻》一册，记录北宋花石纲史实颇多，其中"朱氏盛衰"一节，专说朱勔"因赂中贵人，以花石得幸，时时进奉不绝"而发家。那时"盘门内有园极广，植牡丹数千本"，牡丹花开季节气象不凡。还是说梅花吧，竺可桢先生寄予厚望的，郑州1950年代所植梅花，并没有延续下来。不仅人民公园至今不见 60 年左右的梅树，整个河南省，老梅树的记录都几乎是空白。而新世纪开头陆续植梅造景，得益于近些年小气候变化，郑州秋冬多雨，中原地界变湿润了。尤其治污防霾开始，大小城市，一年四季，洒水车不间断喷水降尘，事实上也促使空气变湿润。不止是梅树和梅花，乌桕、香樟树、重阳木、无患子、红叶石楠等等，南方树木大量引进成功，已经是绿化部门受表彰的根据了。

作为南树北移的标志，梅花在郑州活稳了，且大踏步跨越黄河、海河直到北京的报道，在《燕园草木》《燕园草木补》里，也得到了印证。《燕园草木》里并没有梅花的，但《燕园草木补》，分明有红梅还有绿梅与白梅缤纷开花。呼智陶老师领衔主编的《北京园林植物识别》，出版于 1993 年，其中记录有梅，系李属的落叶乔木，被陈俊愉先生指出是美人梅。

　　　　　　2018 年 3 月 2 日，戊戌上元灯节于甘草居

有桑有柘

　　三月三新郑祭黄帝的时候，与之交界的新密、荥阳，还有豫中的西平县也要祭"蚕神"嫘祖。尤其西平，这里称嫘祖故里当仁不让，当地百姓，一年两次祭祀轩辕黄帝的原配夫人嫘祖——紧挨着三月三，农历三月初六是嫘祖冥诞日；而四月二十三小满节气这天，小麦泛黄的时候，蚕茧刚下来就热热闹闹举办庙会谢"蚕神"。此庙会是载入河南省非物质文化遗产名录的。

　　说来这中原地带蚕桑故事多多，南太行上下古来蚕桑业也甚是发达。我曾在文章里叙述自己在晋东南阳城县的闻见，对蚕桑业至今还是当地的支柱产业之一而惊奇。回忆我们兄弟姊妹在老家与爷爷奶奶共同生活的时候，家里养猪养大牲口，但春来依旧也要喂蚕。郑州现在桑树稀少，每年4月里洋槐树开花的时候，总有年轻的爸爸妈妈，带着孩子像没头苍蝇一样，到处找桑叶采桑叶偷桑叶，喂宠物蚕宝宝。当年我们随便够桑叶喂蚕，山里人不叫蚕宝宝，也不叫养蚕，直说喂蚕。蚕茧收获了，我的奶奶（那时候奶奶可能60岁不到）将做饭的铁锅洗净了烧水，煮蚕茧缫丝，用线拐子缠丝，在线绳上晾丝。然后，带我翻过东坡，去山外边赶会把丝卖掉换东西。那时候老家人不仅喂养吃桑叶的蚕，还喂过吃臭椿树叶的柞蚕。柞蚕，我们叫栅蚕。那种蚕发黄，不限于春天喂养，也不宜少年游戏喂养，带着刺毛很吓人的。

"前不栽桑，后不栽柳，门前不栽鬼拍手。"尽管还喂蚕，桑树在我们老家是自生自灭的，没有人刻意种桑树，但桑树与构树一样，生生不息，有土地处即有桑树。构树我们叫构朴栳的，灌木形状为多。冷不丁地，它们会在人力不及的拐弯抹角处兀自长成树。人们害怕充满野性的它与庄稼争地力，"恶竹应须斩万竿"的，尤其是对于构树，基本的做法是赶尽杀绝。仅从用材林而言，过去，我们村子人工种植有用的杂树分别是——椿树、榆树、杨树两种（白杨青杨）、槐树两种（国槐洋槐）、黄楝树、苦楝树和泡桐树，以及绿化荒山的柏树松树。上世纪70年代以前，山村还没有行道树的概念。2005年开始，大家决定编写村志《北洼村志》的时候，预设的内容第二章是自然环境，其第二节讲生态植被，分野草、野果和灌木、乔木两个部分。我们很认真集中了一下树木、草木的名字，发现有种很特殊的灌木，包括支书和退下来的会计，竟然没有人知道它的名字。这个时候，我在老家上学时的老辈，我的爷爷奶奶那一茬人基本没有了。没有长老可以询问。

此灌木植被面积不大，却联系着村子的水利史、采矿史和搬迁史。《北洼村志》记载，1958年春季，县政府发动好几个地方的人，集中到山里来，在北洼村开工修大水库——将素来叫东河的弯弯曲曲的一道山涧拦腰筑坝，把汛期的山洪截住，企图赖此解决山区人畜吃水困难。但三年不到，上级又下令把这个水库扒掉了。而水库完工的时候，指挥部在大坝西头的高地上，特地修建了一个纪念亭，并立碑两通，刻了碑文与光荣榜。村人形象地叫它八角亭。已经是 1960 年代后期了，我们放学或割草的时候，跪骑马爬，尽情在八角亭和距此不远的那棵号称"天生树"的大柿树上玩耍，八角亭凸起的地基上长满了那带刺的灌木。

后来山里驻扎部队，得到驻军帮助，打深井提水上来，修了好几个石券的大蓄水池，村里开始通自来水了，有个最大的蓄水池取代了曾经的八角亭，八角亭和石碑被无情拆去挪作他用。上世纪 80 年代，开矿采煤之风蔓延，集体与个体竞争开矿挖煤，不几年就将地下水系统破坏了，大小蓄水池没水可蓄，逐渐废弃坍塌了，老村也不能住了。于是，搬迁老村建新村，从祖祖辈辈住窑洞改成住瓦房，而新村恰巧就在天生树和曾经的八角亭旁边。1985 年立碑记载新村落成。这样一来，那种原本不知名而带刺的灌木，就暴露在人们的眼皮底下了，不过村人对它熟视无睹。本家一个出了五服的嫂子，她的公公我叫来荣伯的，肚子里故事多。因为建设新村而和我们成了近邻，一次说起闲话来，我指着那灌木问嫂子，她听老人说名叫铁篱寨，还特别说明它的叶子可以喂蚕。我不满足于铁篱寨一名，下决心弄清楚这东西的确切植物名。我想，之所以方圆多少里没有这种东西，或许是当年庆祝水库竣工的时候，主事者特地从别处移植于此的。

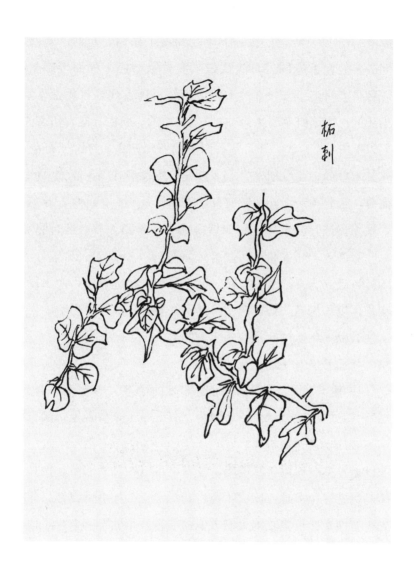

柘刺

《北洼村志》已经出来了，而我的机缘得益于过后的一次远行——我第二次游北京西山的潭柘寺。这一次，细心阅读了其中的碑刻与有关说明，忽然一下子就知道了柘树，所谓"南檀北柘"的，并在古寺的岩石间认识了和老家一模一样的带刺的灌木，将二者对上了号。恍然大悟之后，再读古代的《救荒本草》和当代的《河南野菜野果》，它们一脉相承，同样有桑有柘。

周王曰：《本草》有柘木，旧不载所出州土。今北土处处有之。其木坚劲，皮纹细密，上多白点，枝条多有刺。叶比桑叶甚小而薄，色颇黄淡，叶梢皆三叉，亦堪饲蚕。绵柘刺少，叶似柿叶，微小。枝叶间结实，状如楮桃而小，熟则亦有红蕊，味甘、酸。叶味微苦。柘木味甘，性温，无毒。

其救饥方法：采嫩叶煤熟，以水浸渍，作成黄色，换水浸去邪味，再以水淘净，油盐调食。其实红熟，甘酸可食。

这么说，北洼村的是枝条多有刺，且有白点的那种柘木了。可是，我们并没有见过它开花结实。

《河南野菜野果》记柘树的地方名即小名，曰柘桑（商丘、柘城），曰铁疙针、疙针棵（开封）。其分布于全省各地，豫东平原多为栽培，常作篱笆墙。

以柘木多刺而用作篱笆墙，分明也可以叫铁篱寨了。例如柘树柘刺，它在很多地方叫铁篱寨。巧的是，5月里桑葚红了，孙苏先生有回在微信里吆喝大家去他的"官渡草堂"摘桑果，他在中牟的别墅隔一条河，树林里有桑有柘，而柘树如桑，桑葚红紫落地之时，柘树的小球果也变红黄，这就是周王说的绵柘了，只不过孙先生不知道柘树果实同样可食。彻底地弄清了柘树的身份、名字后，我如释重负，立即分享给村里人，并当面给那位嫂子点赞。

一如老家人的生活史屡有变迁，北洼村现在除了儿童养蚕玩耍，大人不再养蚕和缫丝。同样，村子的树木志和植树史也有了不小的变化——银杏、竹子、大叶女贞、梧桐，这些旧年不曾有的绿化树和风景树都有了，而且还有不小的一株喜树，而喜树是长江流域的标志性植物。今年清明节，我们弟兄几个约定提前回老家上坟，我从郑州赶回去，一连两天在村子周围和村里徘徊，野桑出叶了，而柘木柘刺才发芽。30 年前搬迁过的新村变老村，两层楼的院落起了好几座，还有人继续在拆旧屋起新屋。而我又有了不认识的树木——我们家前院，一户人家门前有棵被截头的小乔木状似灌木，嫩绿稠密的小叶子上面刚开过花，我真的认不出它是什么树。还是那位嫂子，她说这是棵鬼见愁。植物志里的鬼见愁即无患子，而各地名叫鬼见愁的植物我也是见过一些的，例如扬州市区古运河东岸的普哈丁墓园里，长着很醒目的一种灌木，扬州人就叫鬼见愁，可它们完全不同于眼前的这一棵鬼见愁。

嫂子已经满头白发，比我的奶奶——当年既纺花织布，又抽丝剥茧，并且翻山越岭卖布卖丝的硬朗的奶奶年纪还大了。

2018 年 4 月 12 日雨中于甘草居

癞葡萄犹艳，无花果早熟更甜

　　时间一跨进 6 月，中原正三夏大忙的时候，市面上的水果猛地就多起来了，五颜六色爆炸式铺张的多，满坑满谷一地鸡毛的多，韩信将兵多多益善的多——去年积存的苹果、橘子、梨还很滋润，本年荐新与尝鲜的草莓、樱桃、枇杷、桑葚刚刚过去，而应季的大樱桃与葡萄、西瓜、甜瓜、蜜瓜、"金太阳"早杏和"胭脂红"鲜桃纷纷登场。不止本地的，南方水果和洋果中的荔枝、芒果、香蕉、木瓜、榴莲、提子、布李、青苹果……源源不断，一派水果总动员，一股脑儿赶来凑热闹！不过 10 来年的光景，曾经拉着板车，风餐露宿，在十字街头卖瓜果的老乡没有了；骑着自行车，后边扎着一双篓子，走街串巷吆喝着卖瓜果的贩子不见了，郑州的街景，却多了许多生鲜水果店，大大小小的、星罗棋布的水果店，比面包、蛋糕店和熟食店开得还要多。各种水果，其口味与卖相，略微差一点就滞销。我的小叔叔和大哥退休之后在老家种瓜果，桃杏李子、山楂柿子核桃等等，这两年一直抱怨样样不好卖。东西太多了！

才多少年？当年生活艰辛，色彩单调，父母养家不易，我小时候要吃个橘子算出格。已经不记得第一次吃香蕉、荔枝的光景了，而老家出产的荔枝，非"一骑红尘妃子笑"的荔枝，不是树上结的荔枝，而是土名叫癞葡萄的荔枝，《救荒本草》也直接叫荔枝的——实际就是小苦瓜。《金瓶梅》里，西门庆为求房术之药，将庙里装神弄鬼的胡僧请到家里来，百般讨好，变着花样请胡僧吃喝，且有时令水果相佐——"又是两样艳物与胡僧下酒：一碟子癞葡萄，一碟流心红李子。"这个癞葡萄，雅名是锦荔枝，就是我说的本地荔枝了。《金瓶梅》借了水浒人物，虚拟宋朝生活背景，可是，单就这一碟子当时称"艳物"的癞葡萄而言，还真让它说对了。因为同为明人的王象晋，在其《二如亭群芳谱》里说苦瓜，便记载有宋仁宗一朝的苦瓜故事——大臣陈尧叟的母亲，当着仁宗皇帝和皇太后的面，哗众取宠带皮生吃锦荔枝，一边很高调地说，如是便可以多生贵子。如今，苦瓜已是北方人夏日餐桌上离不开的好东西了。曾经少见多怪，可一旦吃多了，日益吃出它的好，加上药食保健的健康新理念，观念引导口味，过去埋怨苦瓜苦远离苦瓜的情况不再。清明前后，种瓜点豆。虽然各地现在还延续着栽种癞葡萄，北京人也是，它成熟的果实其色犹艳，高高在上，果皮开裂四面翻卷，露出一团血红的肉瓤来很刺激。不过目前好吃又好看的东西太多，夺了昔日癞葡萄的风头。

也算风水轮流转吧，倒是开头好些年，老家人一直嫌弃无花果，觉得它甜得不正经，不登大雅之堂的邪乎甜，甜腻腻的膈应

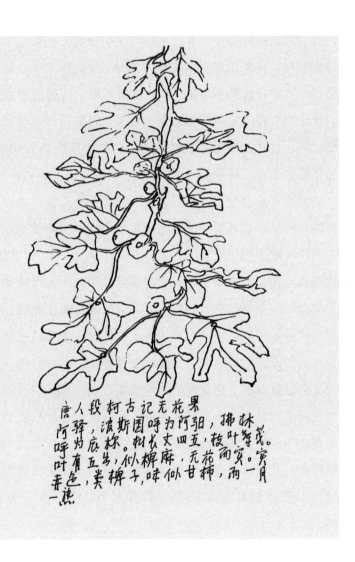

人的甜，没人爱吃它，只是把它作为赏绿的花木来栽种的，如今无花果却和苦瓜一样被正视，转身变成好东西了。北方不少地方，已经尝试规模种植无花果。

癞葡萄和无花果，这两个早早就有的。不曾想，这一双宝贝与葡萄、石榴一样都是外来物。它俩沿着不同路径——无花果走陆路，从西亚过来；癞葡萄从海路加南方"丝绸之路"，先登陆闽粤而纵深蔓延。得地理风土之便，新疆最多好无花果。当地人说，这里在汉代以前就有无花果和葡萄了。头一次，热天都快过去了，中秋节在乌鲁木齐，大巴扎广场上有个卖无花果的，远远地被我误认为在卖蟠桃——一个个扁平肥大而发黄似小烧饼，我的老家叫蟠桃是烧饼桃。一片新鲜的掌形叶子上一枚果子，错层叠放起来很美观。凑近细看和问询了，才知道竟然是无花果，吃一枚无比腴软香甜。

为什么无花果是烧饼状？过后在央视的旅行节目里，看到无花果老家地中海沿岸人吃熟透的无花果，都要先打扁的，"先揍它两下再说"。这很幽默，却源于古老传说——亚当夏娃偷吃了伊甸园里的果实之后，赤裸裸被上帝贬到凡间，无花果树动了恻隐之心，取自己的树叶遮蔽其隐私。这同样触犯了天条，结果被上帝惩罚，命令人们吃无花果的时候，每次都要先拍打它，让树记住自己的错误……这一叙事母体，在《古兰经》里也有类似的说法。故而新疆的维吾尔族与回族民众，对于这"树上结的糖包子"，也有先拍打再吃的风习。这么一来，无花果从此不断掉泪，每到成熟的时候，果子上面都有露珠般的汁液冒出来。可是，前两年的夏末，8月里我又去新疆到南疆采风，沙漠绿洲，和田除了玉石，最著名的景点是一双大树——"核桃王与无花果王"。那棵硕大无比的无花果树，像是拔地而起腾云驾雾的一片绿云。街头卖的无花果是紫色的果实，并不用打扁了再吃。维吾尔族女子跳舞一般托着盘子兜售无花果，给她整钱不找你的，含笑推说不懂汉语。可转脸过来，即大大方方告诉我们说，你们内地的朋友尽情来旅游吧，这里风景好物产好，并且也是很安全的。

无花果树品种很多，但是从果子成熟的颜色来区别，可以分为三种：白无花果、紫无花果、黑无花果。内地见不到黑的，常见的两种，紫无花果圆的最多。白无花果，当然也是掌形叶子，只是开权更深密，看着更花。它结的果实多似大肚子小甜瓜，熟透了变黄色。虽然唐代的《酉阳杂俎》就记载了无花果，可它的名字系音译。周王的《救荒本草》，才首度记为中国化的名字无花果。书上都说，无花果成熟在7—10月间。郑州也多是7月数伏以后，无花果陆续成熟，闹人的灰喜鹊擅登高枝要先开吃的。但今年6月中旬，正是吃桃子和好西瓜的时候，忽然发现我家南窗下的无花果膨大而发黄了！我很吃惊，接着在四邻的院子里转悠一下，发现集中成熟的白无花果还真不少。摘了几枚放在案头看，似小甜瓜和猪腰子。我要模仿新疆人先拍打它，可它不是圆的，让我无从下手。隔一夜剥食它，不是紫红心，而是冰糖心，很正宗的腴软香甜，与我在新疆吃到的一模一样美味。

无花果得名，在于"无花果的繁殖方式非常奇特。首先，它们其实并不是果实，而是花序，最奇怪的是它们是里外翻转的——许多真正的小花簇生在绿色的外表之内。要看到这些小花，必须将无花果剖开，而且每朵花都是单性花，要么是雄花，要么是雌花"。商务印书馆新出的《水果：一部图文史》，系目前英国皇家园艺学会的专家彼得·布拉克本—梅兹撰著。书里说："在欧洲北部，无花果的耐寒性正处于适应这里气候的边缘。它们在极偶然的情况下才会遭受霜冻和冰雪的伤害，就像1999—2000年的那个冬天一样，当时许多地方的无花果树内枝顶端10厘米的部分都被冻死了。这些树在2000年几乎没有结果，因为长成第二年果实的正是枝条顶端幼嫩的'小无花果'。在大多数北方温带国家，无花果的生长方式都很特别。夏天的长度或温暖程度不足以让无花果在一个生长季形成、发育和成熟，所以它们必须在两个生长季才能完成果实的生长。在第一年，微小的'小无花果'——约为火柴头大——形成于多叶枝条的末端。只有最顶端的两或三个才能安全无恙地度过冬天并在第二年的夏末或初秋发育成熟。几乎所有在第一年春天长成樱桃大小或稍大的幼嫩无花果都会在第二年春天到来之前被冻死（如此翻译，句子真够冗长的——本文作者注）。只有在最温暖的国家，无花果一年可以产出两次（甚至有可能三次）。"将气候变化的最新情况与无花果生长联系起来，这本书与我日常的观察贴得紧密，也很符合实际。郑州比英国与北欧暖和多了，之前与我家临近的"城中村"还没有拆迁的时候，有一户人家，冬天无花果树枝上也多小果实。大雪冻僵这个以后，春节刚过，树枝上未生新叶就有疙疙瘩瘩的小无花果陆续出现了。它的主人自豪地对我说，她家的无花果一年四季都结果。当初我不相信，现在我眼见为实。

老辈园艺学家、植物分类学家俞德浚之《中国果树分类学》，出版于 1979 年 2 月，其中说无花果："原产西亚，世界各地有栽培。我国在长江以南栽培较多。在新疆南部栽培亦盛，特别是阿图什的无花果最为著名，在华北地区由于冬季气温低冷，枝条往往冻死，常盆栽作观赏用，冬季移入室内防寒。"刻下，连北京的无花果树，都露天长得很大的。而公历 6 月，才过芒种，郑州就有无花果提前成熟了，这真稀罕。

这么说，无花果也是气候变化的活标本了。

戊戌迟端阳，6 月 17 日雨中于甘草居

黄荆·酸枣·野皂角

　　老家的草木，野生的柘刺是个例外，最多最复杂的要数黄荆和酸枣，以及土名叫麻秸疙针的野皂角了。方志固然要志异述奇，可记录普遍而深厚有根脉的东西，才是最重要的，要编者格外用心。这三种东西皆杂灌，在树与草之间。它们与老家人的关系，剪不断理还乱，恰恰又全为《救荒本草》所记录。但这些貌似普通与普遍的东西，要把它们说清楚并不容易，俨然北洼村版的《杂草的故事》。

　　南太行一带，旧怀庆府所辖大部，人皆号称是山西大槐树下移民，按说本地风土，应该与朱明一朝之周王的记录相同，但不尽相同。周王说黄荆与酸枣的果实可食，野皂角嫩叶可食。实际情况是，酸枣果实可食，酸枣树还可以嫁接大枣；野皂角的果实我们叫马皮豆，眉豆角似的，其子可以食用；而黄荆结的子，没人吃过，也没有听说人可以吃。周王这样说荆子："《本草》有牡荆实，一名小荆实，俗名黄荆……今处处有之，即作箠杖者。"其救饥方法，是采子去苦味后，磨面而食。

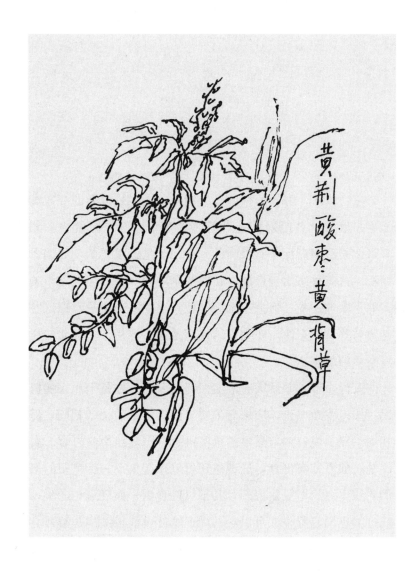

黄荆 酸枣 黄背草

相比较荒年救饥、充饥果腹而言，更重要的，它们都是山里人日用所需，或作为珍奇的建筑用材。荆于南北各地多有生长，但它是我们老家编东西离不开的好材料，类似平地的竹子和白蜡条。荆篓、荆筐、荆席。祖祖辈辈盖房子，梁檩框架之上，苫一层荆笆捂严实了，接下来才是和泥、铺瓦、结顶。传统采煤，大小巷道掘进，要防水防崩塌，全靠手工编的荆簰用于穿顶支撑。最令人惊奇的，是粗头乱服、貌不惊人的黄荆，竟然可以由灌木变成粗大乔木，荆木用作寺庙的屋梁。"太行、王屋二山，方七百里，高万仞……"《愚公移山》出典之济源市，除了王屋山、阳台宫和济渎庙，其城区还有全国重点文物保护单位——唐代的"奉仙观"，又名"荆梁观"者，其主殿"三清殿"，用本地产的老大的荆木作四梁八柱而典型犹存，堪称华夏奇观。从我们村子下山出山到焦作市区，途中要经过宋金时期以烧制陶瓷而闻名的当阳峪村，路边不大的一个娘娘庙，也是荆木为梁。"橘生淮北为枳"，与南方山地的黄杨一样生长缓慢的黄荆，在南太行成了精似的可以长成栋梁之材，若不是现实中存在，外人很难相信。

酸枣即棘也，土名红土疙针。把它和落了叶的野皂角一并砍下来，我们统称叫割疙针，可用来做篱笆、栅栏，亦铁篱寨。同时也可以烧火烤火，煮饭烧锅。

沸腾的城市，无不似一大锅滚水或熔化中的钢水，热浪滚滚，四处洋溢。今年清明回山里上坟，我发现市区与山区的界限更模糊了。老家的大路，是二面山坡夹着的一条大路，似鱼和恐龙的脊椎，刻下也来来回回跑着洒水和除霾车。市区的建筑垃圾，夜里运到我们拆迁过的老村垫地，把深沟逐渐填平了。更有地产商大模大样进山，在大路边开发别墅。历来地无三尺平，不是高坡就是下坡的，现在大路早已被取直了。站到巨幅售楼广告旁边，我的大哥问我还记不记得当年的旧路。那还用说，眼前是一条直上直下、先铺了水泥又改为沥青的大路，旧年一条弯绕的小路马车路原本在这大西边。当年，父母都在 50 里开外邻县的县城工作——小时候，爸爸回来看我们和爷爷奶奶，总骑着国家干部标配的自行车打来回。一次，爸爸带着我和大哥二哥出山去市区，来回下大坡再上大坡。高坡很陡，上坡的时候，挤在后面的大哥和二哥自动下来走路，我在前边，却赖在车梁上手抱着车把，撒娇让爸爸推我走。爸爸还不到 40 岁吧，喘着气，到高坡半中腰的柿子树荫凉地歇脚，取下草帽扇风。一如城市人怀旧，他们回忆曾经把月季花、蔷薇花的嫩枝剥了皮当零嘴吃，酸酸的。山地的土塄上，爸爸也随手掐几根野皂角紫红的嫩梢给我们吃着玩儿，顺势讲《三国演义》，讲曹操带兵远征和望梅止渴的成语。

我对于野皂角记忆最深。除了老家日常生活，主要和我爸爸操持券窑洞有关。北洼村祖祖辈辈都是住窑洞的，村人靠着土崖打窑洞，夯土筑院墙，层层像蜂窝一样。窑洞固然冬暖夏凉，但是窑洞太过密集了，一层又一层，其间有走人和过车的路，夏天难免漏水和落土。殷实人家，早就拿石头做根基，用青砖券窑洞；再好一些，券过窑洞了，锦上添花，还要用好青石裱窑脸儿，分明固若金汤。打我记事的时候起，爸爸的精力都用在了窑洞的改造建设上。南太行虽然到处是石头，可是老家人建筑用石不用明石，因循守旧，都是开土打石窝，用没见过太阳的青滋滋的青石条和方石。老院一共有大小五孔窑洞，券窑是大工程，仿佛愚公移山，不是一两年可以完成的。于是，当年我们姊妹几个的一项主要任务，就是放学以后，披荆斩棘，割疙针刨树疙瘩，当柴火烧，为请来的工匠烧地锅做大锅饭。黄荆疙瘩现在和崖柏一样，都是制作根雕的好材料，当年则是烧火的好材料。那野皂角粗大的根，盘曲似龙蛇一样，挖出来最耐烧还流油，火最旺。

我们一直叫它麻秸疙针的，野皂角的大名却很晚才知道。野皂角与酸枣、黄荆几乎同时开花，花后结眉豆角一样的果实，开头青绿色，逐渐泛紫红，秋风起而变老变黄，自生自灭。汪曾祺说昆明有种蒸菜的底子放皂角子，马皮豆作为野皂角的子，未老的时候可以煮着吃，两者异曲同工。但是马皮豆吃多了放屁多也是笑谈。或许和爸爸让我多看故事和小画书有关，比葫芦画瓢的，我逐渐就爱上了写作。中学毕业后，通过县文化馆的老师推荐，直接参加了省出版社办的创作学习班。我写的故事以老家生活为背景，其中有黄荆和野皂角，然而，野皂角我用形象而戏谑的名字叫它"猴眼木"。这个时候，我还不知道野皂角的官名。直到得到2002年正式出版的《焦作植物志》，书中记录南太行地带的草灌群落丰富："野皂荚灌丛常伴生荆条、酸枣、胡枝子、白头翁、沙参、画眉草和蒿类；荆条灌丛常伴生酸枣、野皂荚、绣线菊、狗尾草、铁线莲、委陵菜，还常见寄生的菟丝子。"这太准确了！周王将野皂角称马鱼儿条。《救荒本草》记"马鱼儿条"，嫩叶可食用："俗名山皂角。生荒野中。叶似初生刺花叶而小。枝梗色红，有刺似棘针微小。叶味甘，微酸。"山皂角的嫩枝梢，正是爸爸给我们举例讲望梅止渴的。我的二哥，当过农业局长的，也喜欢弄本地的植物名字。我第一时间把野皂角的大名分享给哥哥，我们一时都很兴奋。

山里人祖祖辈辈，宛如黄荆与野皂角一样生生不息。爸爸主持券窑的工程才完工不久，因为采煤，村子告别古老的窑洞，搬迁到后地盖瓦房，大家像蚂蚁一样从头再来。现在北洼村人的日常生活不一样了，就像蒸馍变成买馍吃，煤炉煤火变成了烤箱和电磁炉，连生产工具也变了，家家都有汽车，拿荆条与野皂角编织箩头与箩筐，早已销声匿迹。酸枣接大枣的辛苦活，更没有了。

编过村志，但我意犹未尽，我还要深入考察野皂角。太行如龙——南抵黄河，北至长城，"太行自古天下脊"。围绕整个太行山，行行重行行，北边到五台山、北岳恒山和北京的西山，西边到济源王屋山、三门峡及晋南的中条山，和山西"大槐树之乡"洪洞县广胜寺所在的霍山，南北东西纵横，方圆皆有野皂角。野皂角在浅山区和大山山麓多生长，高山上反而稀少。为了寻找野皂角，无意中把太行山绕着又穿插，反反复复，曲曲折折，上上下下，高高低低，走了一遍又一遍。太行八陉，西从济源的轵关陉开始。北洼村属于修武县，位于第二之太行陉沁阳与第三之白陉辉县之间。朝北依次是安阳、邯郸、石家庄、保定。太行北三陉，第六陉飞狐峪和第七陉蒲阴陉，皆在晋冀接近蒙古高原边缘；第八陉军都陉，在昌平西北之居庸山，乃燕山与太行山的分界线。弄清楚野皂角在太行山的生长与分布状况，这是我的小目标，同时也获得了访古远行的快乐。

植物与人的关系，不是一下子可以说清楚的。老家标志性的树木，柿子树与人们的关系也很密切。"长岭的核桃绵，洼村的柿饼甜"，这是旧版《修武县志》记述过的。但我觉得野皂角与生俱来，与先人的纠缠更为深远，所以选它为代表。而《北洼村志》将要付梓的时候，我写过不短的一篇代后记——《我们的祖先，或许是一株野皂角》。电脑里写好了，一天早上醒来，我忽然开悟，顺手把这篇代后记删除了。在老家和故土面前，我想我应该保持足够的虔诚和敬畏。

5月1日早上，雨中于甘草居

清秋见，糜谷麻子满太行

　　年年立秋，山里人早早要"小秋收"的。这时，高高云彩眼里，混浊的暑气裹挟着连绵浓云略微才有点松动，散而未浮，秋高气爽尚谈不上，早晚的阳光却已变色开始呈嫩金色。这一刻草木灵动——兴奋的草木，夜间暗暗接了氤氲变化中人眼看不到的地气和秋气息，带了浓重的露水使劲疯长。黄河边的农村，有人开始晒新棉花，爬高上低摘葫芦、丝瓜、冬瓜和老南瓜，摘红辣椒制酱，剥先熟的稙玉米晒新玉米穗；南太行山里人家，纷纷预热三秋大忙，彼此摘花椒、打核桃、采药草……因早晚温度骤然拉大，顿时秋染南太行。

　　立秋前后，8月上旬，我重去南太行打来回——先从郑州过黄河，经古怀川地界走焦晋高速上南太行，在美称为"太行云顶"的晋东南陵川县一个叫东掌的地方小住，然后，再由陵川薄壁公路下南太行。后边这一段风土不俗——此地乃太行八陉之"白陉古道"所在，高处是山西界内的黄围山景区，出山乃河南地界的宝泉水库。一路途经陵川所辖的马圪当乡，山谷里挂牌保护的古村落星罗棋布，层层梯田伴着流水层次分明，遇见了满眼好庄稼。这不是普通的秋庄稼，数十公里的山中道路移步换形，仿佛行走在天然又古老的北方秋粮的博物苑里。

打头炮而最亲切的是谷子。遇见长在地里的谷子，青苍苍的沉甸甸的活泼的谷子，对我而言就好比找到了久久分别的亲人和老熟人。平地和平原，夏秋的青纱帐几乎清一色是玉米组成的。为了高产和追求高产，平地人舍不得用肥沃的土地种类似于谷子的低产作物，古老的谷子，一如古老的农具，快被人遗忘了。谷子的品种，老家《北洼村志》里有具体的记载，但远没有《陵川县志》记载的丰富。陵川人说：20 世纪 60 年代以前，本地谷子品种，是马拖江、六十糙谷、瓦灰白、白流沙、杏也谷、圪毛黄、红艮谷、红糙谷、齐头黄、秃白谷、低白谷、香色谷、黑谷青、黄艮谷、黄谷、笨白谷、麻黄谷、紫杆黄等等。后来陆续引进的良种，有长农 10 号、长农 18 号、晋谷 21 号、晋谷 27 号、沁 96035 等等。看看，作为传统农作物里起家的龙头老大，黄河流域世世代代养育百姓和官员的主粮，谷子曾经是粮食的符号，它的名字，从形象化五光十色和诗意十足的名称，日益失色单调而数字化了。

谷子早先出尽了风头，无比精彩而有些夸张。《齐民要术·种谷第三》："谷，稷也，名粟。"谷子似人，有大名与小名。百姓曰粟，官称为稷。社稷江山，由此而来。中国当初遍地是谷子，贾思勰前后叙述谷子名字，举例如雪白粟、张公斑、卢狗蹯，和高居黄、刘猪獬、辱稻粱等等上百种，逐一列举出名字

一边园花一边野卉

的，确凿无误达 86 种。直到 20 世纪上半叶，小米滋养了太行山上抗击日寇的八路军；1949 年前后，新中国公职人员的薪俸是以小米数量计算的。中原地界的北方人，给远方的亲人和至尊者送礼，特地要送谷子脱壳后的小米，送百里挑一的好小米，金灿灿的当年出产的新小米——当年的曹靖华，给鲁迅先生寄小米、大枣和猴头菇。后来崔耕先生，给沪上施蛰存北山老人寄小米、红枣和小磨香油。图腾般的谷子和谷穗，百分之百是粮食中的经典和元典。

谷子还分稙谷与晚谷，品种不同，收获期也不同。山里人至今还深情地种谷，狼尾巴似的毛茸茸的谷子穗，有的甚至大半尺长。此刻，我站在平展展的谷子地里留影，谷子苗壮齐腰深不止，谷穗摆动，在我周围发出窸窸窣窣仿佛是衣帛与粗布的声音，使我激动万分。晋东南地区的"沁州黄小米"，刻下已经是响当当的粮食品牌了，它的价格，比好大米还贵。谷子小米，寄托着岁月沧桑和乡愁，农业农村的供给侧改革，逐步使不可一世的玉米减少，让步给以谷子、小米为代表的传统的五谷杂粮。

黍米，糜子。有曰千谷百糜，足以形容北方杂粮丰富。太行山是游牧和农耕的过渡，中原和三北地区的过渡，三晋大地，至今还有稀罕的黍米种植。《齐民要术·黍穄第四》，说黍分五色，有鸳鸯黍、白蛮黍、半夏黍和驴皮穄等等。《陵川县志》说黍叫糜黍，有黄黍、粘黍、黑黍与小黎黍四种。南太行地形，有坡有岭，有峪有掌。峪为山口，掌乃山坳。当阳峪、葫芦峪与峪河，在前山河南地界；前掌、后掌和东掌，在山上陵川地界。白云生处有庄稼，在高山之巅的东掌和马圪当，我有幸看见了成片的穄黍地——黍米和谷子高低差不多，比稻谷略高一点，叶子比稻谷叶片宽许多，垂下来的黍米穗子如披璎珞，圆溜溜的仿佛是稻谷之穗。大籽黍米作黄米稠饭、红枣软饭，可以酿酒，成语中的一枕黄粱和黄粱美梦即是，外行人把黍米和小米混为一谈是隔靴搔痒。陵川1959年的穄黍产量，全县将近百万斤——九十万四千零四十五斤。但半个多世纪过去，黍米如今已寥若晨星。

路边有农家主妇摘豆角，剥大红豆在筐箩里晒豆。此豆好颜色，堪与南国相思豆媲美。它和大豆绿豆黑豆小豆一样，单株生长不用攀附，与缠绕在玉米植株上的架豆或篱豆不同。豆乃菽也！南太行杂豆最多最丰富。《礼记》曰："啜菽饮水尽其欢，斯之谓孝。"菽水承欢，象征着平民日常生活的平实和知足。

玉米地边，且植麻子为篱。《齐民要术·种麻子第九》："凡五谷地畔近道者，多为六畜所犯，宜种胡麻、麻子以遮之。"南太行人家至今还是。山家油料作物，一直沿用麻子、芝麻和荏子。麻子油现在20多元一斤，比芝麻油小磨香油还贵。而荏子即白苏，开花结籽最迟，立秋前后，还有人趁着下大雨的时候，将小片地里或道路两边的荏子苗，分开移栽，用以疏密调剂。南太行此季雨水最丰沛，头上只要飘来一片云，雨说下就下，有时电闪雷鸣，更多是起势迅猛的哑巴雨，白茫茫大雨叫白撞子雨的，高屋建瓴，汇流成河，北召河、武家湾河和香磨河，长年流水不断，源源流入了"太行秘境"之宝泉水库里。城市人远道进山避暑戏水，马圪当、武家湾、潭头村和峪河镇，豫晋两省交界，南太行壁立千尺，重峦叠嶂，雨后云雾缭绕，一点不输于江南山区的烟霞明灭。此地面对巍巍高山，左手关山，右手云台山，南太行最美的地方集中在此，这里也是周王《救荒本草》的采集地之一。

2018 年 8 月 21 日，戊戌处暑前于甘草居

两棵蒲公英

　　寒露节气也过了，郑州的天气并没有很快变冷，早晚降温还不太明显。倒是我觉得今年夏天以来空气在变好，人可以望远了——不管是看城市，还是看野外，我感觉自己好像新换了一副近视眼镜似的，大老远的东西都可以看清楚了。

　　早晨远足，经过环城高架下面，不由自主就停下了，我总喜欢在这里消停片刻，打量住在这里的老两口，——说是临时寄居这里的环卫工人，但他们在此不止一年了，且因地制宜种菜种瓜种豆子，虽然量不大，属于拾遗补缺性质，可季节变换，赖他们轮流收获的成果而很有节奏感和表现力。这一刻，朝阳为地面上的景物才镀了一层嫩金色，而女主人已经劳作一番回来了，暂时在休息。她面前的凳子上，放着一棵带露水的青菜，水灵灵的，我以为是萝卜缨和大菠菜呢，近观又不是。主人说，这是她刚在远处发现的一棵黄花苗。黄花苗是蒲公英的俗称，这么大的一棵蒲公英，比人工种植的大叶蒲公英也大许多，数十缕长长的叶片层层包围组成一束，看上去仿佛是一柄绿色拂尘。

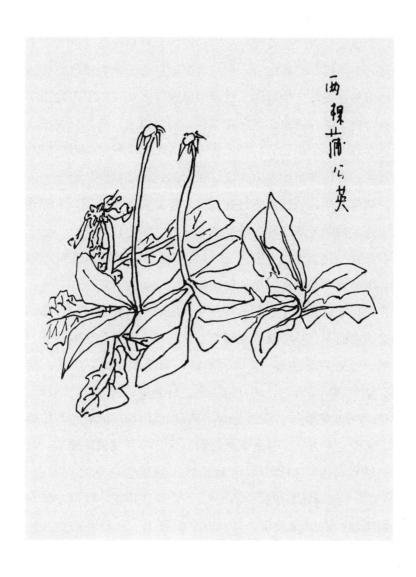

　　太阳居中又偏南了，天在变凉变寒冷。此时大地收腹，地气内敛，晨露凝白似寒霜一样，而眼前新生的蒲公英竟然如此苗壮，难道是反季蒲公英吗？见怪不怪，我只是没见过这么大个头的蒲公英而已。中秋之后，大河两岸，经历深秋而霜秋，直到十月小阳春，往往这个阶段，反而中原天气多和暖，草木要迎来第二春，桃、梨、海棠、苹果和丁香，甚至山地杜鹃和野枸杞，常常反季开花。中原民谚："秋分早，霜降迟，寒露种麦正应时。"这时候，冬性杂草和麦田杂草，在白露到霜降期间，恰恰出苗最旺。杂草新生，隙地最醒目的要数大籽蒿和婆婆纳了，大籽蒿一团团簇生像就地滚绣球。婆婆纳连片滋生如金钱草蔓延，于下雪之前要开一遍蓝色小花来。黄鹤菜，也有叫它野芥菜和还阳草的，围绕树木和墙根，连片抽茎开花，细瘦的黄花枝和春末开花一样地招摇。远不止它们，寒凝大地的时候，仔细分辨，那早开堇菜、曲曲菜、小苦荬、泥胡菜、车前草、野地黄、野菠菜、灰灰菜、野苋菜，白蒿、黄蒿、米蒿、柳蒿和艾蒿，小蓟、猫眼草、夏至草、益母草，还有结缕草、野燕麦、画眉草、马唐、爬根草、一年蓬等等，就连龙葵、商陆、牵牛、旋花也不甘落后的。可能是看多了，越看就越仔细，这几年寒露霜降前后，我发现竟然有马齿苋和蒺藜，也踊跃加入到新生杂草的行列中来。"荠菜马兰头，姊姊嫁在后门头"。"三春戴荠花，桃李羞繁花"。耳熟能详的春野菜故事，在《故乡的野菜》《故乡的食物》和《江南的野菜》里，无不字字生香，可秋冬之际的荠菜肥美，被前人称赞亦源远流长。也是山阴与会稽籍贯，知堂之前，陆游撰

《食荠十韵》，歌颂秋冬之际的荠菜肥美："惟荠天所赐，青青被陵冈。珍美屏盐酪，耿介凌雪霜。采撷无阙日，烹饪有秘方。候火地炉暖，加糁沙钵香。"秋冬的野菜，多了霜雪的浸染，故而比春天的野菜滋味更绵甜深长。朋友刘运来是书籍设计师，屡获"中国最美的书"奖励。他创意的《笺谱日历》，己亥 2019 年的《笺谱日历》里，有画师张兆祥的一帧木刻蒲公英，画不大，跋语的气势大："蒲公蒲公，其英谁同。如此强项，独立迎风。秋深多子，成白头翁。"触景生情，我觉得此画此跋，与"燕山雪花大如席"异曲同工。

即使是大冬天，寒冬腊月里，耐寒的杂草也有蒲公英凌寒而生。元旦新年前后，我在城市边缘，甚至大院的角落与旮旯儿，也冒雪画过正在开花的蒲公英。这时的蒲公英不见叶子，开花如同菌子出生，独一根细莛开花，人凑近了，对着它吹口气就能吹化它。

城市风景因为蒲公英而生动，蒲公英在秋冬时节，出其不意地开花结果落果，解构了草木春生秋暮的刻板印象。书店和读书的形式也在改变——应对互联网时代的多元阅读，实体书店举办的新书分享会、诗歌赏读会等等，如雨后春笋般生长。郑州也有很多的读书沙龙。才过了春节，2 月里雨水节气这天，包括我的新书在内的一场分享会，在郑州"大树空间"举行。这一次，女诗人如月特地带了两株新采的野菜过来，一株是野芫荽，一株就是蒲公英。公历 2 月还在正月里，蒙着冰霜的大地还是很僵硬很模糊的，怎么会有碧绿的野芫荽和蒲公英呢？它们并非大棚出品——绿油油的蒲公英采自苗圃的丛草里，很深的根茎，因为经历了反复的采叶而伤痕累累的。另一棵野苣荬也美妙，像一顶古代公主俏皮的礼帽，流苏四垂。这情景把文友和朋友们震撼了，大家感慨万分。

因为这两棵蒲公英，让我重新打量蒲公英。《本草纲目》记蒲公英，不在草部在菜部，李时珍有意为之。河南人早春食野菜，喜食白蒿和面条棵；江南则马兰头、枸杞头和荠菜；成都是鱼腥草和豌豆尖……各地野菜如地方粮票，东西南北并不统一。但无论何地，尽管蒲公英叫法不同，大家对蒲公英药食两用，喜爱一致。李时珍征引前人文献，已经说明了蒲公英四季皆有。吴状元记录蒲公英曰："蒲公草，《唐本草》始著录。即蒲公英也。《野菜谱》谓之白鼓钉，又有孛孛丁、黄花郎、黄狗头诸名。俚医以为治毒要药。淮江以南，四时皆有，取采良便。"一代有一代的识见和局限，李时珍说岭南没有蒲公英。吴状元只记录开黄花的蒲公英。现实当中，蒲公英的调皮或出格，生动与生猛，修正了前人的记载，也改变了我们的观念。三句话不离本行，我是一直盯着气候暖化和气候变化不放的，就蒲公英而言，如果按照吴状元的说法，那么黄河两岸刻下四季有蒲公英生长，这也是气候暖化的表现了。

2018 年 10 月 9 日于甘草居

一边园花　一边野卉

　　郑州是哪一回举办的"上合组织峰会"？查我的记事吧，东西太乱，不好找。即用手机检索，倏忽就跳出"2015 年 12 月中旬"。

　　是的，是的，是那时节。

　　每年吧，每年冬至开始数九，这时候郑州常常上冻，天已经很冷了。可是，就是那一年的冬天，从欢迎"上合组织峰会"开始，郑州的街头饰景，街心花坛里不仅仅是月季花一枝独秀了。《广东新语》里屈大均说，月季又名月贵。于是每年元旦，偶尔我画一枝当院开花的月季花，跋语爱题："雪里月贵已跨年"。现在，我先按下月季花这木本的花卉不说，专说说郑州冬季时兴的草本花卉。

　　就是那一次，借着欢迎外宾，虽然是深冬了，可郑州开始在新区的地标"大玉米"周围，饰景造景。主会场外边的广场和进出广场的通道两边，一边大量搬运和堆砌现成的盆景花卉，造高大洋气的中央花坛，造重重叠叠的花门廊与花连环；一边又开始

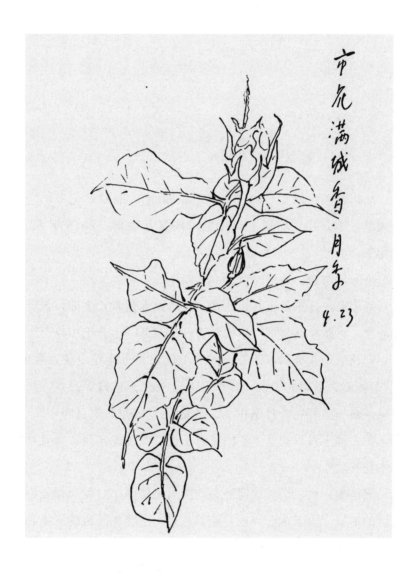

在连绵不断的街心花坛里，铺地栽花，栽种羽衣甘蓝、一串红、金盏菊和三色堇等等。三色堇又名猴面花，花里有花，复色重彩，形似猴子和狸猫顽皮而娇憨的面容，黄花白花紫蓝花，彩色三色堇交织开花了，五光十色颇魅人。但是，冬天的郑州之前没有露天的三色堇。以前，省会郑州过元旦过春节的时候，只是在三大公园和某些大单位的门口，造景扮绿，弄一片盆栽的羽衣甘蓝和红莙荙菜等等，间或有塑料的梅花与桃花，仿佛人脸上抹点胭脂，画龙点睛式图个喜气而已。而完全把应季开花的花草如三色堇，寒冬腊月里逆势栽种在街心花坛的土地上，这防冻防板结就是个大问题。不要紧，眼下工人将黄土大量掺了为种花而特制的复合营养土，一车接着一车，像运送猪饲料一般源源不断运过来，去掉旧土换新土，使原本不适宜养育冬花的土壤脱胎换骨了。具体说来，这项工作就是从2015年这一年的12月半开始的。三色堇由此填补了郑州冬季露天草花饰景的空白。说来也怪，那一年是个暖冬，这一茬三色堇挺给力，竟然绵延到春节元宵节春暖花开以后，真让人皆大欢喜。

所谓四季有花，曾经是黄河边的郑州人之久远的愿景。新世纪以来，冬天的木本花卉，有月季、腊梅、枇杷、山玉兰等等，冬花不凋变成现实。可得寸进尺的人们，还追求四季有花的立体效果，于是，草花首选三色堇，旗开得胜。这么一来，四季有花之草花——冬季有三色堇和金盏菊、羽衣甘蓝，羽衣甘蓝又名叶牡丹；春季是雏菊、矮牵牛、瓜叶菊、二月兰、鸢尾花和景天长寿花等等；夏季，入夏更是百花齐放，多姿多彩，芍药、荷包牡丹、紫马鞭草、风雨兰和萱草、射干、洋马齿苋等，特别是洋菊多种，黑心菊、麦秆菊、波斯菊、大丽菊、百日菊、日光菊、茼蒿菊、万寿菊、矢车菊、金鸡菊、硫磺菊……般般样样，不胜枚举，极大更新了秋天菊花开的传统印象；秋季不用说了，鸡冠花、老少年、美人蕉、江西蜡、四季海棠……一岁秋光花最丽也。四季有花——还没有几年时间，那年我在澳大利亚"黄金海岸"见到的冬日街花，活灵活现变戏法一样，且像阿拉伯神话里的那片飞毯，转眼就到了家门口。四季有花——各个街道和大小广场，绿地饰边随时镶嵌草花，好比美人的衣服——晚礼服和连衣裙那精巧的花边。我们的城市，仿佛每天都在举办着奥运会、世博会和进博会，树花和街心草花，随心所欲任性而缤纷地开放；仿佛有无数的少年儿童和青年，双手举着五颜六色的调色板，出其不意地变换着花样，组成形形色色美丽的图案。花啊花，城市不停地换花，变换着花品种，鲜花与草花驱走了冬霾里的些许忧郁，让我们无法不心花怒放，笑逐颜开。

城市植绿不停，种树栽花，一年年快马加鞭。郑州冬天的绿树常青树和绿栽，仅仅我家所在的院子里，略微数一数，已经超过 20 多种了。差不多 20 年前，单位盖小区，新家刚搬到这里的时候，冬天光秃秃的。这里还是郊区农村，连着后来变脸为森林公园的国营林场，同时，这一带也多有部门新办的中专和职业学校。现在这里华丽转身，邻着纵横交织的环道高架和地铁，鳞次栉比有万达广场、丹尼斯和大商的大型商场，俨然已经是红尘滚滚的热闹市区了。我家门口，学校更多了。大学、职业学院、中专和中小学、幼儿园一应俱全。只不过百步的距离，我过了路口就是一所大学校园——原来一个带农字头的大专，前几年与另外的学校合并升本，冠名为时髦的经济学院。目前 2 万多人的办学规模，分为三个校区，外面新区有两个，专科原址继续办学。这情况和不少老牌子的高等院校发展路径与现状都差不多。

别急，我不会说跑题。要说的就是该校老校园里的大操场——说是足球场也可以。尽管多年来各级各类学校，争着评估上台阶，美化校园和翻新操场、运动场，千校一面的塑胶跑道是当头炮。但这个学校不失初心，因为与农业农村有关，学校老一代的教职工农林情结重，家属区与校园又紧密相连，包括原来的领导在内，不怕背上"土老帽"的名义，执意保留了这个大操场的原始风貌——黄土土地操场，保存着它的原生态和接地气。遇到举办春秋两季运动会的时候，还需要师生一道拿白灰临时画圈画界限。学校自然也有水泥地皮的篮球场和网球场、室内体育场等等。

这别样的一块黄土地大操场，也是野草和杂草的特区。草是一岁一枯荣的，冬天和早春时候我不说，你也不难想象那荒寒的景象。刻下人们好热闹，咱们从热烈奔放的夏天开始吧——因为是足球场，学校没有引种洋草皮，而是刻意让本地的野草牛筋草，土名也叫疙疤皮和蟋蟀草的，任性生长。这东西是天然的绿色草皮，很强势很霸道的，如铺绿毡子、结茧子一样，很快就铺天盖地地独霸了场面。

包括牛筋草在内，禾本科杂草是个大家族。

单说禾本科，由春入夏的杂草，牛筋草、狗尾草和稗子草，这三种野草，是夏季大操场翻腾绿色波浪的主力军，与黄河两岸大田里外的野生杂草步调一致。我对照手边的也有该校教师参编的《河南农田杂草志》，其中将杂草分为麦田杂草、秋田杂草、稻田杂草和果园杂草四大部分。禾本科一共有82种，从第一种虎尾草开始，到第82种白羊草结束，1991年出版的这本书，难得的一部奇书，把中原地区的杂草算是一网打尽了吧！虽然它没有涉及近30年来的外来杂草。有趣有意思的就在于，这么多的杂草，几乎多如牛毛，竟然绝大多数在这个牛筋草称霸天下的大操场上，形形色色都有其存在。听我慢慢说——

牛筋草既然打了底，那有矛有盾，有龙虎，有门下走，也就织就了一方温床，宜于各种杂草搭车生长。禾本科的狗尾草，诗曰"无田甫田，维莠骄骄"。地不分南北，地球人都知道的，它别名谷莠子。顾名思义，古代的粟，北方人曾经的主粮，脱了皮曰小米者，就是从它优化而来的。河南人特别是我的老家，总叫它汪汪狗。当年在山里给生产队割草计工分，遇到成片而齐腰深的汪汪狗，那算运气好，既好收割又压秤有分量，且牛马爱吃。每到汪汪狗吐穗的时候，人们自己也心花怒放，都会下意识地薅一把路边的汪汪狗扎成玩具耍。既然它属于秋田杂草，我自认为对汪汪狗很熟悉，想当然它是夏热天才吐穗开花的。料不到狗尾草很调皮，原先我在《看草》里，公历6月末记录狗尾草开花觉得早，并画了我认为早开花的狗尾草。而这两年，眼见的面前这个大操场上，五一前后，年年都有狗尾草开花，比我原先的记录，早了一个半月也不止。五一前后，河南人要点种稙玉米和早花生的，而气候暖化条件里的狗尾草，开花也大大提前了！如果发微信朋友圈，非要连加几个"呲牙"的表情包不可。大操场上的狗尾草，不仅有提前的，也有延后的，最晚在霜降前后，它竟然还有出苗开花的。

狗尾草自己也丰富多样，比我在老家时候见的多得多。狗尾草里的大谷草，模样简直与谷子差不多。而大谷草与狼尾草，我到现在也分不太清。正常时序的狗尾草开花，嫩花青绿色，逐渐花穗伸长结籽，绿色变淡，老了则色变白老，入秋而枯老枯干了。可是，盛夏入伏以后才出苗的狗尾草，有一种数量不大、开红花的狗尾草。立秋前后出生的狗尾草，名叫金狗尾者，其草莛和花穗都秀气一些略长一些。有道是"七月流火，九月授衣"。金狗尾开花吐穗之际，偶有凉风吹过地面，天空应时出现了巧云走兽云，一如"春江水暖鸭先知"，翻版作个蹩脚的比喻，我曰"秋动麻雀先聚堆"。——一生为了口腹之欲，仿佛只是为吃食而活着的麻雀，我们叫它小虫的，每年从金狗尾开花时，开始大群聚集到这里觅食啄食，以各种各样杂草的籽实为食，早早开始为过冬聚集身体的能量。这一刻，学校放暑假还没有开学，大操场杂草深密，一派风吹稻浪，兔走鹊落的苍茫情景。说"风吹草低见牛羊"太夸张，我倒是常常会想起湖北老画家汤文选，曾经为京西宾馆所绘制的大幅《群雀图》，雀儿飞起来一波三折的，望之颇为不可一世。快要到中秋节的时候，每年秋季开学在即，工人用机器来回割草，但是没两天仿佛翻了个身，牛筋草和狗尾草不屈不挠再生长，新苗新颜色。戴胜鸟又名凤头鸠，鸟妈妈总要带着五六只鸟雏儿，排成一行，在尺把高的草皮和新草里雄赳赳地走步兼练翅，酷似动画片里儿童团扛着红缨枪机警地穿行在对敌斗争的青纱帐里。

　　远不止禾本科杂草。夏天的大操场，典型的还有蒺藜、马齿苋、酸浆草和翻白草，四种都是开小黄花的野草，你争我抢很茂密地生长。马齿菜马齿苋，精巧的小黄花仿佛眨巴着小眼睛，是仙人掌开花的微型版。蒺藜、酢浆草和翻白草，各个小花五片一轮，难分仲伯。蒺藜也有大名堂，它匍匐伸茎，自我为圆心四面生长，最长可达一米开外。而且，它的叶子和含羞草、马齿苋一样，夜来自动收缩。《诗经》之《鄘风·墙有茨》："墙有茨，不可埽也。中冓之言，不可道也。所可道也，言之丑也……"手边放着几本注《诗经》的书，河南大学老辈教授华钟彦之子，华锋挑头编撰的《诗经铨译》离我电脑最近，顺手翻开，《墙有茨》的内涵，演绎的是卫宣公身后，其妻宣姜与庶子公子顽私通的桥段。三段内容，白话如是：

　　　　墙上长蒺藜，扫也扫不完。宫中男女事，最好莫论谈。如若说这事，实在是丢脸。
　　　　墙上长蒺藜，拔也拔不完。宫中男女事，最好莫详谈。如若详细说，丑事难讲完。
　　　　墙上长蒺藜，捆也捆不完。宫中男女事，最好莫宣传。一旦传出去，实在是丢脸。

　　杂草野草，又是本草，入手皆是治病的草药。民间说一个关于蒺藜结籽的土单验方——采摘硬老成熟的蒺藜籽，不规则满身长刺的蒺藜籽，家里小儿女有风热出水痘者，流脓不止而水泡乱生乱抓痒，不要紧！将蒺藜籽和蒲公英的根，一起煮水喝，喝不了几次就万事大吉。草民百姓，老百姓只讲实用和管用的。

　　特别诡异而好玩的是，杂草出牌，每年生长完全没有主题，一点也不受约束——今年主题是蒺藜和翻白草，以这两种杂草密集出生居多，但是，明年或许就是萹蓄和粉枝蓼了，后年是野苋菜和灰灰菜……神出鬼没的，总之让人猜不透，让你好奇没个完。你带本旧年日本人注《诗经》的《毛诗品物图考》来吧，捧着书再看草，一准让你一连声尖叫"我受不了！"是的，杂草与看草识草，这分明是个大坑和无底洞，早就不知道一路上淹没了几多人。就是当下很煽情的英国人写的《杂草的故事》，日本人写的《杂草记》，和中国台湾丘彦明及刘克襄等人的草木园蔬杂记等等，加起来也没有离我最近的这个大操场迷人蛊惑人。

　　理论是灰色的，而生命之树常青。现成的草木之书，包括诗的刻画与描写，同样也是灰色的。在这个旧式的黄土大操场面前，我深感自然是不可方物的！

2018 年，年末于甘草居

梅关探梅：那一片青菜白梅花好精神

一

气候和物候，是大地氤氲的附属物和衍生品，属相属"老天爷"，故而总有些神秘兮兮，变幻莫测。人间发射的卫星包括气象卫星再多，天气仍然独自拗着——总有些不近人情的小性子和坏脾气。廿四番花信风，纸面上对应物候排列有序，但与实际差池不小，包括挂头牌的梅花，亦如妙玉、黛玉一样，情绪起伏无定。

今年元月中旬，上海先报道梅花早开——从 2011 年算起，8 年来今次梅花开得最早。那厢早开，这厢迟开——元旦前后，我两次到郑州紫荆山公园"梦溪园"探梅，原本连续几年早开的一双红梅，这一刻花蕾还小，比《梅花喜神谱》形容花蕾初始的"麦眼"和"柳眼"大些，却也不过在"椒眼"与"蟹眼"之间。你说怪不怪？

不止郑州和上海两地。这不照趄，不肯按常理出牌的梅花，孤傲的梅花，还包括"梅花祖庭"的庾岭梅花。

常常每年才入 12 月，就有广州萝岗公园梅开如雪的报道。可是，今年我连问几次，好友易大经委婉回复我，今年天暖些，羞答答的梅花，好像还没有开……我几乎天天看网搜梅花消息，这天，网上发一则南雄市梅花节组委会发布的"关于 2018 年南粤古驿道梅花节活动延期公告"：

原定于 12 月 23 日举办的梅花节活动，因天气原因延期举办……改为 2018 年的 12 月 31 日。

有名是"岭南花不应节候，谓十月间梅与菊齐发也"。然而，今年南岭则梅花迟开！

二

元月 5 日时近"三九"，北方人说的"三九严寒"即将到来。这天，节候适逢廿四节气之小寒。隔一日，戊戌腊月初二，7 日拂晓，匆匆在赣州下了火车的我，冒着霏霏细雨，和我的长兄连忙换乘赣州到大余县城的班车，路很好，9 时多一点就到大余了。恰好，公共汽车站有发往梅关景区的班车，3 元一人。而开车的钟姓师傅，听说我们千里迢迢赶来看梅花，专为梅花！钟师傅仿佛遇见了天外来客，正眼与我确认过眼神，眼看他摇摇头一连声地惋惜——"梅花是过年才开得哟！"

大余县城乃古南安所在，大街上和大路两边，看不出办节日的迹象，一点也没有梅花节的装点，例如随意应酬你的"大余欢迎您"等等。

　　此地地形地貌和地势，是四处蔓延，错峰交织的南方丘陵地区兼重丘地带，蜿蜒穿城而过的开阔的国道上，富有时代色彩的立体绿化带里，乔木香樟、灌木三角梅和美人蕉、决明槐，与铺地草花缤纷开放。间或有落叶小乔木，是红叶李或美人梅？是桃是杏？隔着车窗又是阴雨天着实分不清。但是，的确有红梅已经着花，在复杂的树丛里不显而显——小树红梅宫粉梅彼此烂漫开放，似娴雅女孩子从容的笑靥。因为赣南和大余地脉贯通南粤，故也冬花多开。"岭南花大抵盛于秋冬，至初春已尽。"（屈大均）若非我这双多年练就的探梅眼，很容易疏忽视而不见的。

　　离开大道和赣粤交通要道，岔开而东南方向上山，次第看到了正在建设中的观梅景区——貌似苏州香雪海一样的一个山包，被刈去本土植被后，整整齐齐换成了梅树，那祠堂模样的建筑前面，有一组仿铜的雕像是古人群像。车颠簸着继续上山，经过景区的关门所在买了门票，20元一人的门票是个普通的小发票。3元车票终点在此。钟师傅说，按规定每人再加2元可以直达梅关古道。我们照办了，公共汽车载着我们弟兄俩猛开一阵停下，不远就是"古驿道"大牌坊，面前已经是卵石磴道和石阶路——卵石多青石，石阶乃麻石石板，细雨使青石卵石油光发亮，绿叶树碧绿如洗。

　　这样的天气，因为带着换装的行李，直接翻越梅岭是不现实的。司机拐回去的时候特别约定我们，说他11点15分至20分来接我们，务必要守时。我们深深记住了这位专心开车而不顾看梅花的大余好人。

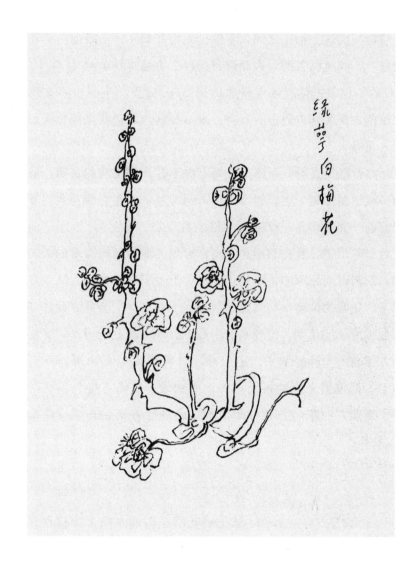

越过牌坊门，有个验票的保安，让我们存放了行李，即忙着去不远处的果园，在避雨的帐篷里看果园，卖他那金红色的赣南好脐橙。而这一抬头之间，蓦然已入梅花坞了——眼前白梅花树树盛开，满坑满谷的。古驿道起头，一边是落款于 1991 年 12 月 1 日的《梅关古驿道景点修建碑记》，一边是"全国重点文物保护单位之梅关和古驿道"石牌。来不及预热，我就飞蛾扑火似的深入花海里了。

卵石磴道真滑，而路边老梅不次于苏州香雪海的古梅，或直或斜或扭曲的树干上，树身周围若明若暗，多是青绿苔藓，寄生着薜荔一类的爬藤。有废而重修的古寺曰"云封寺"，回廊曲径依着盘陀山道，我打着趔趄登高，遥望雨雾如絮掩盖着的梅关在前，却因时间原因不得不终止前进。上上下下的探梅人陆续多了起来，凭我的经验，与其走马观花，不如消停一会儿。我仔细打量古寺周围的草木，发现一处屋廊下有现成的凳子可坐，又能避雨，便趋前安静坐下来，定定神，对着梅花画了两纸，一页着重于一群古梅交织的树干；一页更别致，是南方特色鲜明的大棵子青菜，白菜与芥菜分不清的，满畦好青菜，其上一株梅花雪白。

三

公元 1595 年，有位不知道梅花意蕴因而忽略了梅树存在的洋和尚，翻山越岭经过此地——他就是著名的传教士利玛窦，由今日韶关北行而赴江西。他记述当时翻越梅岭和梅关的情况如下：

梅岭山屹立在两河之间，标志着两省的分界线。越过它要花一整天时间，翻山的道路也许是全国最有名的山路。从山的南麓起，南雄江开始可以通航，由此流经广东省城，南入于海。山的另一面，在南安城，有另一条大河流经江西和南京，途经很多其他城镇，东注于海。许多省份的大量商货抵达这里，越山南运；同样地，也从另一侧越过山岭，运往相反的方向。运进广东的外国货物，也经由同一条道输往内地。旅客骑马或者乘轿越岭，商货则用驮兽或挑夫运送，他们好像是不计其数，队伍每天不绝于途。这种不断的交流的结果使山两侧的两座城市真正成为工业中心，而且秩序井然，使大批的人连同无尽的行装，在短时间内都得到输送。

山为两省共有，它们被一座建在绝壁上的大门分开来。过去此山不能通行，但科学和劳动打开了一条大道。翻越它的全程尽是穿过覆盖树林的多石地区，但是歇足地和路旁旅店也一路不绝，以致人们可以平安而舒适地日夜通行。戍卒和川流不息的旅客足以防御强盗，而道路从来没有被破坏，哪怕是山洪冲毁过。山顶有一股甘冽的泉水，还有一座大寺，有戍卒把守。从这个地点可以饱览相邻两省的壮丽景色。（《利玛窦中国札记》

第三卷第九章。中华书局 2010 年 4 月版）

身兼科学家而注重实证的利玛窦，记录梅岭和古驿道是准确的。这一刻身临其境的我，觉得自己是名副其实的后来者。

彼时利玛窦从南向北，今次我们由北而南。在那座大寺即云封古寺前，我静观且打量着梅关主峰之下，大山开阖分成若干沟谷山涧。这里是长江和珠江流域分水岭，又是南亚热带和中亚热带的天然分界线，风景与南太行，与豫南大别山和豫西伏牛山景致明显不同。南太行冬山如睡，松柏之色亦变乌褐直如魅影。大别山伏牛山多苍松翠竹，有绿杉石楠，杂灌青绿。而眼前梅岭——五岭之一最偏东的，可见楠木香樟，绿蕉青竹；可闻听山涧飞泉，禽鸟悦耳。梅花，纷披打头的白梅花系典型的南粤果梅，开得正酣，历代有人工种植，诚然也有野生之梅散乱不羁。梅开梅不开？是文人爱梅，还是奇士好梅？其中道理，不可与局外人道也。

四

反清志士、亦僧亦儒的有着"广东徐霞客"之称的屈大均，距离利玛窦不远，曾经北上，翻越大庾岭而南昌、南京，再西行而中原山西。

屈大均考证梅岭由来最细，他记粤东风俗，从社会层面叙述古粤当年梅树遍地。《广东新语》有"糖梅"一则——

自大庾以往，溪谷村墟之间，在在有梅……（唐人）段公璐云：岭南之梅小于江左。居人以朱槿花和盐曝之，其色可爱，曰丹梅。又有以大梅刻镂为瓶罐结带之类。渍以棹汁，味甚甘脆。东粤故嗜梅，嫁女者无论贫富，必以糖梅为舅姑之赀，多者至数十百罂，广召亲串，为糖梅宴会。其有不速者，皆曰打糖梅。糖梅以甜为贵。谚曰：糖梅甜，新妇甜，糖梅生子味还甜。糖梅酸，新妇酸，糖梅生子味还酸。

屈大均又曰"菹"——

广中隆冬时，常得鲜蔬十余种，故人家绝少咸菹。谚曰：冬不藏菜。宾客至，以菹荐之，谓之不敬。诸果亦然，率以鲜者不以干。荔支之脯，橄榄之豉，羊桃之蜜煎者，人面之（子）醋渍者，皆不登于器。嫁女则以干湿诸果为女赀，多至数千百罂，而糖梅为长。无糖梅，虽多远方珍果，充溢筐筥，未为成礼也。故召宾之辞，皆曰梅酌。宾亦以糖梅展转相馈，务使人人口尝而已。故曰：男赀茶麻女赀梅。

但是，风俗是随时变化与变迁的。

"笔会"去年5月6日刊出潮州作家陈思呈谈桔和柑的文章《桔的吉利，柑的魔力》，谈柑橘在今日粤东的地位。陈文说——

每年春节，到别人家拜年，总要携带两个柑（称为"一对大桔"）。主人家要拿出另外两个柑来交换，宾主交换过程嘴里还说着"诸事合想"、"同同、同同"之类的话，意思是大家一样平安……春节要拜的神仙是多位的。一份祭品只能供奉一位神仙，不能重复使用……人们要先在家里把祭品准备好，用担子挑着去。所以，春节前几天，村道上常见挑担子的人们来回穿梭，担子两头，就是颤巍巍的卤鹅、粿、香烛和"大桔"。一个春节，一个普通潮州家庭需要购买的柑数量是 20 斤左右，这是我这个春节亲手置办家中柑业之后的数据。

无独有偶，冯沛祖在《春满花城：广州迎春花市》里也说：柑桔，是迎春花市必备品种，也是花市里销售最大的品种。每个区的花市，务必要有专门的柑桔档（盆桔档），而且在花市档位中占有相当大的比例。"在广州话的读音上，'桔'应读作'骨'，但广州人把这字读作'吉'，与'桔'同音……广州人平时讲意头，过年时更要讲好意头，而好意头的东西基本上都包含在这个'柑'字和'桔'字里。"

11 点 15 分，我们如约回到下车的地方，并且带了两位从南雄方面早上翻山过来的客人，坐上了钟师傅的回程车。在国道路边的小客站买票换车，须臾之间，跨越了南雄梅花景区，12 点整就来到了珠玑巷。"吾广故家望族，其先多从南雄珠玑巷而来。盖祥符有珠玑巷，宋南渡时诸朝臣从驾入岭，至止南雄。不忘枌榆所自，亦号其地为珠玑巷。如汉之新丰，以志故乡之思也。"（屈大均）我们在珠玑巷盘桓老半天，看见椰树榕树，看到正开花的含笑桂花，不知名的奇花异草，看到一株出墙来的常青树开紫红花结番石榴模样的大果子，而始终未看到梅花。梅花在这里是缺失的。

还有，当代广东人，或许地近港澳与开放有关，十分讲风水讲意头，每年腊月底的春节年宵花会，兴桃花和金桔，却刻意避讳梅花，曰梅为"霉"。故而，虽然大余南雄、赣粤两县，梅花节口号喊了多年，不仅本次我在现场见不到梅花节的痕迹和气氛，搜捡互联网，有关庾岭梅花节的情况，从 1991 年以来，起起伏伏，兴办少而停顿多。

2019 年 1 月 23 日于甘草居

考小桃

　　曾经郑州的梅花还稀罕的时候，早春的花事，一直由辛夷和小桃竞开争先。或者你先开，或者我先开，或者同时开，不分伯仲。这几年梅花多起来了，固然梅花先开不由分说，但辛夷、小桃争亚军胜负未决，例如，今年就是小桃占先——3 月 3 日小桃开花，隔一日，紫荆山公园的大辛夷才开。到了二月二这天中午，辛夷即早玉兰开花，嫩生生的新花高高在上尚不大显，可金水河畔临路的山桃花，粉红花和绿花桃开满开爆了，在好太阳下面冲天而直生玉烟。

　　小桃是我叫的，它挂的牌上却说是山桃。你就是问问人，公园里的种花人一准回答也是山桃。然而，我觉得它和山桃一样又不一样——树皮树干一样，开花时间也是最早，但野生的山桃只有粉红花一种花色。太行山野生山桃多，与果桃明显的区别，是它的树干和树枝，皮色紫红油亮，仿佛血皮槭，老家人把它叫漆桃。既区别于果桃，也区别于野生而能吃的毛桃，但山桃即漆桃的果实，既圆又小，却不堪食用。漆桃和野皂角、黄栌一样，植被群落多在半山腰的沟谷地带，大山的最高处反而稀疏稀少。南太行辉县地界，邻着谢晋和栗原小卷当年在此拍电影的郭亮村不远，深山的第一道悬崖之上，有个叫秋沟的小山村，3月里满山山桃花，漆桃花大开了最似日本樱花。我们去的那次，头天夜里落雨了，话说"春雨贵如油"的，第二天早上起一阵风，一个上午，满山桃花像爆竹点燃了一样漫漫盛开，云蒸霞蔚，比陶渊明写南方的《桃花源记》更为出尘。可满世界山桃花，只是粉花粉红花，没有开绿花和开白花的。

公园里山桃的花色，除了粉红色，还有白色和绿色两种。因为它开花早，像梅花，曾被误认为梅花。很显然，它是人工干预和培育的结果。北京各公园，其园林山桃开花，也不止粉红色一种。甘草居年年读书读古书，年年看花看桃花，一再品味《老学庵笔记》，该书卷四，陆游陆放翁有段关于小桃的经典记述："欧阳公、梅宛陵、王文恭集，皆有《小桃诗》。欧诗云：'雪里花开人未知，摘来相顾共惊疑。便当索酒花前醉，初见今年第一枝。'初，但谓桃花有一种早开者耳。及游成都，始识所谓小桃者，上元前后即着花，状如垂丝海棠。曾子固《杂识》云：'正月二十间，天章阁赏小桃。'正谓此也。"梅尧臣曰："年年二月卖花天，唯有小桃偏占先。"如果要排列古人关于小桃开花的诗文，分明还有很多。

故宫博物院的第二任院长、金石考古学家马衡先生，生性沉毅却敏于草木，年年春明花事，他都要从故宫御花园看山桃开始。

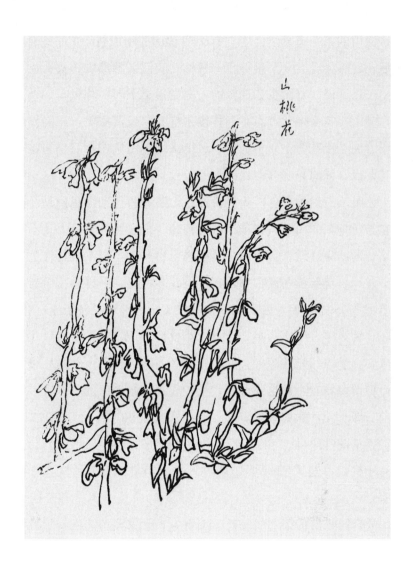

山桃花

《马衡日记》1950年载——

3月21日（星期二）。春分节。晴。

偕维钧看乾隆花园工程，假山章法胜于御花园，倦勤斋、符望阁、遂初堂室内结构及镶嵌之巧亦远胜内廷……御花园山桃探春已吐蕊，不出旬日可看花矣。

而1951年春节一过，鼎革之初的故宫及早就忙开了。各方面首长，以及各界要人、名人参观故宫者络绎不绝。周恩来总理才来故宫参观过"抗美援朝展览"，2月26日上午，又有领导踏雪而来："西谛、冶秋偕周扬部长来看武英殿及太和殿筹备七一中共三十周年展览会，与景华等陪同视察。"5月14日："王世襄来，因同往朱桂辛（朱启钤）家，精神犹昔。正谈话间，陈叔通亦来。章行严亦住此宅，知余等来，即出款客，知其下月将赴香港……院中两次来电话，询知毛主席将于下午二时来游故宫。饭后与世襄同往，至三时半忽接电话，谓主席顷自香山归，倦不能来，遂各散去。"

故宫庭院深深，冬枯之树树头之上多鸟窝，七十岁的老院长，马衡老还要亲自布置驱赶树上灰鹳筑巢之事。可忙里偷闲，他仍然不忘依时序和节序看花赏花——

4月2日："山桃已盛开……晚六时半贺笠来讲《实践论》，历二小时。"4月3日："馆中杏花尚未开。溥仪生父载沣已故，其弟载涛以其遗书捐献文物局。"4月9日："谢刚主赴图书馆阅书，余往晤之。见杏花盛开，丁香、海棠尚无消息。下午开学委会，又开新组织准备会。"

俱往矣。故宫今年元宵节灯光秀蹿红海内外。而且今年花事早。全国"两会"才开始，3 月 5 日，首都即报玉兰和山桃同一日开花，比往年 3 月 15 日前后开花足足早了一旬。人气旺是一方面，气候暖化也是显然的——1950 年代开初，北京山桃开花，在清明节前一点；2000 年来后，10 多年时间，山桃玉兰开花在 3 月中旬。今年则在 3 月初。郑州小桃第一枝粉红小花，今次在 3 月 3 日下午。

借了气候暖化和连年暖冬的地力，新世纪来后，梅花在中原地区卷土重来。刻下河南全省从南到北，自信阳、许昌、郑州、新乡而安阳，层层远上，"梅花以惊蛰为候"对应恰当。古来梅花栽培，艺梅多用桃杏为砧木嫁接。陈俊愉、程绪珂先生主编的《中国花经》，和俞德浚先生的《中国果树分类学》，都说及梅花嫁接用山桃为本，故而山桃变种，开花有白花和粉红花。鄢陵花木之乡，古来即有绿花桃一种，尤物惊艳天下，且有单瓣与千叶花。

山桃开花早，前人多有述及。《救荒本草》第 363 记桃树，周王说桃有多种："名多不能尽载。山中有一种桃，正是月令中'桃始花'者，谓山桃。"惊蛰三候，一候桃始华。今年郑州 3 月 3 日小桃开花，比惊蛰之日早了三天。

话说至此，绕了这么大的一个圈子，山桃与小桃的关系我想差不多是说清楚了。为何山桃又可以称小桃？那最后一个说小桃的老辈，怕是数着邓云乡先生了——邓公山西人，原在北京工作，又远赴江南，先苏州后上海。他说老北京燕京风土，有《燕山花信谱》一帙，打头即是《山桃花》："客居江南，年年一到旧历二月中，不禁想起北京的山桃花来。"他回忆旧都故家早开的山桃花："苏园忆，一树小桃红。廿四番风尔独早，三春迎客记头功。常在梦魂中。"

题目写的是山桃，话匣子打开却是扯上了小桃。把山桃与小桃打通，似乎只差了半口气，那么我就接着邓公老前辈的话茬子，把话说透了吧——这园艺品种的山桃花，虽然花色品种多，但它和真桃花与真梅花比起来，花瓣又最秀小精巧，故可美称为小桃，显得十分文气文雅。

2019 年 3 月 9 日于甘草居

小蒜山韭菜

　　4 月中旬又上山去，——这一次，我和画家张文江兄在林州的大山里，一个叫郭家园又名千瀑沟的高山山谷里住了几日。山势漫上坡而山道窈窕，亚腰葫芦似的此处宽彼处窄，里边有赵姓人家临溪把着个路口，经营一爿"休闲山庄"。主人给我俩备的早餐，见天是馍和粥配炒鸡蛋。馍分蒸馍和油烙馍两种，粥只是电饭煲煮玉米粥，独味地黄丸。哎！这看官或许要问，顿顿吃炒鸡蛋你烦不烦？不烦，且食指大动并喜上眉梢，因为每一回的炒鸡蛋不俗气且不重样——第一顿，香椿炒鸡蛋；第二顿，小蒜炒鸡蛋；接着第三顿，是嫩韭菜，头刀山韭菜炒鸡蛋……话说春来野菜香的，此刻梦想变成现实，这香椿、小蒜和山韭菜，般般样样皆山家清供，而且都是主家新鲜旋摘的。

　　择干净的小蒜，青绿的蒜秧带着白生生的脑瓜小疙瘩，和金黄色的土鸡蛋油津津地合二为一颇有品相，岂止吃口好，按说也很有说头的。但小蒜对我而言并不稀罕。豫之界，无论山区平原，到处有小蒜任性地生长蔓延。它不择地而生，况且冬而不

凋，大冷天十冬腊月里，高天滚滚寒流急，小蒜它也不畏霜雪，蒙混在败叶枯草里略黄略瘦细而已；春节打了春，即刻摇身一变，再现青翠青葱之色。老家人不叫小蒜叫泽蒜，生调吃和摊馍吃，每年总有段时间是家常便饭。后来，过了黄河在伏牛山等地，边角旮旯里也多见泽蒜。我也勤读汪曾祺，私心对汪先生的《葵·薤》和《韭菜花》，想作点南太行地域的小补充。譬如，在《成都晚报》今年3月底的终刊号上发表《迷失的小蒜》。不料紧接着我又一次到林州来，清明谷雨之间，草木欣欣向荣，南太行的山野菜正多正肥嫩，那梯田边、路边和山沟的阴湿地带，一窝窝的泽蒜生长得秀密整齐。

《救荒本草》记泽蒜："又名小蒜……生山中者，名蒿。苗似韭菜，叶中心撺葶。开淡粉紫花。根似蒜而甚小。"其救饥方法："采苗根作羹，或生醃，或煤熟，油盐调，皆可食。"《河南野菜野果》又名其为薤白。是的！薤白与薤不同，薤即藠头，现在仍然是南方园蔬一种出产。薤白独指野生的泽蒜。杜甫诗记泽蒜："束比青刍色，圆齐玉箸头。衰年关膈冷，味暖并无忧。"贫病交加的诗人在乱世里流离颠沛，但是，当他有幸饮下一盏薤白酒时，胸部的不适马上得以缓解，忧愁暂时消散。而医圣张仲景《金匮要略》有"瓜蒌薤白半夏汤"针对胸痹，现在仍然广泛应用于治疗各类心脏病和肺病。

林州就是昔日之林县，大山深处位于豫晋冀三省交界，旧以林虑山、今以红旗渠而闻名天下。虽然我的老家也是山区，脉系南太行，但老家之山是浅山，在太行山的边上，远不及高山和深山里风物奇特。往日到林州，我和文江兄惯常多住石板岩，这一次，朋友成人之美，要我们换个地方住，看新鲜，就来到县城西南的郭家园。整个山谷15里不止，就一个行政村设置，其中分散着20多个自然村，有的仅有一两户人家。这里山高林深，向前没有出去的路，进出需要走回头路，路口回望可以看见林州县城。

郭家园西去离辉县不远，山上山高山如城，与山西平顺犬牙交错搭界；农家饭店吃鱼是虹鳟鱼，活蹦乱跳的高山冷水鱼，则由河北涉县的养鱼人开着蹦蹦车隔日送来。自北而南，太行入豫并拐弯收束，从林州到济源，南太行数百里是个芭蕉扇或牛轭状。济源和林州，分别把了两头（边）。我是由北而南说，前人是由西而南向北说，清乾隆五十四年（1789）的《怀庆府志·舆地志》记太行山："西自济源东北，接河内、修武、辉县、林县至磁州，绵亘数千里。其间，峰谷岩洞，景物万状。虽各因地立名，实皆太行也。为中州巨镇，《禹贡》底柱。"此对照现实依然。

我们是4月17日下午来到郭家园的，晚上就着户外桌凳吃夜饭的时候，适逢"月上柳梢头"，——春暮柳已壮，当头是乱柳遮阴，柳树上头一轮大明月，明月皎皎普照山谷，环状山崖山影隐约斑驳，有山鸟一度怪鸣不已，提示我翻看手机万年历，此日乃农历己亥三月十三。

隔日早餐，换成是嫩韭菜炒鸡蛋。我比山家尤早起，远远地看着主妇在房后菜畦里割一拃长的嫩韭菜，早晨的山地草木，高

高低低，皆挂着盈盈露珠。"芽抽冒余湿，掩冉烟中缕。几夜故人来，寻畦剪春雨。"（明代高启《余氏园中诸菜十五首·韭》）

韭菜山韭菜，和蒜苗小蒜凌冬不凋不同，则冬枯而春生。还是杜甫，这一次他欣然吟出："夜雨剪春韭，新炊间黄粱。"粱乃糜子，小米为稷。但玉米如今取代了低产的它们。挈山韭菜，之前，包括我在老家上中学的时候，夏秋之际，村人特别是女子要到深山里挈山韭菜。"挈"，与薅和拔，是有区别的。野菜有采、剜、撷、抶与挑。后来才知道，山韭菜谷雨时节，便肥绿。如今，山区开发旅游度假，为了满足城市人和外乡人好奇吃野菜的兴致，山家开发了许多野菜品种，包括山韭菜和别的，移植到家园的菜畦里来。郭家园人将山韭菜移栽到菜畦里，吃小蒜和香椿的时候，换着口味可以吃头刀山韭菜。

曾经有《救荒本草》的现代版本，醒目地标题《野食》，曰明代皇家野食。仔细说来，周王记录的不止野菜野果。米谷、果树和园蔬，粮食、果实和菜。有意思的是，周王挑选似无规律。例如，米谷20种，豆类最全，有大豆黄豆苗，有野大豆蚕豆，有大米小米，黍稷皆无；果实，果部23种，樱桃石榴、梨桃枣柿葡萄等等，包括大多数的北方果实；菜部46种，家常的萝卜白菜没有，大多野菜。汉代皇帝鼓励百姓种蔓菁以备荒年，《救荒本草》有野蔓菁而无蔓菁。野蔓菁是个什么东西，"生辉县栲栳圈山谷中。苗似家蔓菁叶而薄小……根似白菜根，颇大。苗叶根味颇苦。"我至今还没有考证出来。而《河南野菜野果》无记。这是什么标准，还费思量？而香椿、泽蒜和野韭菜，周王都有记录。

最为典型，《救荒本草》记野（山）韭菜多达 4 种，依其顺序分别是：一、第 388，背韭。背韭："生辉县太行山山野中。叶颇似韭叶，而甚宽大。根似葱根。味辣。"郭家园有一个正在耘地和搂菜畦的老汉 70 岁了，老伴和女儿都住到城里去了，他坚持留在山里种地。原来开大货车，四处跑过多识见，谈起山野菜和中药材来头头是道。说泽蒜和小蒜，他顺口就谈起张仲景的"瓜蒌薤白半夏汤"。说起野韭菜的品种，他指着高山高头，一圈红色砂岩之后，高山灰褐如屏。两道山之间，生长着一种野韭菜，指头肚宽。他又指着路边的柳树说，扯一片柳叶，差不多与柳叶一样宽。他见过，却没有亲自采过。

这一种山韭菜，它的特征是叶子宽，这个和周王说的背韭对上号了。在我的寻访和探访过程中，这也是最难以核实的一种山韭菜了。

二和三、第 400，柴韭，和第 401 野韭，这两种山韭菜的共同特征是开紫花。柴韭："开花如韭花状，粉紫色。苗叶味辛。"野韭："开小粉紫花，似韭花状，苗叶味辛。"南太行的山韭菜，开花似园韭，开白花多，但也有开紫花的。紫花野韭菜，远一点说，黔西南毕节的大山，大小韭菜坪，紫花山韭菜蔚然成景。而内蒙及东北大草原上，紫红花野韭菜也多。这些年，在南太行，我也找到了开紫花的山韭菜。《紫花山韭菜》的小文章，早在 2012 年秋天我就写过并发表了。

四、第 406，薤韭。薤韭："一名石韭。生辉县太行山山野中。叶似蒜叶而颇窄狭；又似肥韭菜，微阔。花似韭花，颇大。根似韭根，甚麄（粗）。味辣。"这个歪打正着，不是在太行山，而是在南召看山家打辛夷时，在伏牛山岩石缝中见而采食。另一次是洛阳牡丹节，我在龙门大佛前边废旧石龛里，见石龛边沿生长野草，有枸杞、黄鹌菜和薤韭一株。洛阳龙门山，也是伏牛山余脉。不是开花时节。《河南野菜野果》列野韭一条，说是开白花的。但它又说："本省野生韭菜种类众多，常见的还有细叶韭、多叶韭、山韭、球序韭、合被韭等，主产伏牛山区，食用方法同野韭。"

　　至少 10 年，可能 10 年不止，我对照着《救荒本草》，企图把周王在南太行一带的采撷与发现弄明白，实在是不容易。而这一次，我收获蛮大，竟然把 4 种野韭菜落实了。不仅吃头刀山韭菜炒鸡蛋！

　　　　　　　　　　　　　　　　2019 年 4 月 23 日于甘草居

芸香杂说

　　韦力说《芸香草的味道》，借着新出版的《费孝通晚年谈话录》，谈了一则关于天一阁藏书使芸香辟蠹的掌故——

　　书中也谈到了参观宁波"天一阁"，参观完的转天费老还惦记着"天一阁"藏书避蠹所用的香草是不是广西所产，他命张冠生了解此事，而张先生首先查了《宁波市志》中的所载："书夹芸草以除蠹鱼，橱安英石以避潮湿。"此两物我在"天一阁"内均有得见，但"天一阁"善本处主任饶国庆先生告诉我说，其实英石对吸湿完全没效果，他带我到"天一阁"内特地看了此石。而芸香草直到今天，"天一阁"仍在使用，其善本书库内放着大量的芸香草布包，此物是否能起到防虫的作用，亦有不同说法，但到达善本书库时，一开门，扑面而来者就是强烈的芸香草味道。以我对古书的偏爱，使得我对这种味道颇为熟悉，我觉得芸香草所营造出的香氛，已然是藏书楼不可分割的一部分。（《文汇读书周报》2019 年 6 月 24 日）

　　"多多积卷传司马，细细芸香辟蠹鱼。"（清人忻思行）芸香作为藏书防虫的特殊植物与药草，已经被神化和符号化了。然而，它到底是哪种香草？

为了解答费孝通的疑问，张冠生查阅《辞海》所说的"芸香草"——禾本科，又名香茅筋骨草，产自广西。不错，现在广西金秀县打出香茅草特产招牌，淘宝网上有卖。但古籍版本专家赵万里别有一说，他说"天一阁"辟蠹防虫的芸香草，是菊科之除虫菊。

从 1930 年起，26 岁的赵万里少年得志，开始担任国立北平图书馆采访部中文采访组组长、善本部考订组组长、金石部馆员、编纂委员会委员，协助徐森玉（兼任采访部、善本部、金石部主任）工作。作为最高层级的访书和采购大员，他在 1931 年 8 月中旬，兴冲冲和郑振铎同行，专门探访"天一阁"。可因为范氏家族主事者不在吃了闭门羹：

在宁波勾留了一星期，天一阁去了两次……我们本想直奔阁上参观，因为范氏族长不在，无人负责招待而罢。后来请鄞县县长陈冠灵先生和小学校长范鹿其先生交涉，又因范氏族中主事者到乡下收租去了，一时不得回来，我们急于离甬，参观阁书之议遂无形搁置。（《重整范氏天一阁藏书记略》）

赵万里不罢休，1933 年 7 月 25 日至 31 日，由蔡元培具函介绍，经鄞县县长陈冠灵接洽，获范氏家族允准，终于得以登"天一阁"观书，编辑阁书目录。"在此期间，所有监视我们的范氏族人的伙食费，都有我负责筹款担任。"赵万里说，"我们发现好几个柜子里都有蠹鱼，因此对于传统的保存阁书的秘诀，发生疑

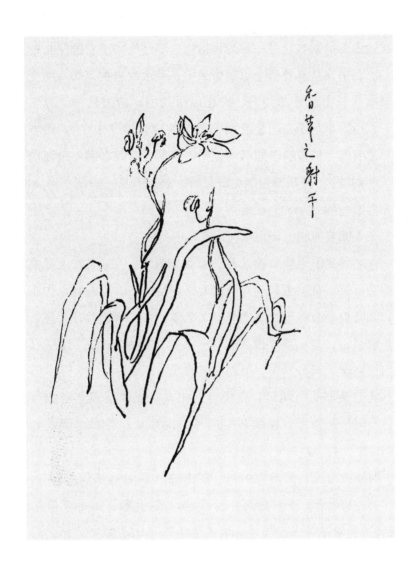

问。故老相传阁里的书全都夹着芸草，可以防蠹；柜子下镇着浮石，可以吸收水分。这完全是神话。其实天一阁所谓芸草，乃是白花除虫菊的别名，是一种菊科植物，早已失去了它的除虫的作用。浮石不知从郭外哪个山里搬来的一种水成岩的碎块，并无什么吸收空气中水分的能力。现在阁里的书，遭虫蛀的，数不在少。东边一个柜子里，装着六部不全的成化本《宋史》，没有一部不遭虫蛀。所以科学防蠹的工作，实是今后保存阁书最要的一着。"（刘波：《赵万里先生年谱长编》第136页。中华书局2018年8月第一版）

芸香究竟何物？传说从何而来？

古之《梦溪笔谈》卷三有"芸香辟蠹"一条："古人藏书辟蠹用芸。芸，香草也。今人谓之七里香是也。叶类豌豆，作小丛生，其叶极芬香……香草之类，大率多异名。所谓兰荪，荪，即今菖蒲是也。蕙，今零陵香是也。茝，今白芷是也。"沈括已经指出植物学上同名异物、一物多名的现象。

此七里香叶似豌豆，众说纷纭中，有说即报春花科的零陵香。不对！吴状元《植物名实图考》说芳草，芸和零陵香各自不同。

明知山有虎，偏向虎山行。胡道静《梦溪笔谈校正》，为考证"芸香辟蠹"，逐一排列出十二条文献资料。第一，他举例《说郛》所收沈括《忘怀录》记"芸草"："古人藏书，谓之芸香是也……南人谓之'七里香'。江南极多。"第八，举例宋人王钦臣《王氏谈录》："芸，香草也，旧说谓可食，今人皆不识。文丞相自秦亭得其种，分遗公（即钦臣之父王洙），岁种之。公家庭砌下，有草如苜蓿，摘之尤香。公曰：'此乃牛芸，《尔雅》所谓，权，黄花者。'"胡道静就此作按语：芸香，芸香科芸香属，南部欧罗巴原产，多年生植物，茎高至三尺；叶复叶，互生；花黄绿色，开于夏日。此植物之全部皆香气甚盛。

开黄花，花黄绿色。此乃又名七里香之芸草特征。更进一步说，它长的样子，像豌豆，也像苜蓿。而苜蓿与豌豆的叶子，的确有些近似。

这就是了——最早，《说文解字》曰芸："艸也，似目宿。从艸，云声。"

看看，不是禾本科的香茅草，不是菊科之白花除虫菊，不是报春花科的零陵香，都不是。因为它像苜蓿，即刻就提示了我，让我想起了大前年端阳时节的商洛之游——那天上午在贾平凹老家丹凤县城，古代的花戏楼，背倚青山临着昔日水码头、现在的县文化馆，它后门通着后街，"古龙驹寨"大牌坊之后，是一道漫上坡大街，人们正在赶集，卖各种各样东西。麦收农具以外，还有红薯秧、粽子叶、艾草、枇杷和黄杏。还有一种垛着的干草束，枯如豆秸模样，老妇人叫它香苜蓿。我问怎么用，曰磨碎了作调料，很香的。

我一两年都没有反应过来，但我记住这香苜蓿了。

隔年为访茶再去西藏，这次特地去了藏南。在云雾缭绕的墨脱县城的早市上，临江可以听到雅鲁藏布江湍急的水流声，当地人和云南、四川、陕西人聚集一起，卖土产和园蔬，竟然有卖扎耳根和香苜蓿的。扎耳根即鱼腥草是鲜的，和红薯秧有些相似。香苜蓿和丹凤县城里卖的一样。我则因为提前买到了一本科学普及出版社的彩图版《西藏野花》，按图索骥，其中有"毛果胡卢巴"一目——它的图与黄花草决明略似，藏语叫吉布察交，汉语为毛荚苜蓿。说明系豆科，胡卢巴属植物。分布于尼泊尔、印度、巴基斯坦，我国西藏东北部和西南部，另外，青海、云南、四川、陕西等也有分布。

接近我要寻找的目标了！而上海古籍出版社的《本草药名汇考》，程超寰和杜汉阳编著，第 565 条胡芦巴，记载其名出《嘉祐本草》，系豆科植物葫芦巴的种子。其异名又曰芸香草、芸香、香草、苦朵菜、苦草、香苜蓿。

对住了！都对住了！它也符合《现代汉语词典》释"芸香"："多年生草本植物，茎直立，叶子羽状分裂，裂片长圆形，花黄色，结蒴果。全草有香气，可入药。"

胡卢（芦）巴。香苜蓿。芸香草。"细细芸香辟蠹鱼"——这才是《说文》和《梦溪笔谈》所言之芸香也。固然现代人有了科学的防虫防蛀手段，可美丽而诗意十足的"芸香"传说，依旧味道十足，使我意犹未尽。

2019 年 7 月 8 日，己亥农历六月六，古晒书节于甘草居

棉花沧桑

"叫花不是花，开得白花花。用手摘下来，朵朵能纺纱。"想当年，我的奶奶边纺花边给我说云话，笑容满面的。《上海历代竹枝词》，清代学问家钱大昕在《练川杂咏和韵》中说棉花："横塘纵浦水潆回，吉贝花铃两岸开。朵朵提囊看似茧，便携花篚捉花来。注：木棉，一名吉贝，花房曰花铃，花大者曰提囊。收花，谓之捉花。邑人称木棉花止称曰花者，犹洛阳之牡丹。"更晚一些，秦荣光《上海县竹枝词》："香色魁王几种夸，木棉羞于斗繁华。独饶衣被苍生利，第一人间有用花。案：梅花以香胜，称花魁；牡丹以色胜，称花王。又，牡丹莫盛于洛阳，土人但称为花，不问而知为牡丹也。邑人称棉花，亦但称花。功堪衣被苍生，实胜牡丹远矣。"这和我的老家人当年说棉花一样亲切。

上世纪 70 年代遵循计划经济，是焦作老家种植棉花最多最可观的时期。丹河出太行来到沁阳、博爱地界，入沁河再入黄河，造就了一方膏腴之地，有道是"太行山下小江南"，——博爱县的磨头公社，乃有名的博爱国营农场所在，工人驾着吼吼叫的"铁牛"东方红履带拖拉机耕地，一个上午通南扯北跑它三个来回，一大晌时间就过去了。这一带，是一望无际的粮食丰产基地，也是棉花主产区。再早一些，黄胄夫妇受解放军总政治部的委派，曾专门来此写生和采风。

"枣芽发，种棉花。"老家春来种棉花使两种方法，一是开沟点种，一是营养钵育苗移栽。接着生根发芽，棉田成景在三伏天。那厢张春华《沪城岁时衢歌》，包含记棉花风景 24 首："秋来回忆种花时，嫩绿纤纤细雨滋。六月陡看苗母长，新苞重叠孕芳枝。"注曰，四月便宜种花，种法有二：一曰穴种……每穴下四五核，间尺许为一穴，匀种之；一曰漫种，以手握核遍撒之。吾乡多漫种，种后须得微雨，五月苗如荷钱大，渐有枝叶，至六月则骤长矣。其枝层累而上，高者有四五尺。"永昼西畴笑语哗，三三女伴踏晴沙。一肩酷日千锄绿，只恐明朝草没花。"注曰，黄梅雨后，根苗渐长，而草杂其间，既晴必锄去之，为脱花。脱花不独男丁，往往多女伴。稍迟则草益盛，花必受害，为草没花。

是的，是内行话。话说"夏草似走马"。在没有除草剂的时候，当年人在棉花玉米地里一遍遍锄草都极辛苦。但是，与清代上海人植棉一样，1970 年代开初，怀川比锄草更要命的是棉花的病虫害。老家人从棉田间苗开始，要蹲着刨土刨地老虎，施六六六药粉治虫，防止地老虎咬啮根苗。绿苗一天天长高长大，蚜虫、棉铃虫、红蜘蛛轮番危害。古来我们把蚜虫叫"蚁害"的，人们背着喷雾器打农药，用乐果、敌敌畏和 1059 等，尤其

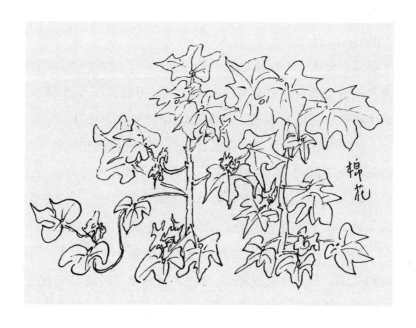

棉花

那 1059 系剧毒农药，乡亲迎着烈日在一人深的棉田里艰难前进，偶遇逆风，药水反向吹来，往往会有大姑娘小媳妇突然晕倒地里……穿插也有用黑光灯诱虫杀虫的。哎！老家人为棉花流尽了汗水。

但植棉采棉，俨然又是美丽风景——

热天里，棉花生长。棉花开花。再棉桃开花。秋来了，摘棉花。晒棉花。冬天要卖棉花。纺棉花。

听《上海历代竹枝词》说棉花开花——"嫩黄齐向绿枝攒，同到春前着意看。润雨烘晴今岁早，家家田里有花盘。"注：初苞者为鲜花，色黄甚柔脆，其蒂则生花，实者为花盘。棉花结铃——"花到秋初分外妍，梳风饱露绿含烟。停锄指认枝头重，匀绽金铃个个圆。"注：花既开，其下之圆而有角者为花铃子，每铃作四房，生五六铃、十余铃不等。棉铃新开花——"一番气象霁茅檐，十里平原快共瞻。秋晚不须愁岁歉，枝头已露玉纤纤。"摘新棉花——"花光如雪布连阡，愿喜天从赋十千。日暮村前听笑语，儿童争趁捉花钱。"注：花开矣，掇而取之，为捉花。捉花宜童稚，以其身轻，出入花间不伤花也。（张春华《沪城岁时衢歌》）怀川把棉铃棉桃叫棉花桃，采棉直呼摘花。

接着说，秦荣光说晒棉花——"八尺芦帘新买归，场前一桁对柴扉。晒花天好摊花厚，凳坐高翻人短衣。"注：凡晒花者，必须翻之。翻花之人，常坐高凳，身着短衣。说弹棉花——"东舍新娘坐拣花，轧花媪老住西家。一弓绝妙弹花手，搓就棉条待纺纱。"（《上海县竹枝词》）

而《上海洋场竹枝词》之"前编"部分，有署名颐安主人的《沪江商业市景词》，其"卷二"记卖棉花——"花衣行"："花行南北卅余家，各路装船并载车。每岁出洋有巨数，有时入厂制棉纱。""秋老棉花到处收，最多汉口与通州。姚江歇浦分高下，卖与东洋载满舟。"接下来，又说油市油行和棉籽榨油——《籽油》："籽油大牢运牛庄，船到申江竞售忙。棉籽近来多备种，货因稀少价高昂。"也是的，我的老家人素来不爱菜籽油，旧年日常吃豆油和棉籽油。都 1980 年代末了，家里人贴补我们过小日子，还用塑料桶装了棉籽油给我们送到郑州来。

今年夏天，央视 7 月里播放电视连续剧《花开时节》。这是一部以豫东兰考县的农村妇女集体赴新疆采棉花为题材的纪实作品，让人重温不平凡的棉花往事。我也曾远去新疆，夏秋时节，河西走廊从张掖到乌鲁木齐再到奎屯，绿洲和大漠戈壁交互连环，千里好物产——西红柿、辣皮子、红枸杞，玉米良种和白棉花，红黄白尽收眼底，天然图画。在新疆，农民植棉和兵团植棉，机器采棉与人工拾花并行。电视剧里有个万分动人、使人泪奔的细节——新疆当下植一种矮株棉，采棉人弯腰不得，只能铺跪在花垄里拾花。一天下来，女工好好的裤子就磨烂了，磨得稀巴烂。这与当年老家的妇女棉花地打农药一样，那艰辛和悲壮异曲同工。

斗转星移，产业转移，农业结构一次次调整，如今老家不复大面积种植棉花。8 月里刚刚发布的河南省《关于深入推进农业供给侧结构性改革大力发展优势特色农业的意见》，前景是打造十大特色农业基地，到 2025 年，全省要种优质小麦 2 000 万亩，优质花生 2 500 万亩……照此规划，将来不仅棉花没有了，作为农产品大宗的玉米也要告别而出局了……可是对我而言，奶奶冬夜纺棉花的温馨，夏天社员打农药治虫害的艰辛，苦乐交响总是难忘。

秦荣光又曰："沙冈田亩木棉多，纺绩功开黄道婆。徐相早忧棉利尽，合求变计种桑禾。"注：《农政全书》：陶宗仪称，松江以黄妪，故有木棉之利。然事势推移，无久而不变者。今艺吉贝者，所在而是，安禁他邑之不为黄妪耶？后此松之布无所泄，即无以上供赋税，下给俯仰。宜早为计，兼事蚕桑。（《上海县竹枝词》）徐光启，眼界何其宽广？

棉花什么时候来到我国，——黄道婆把植棉制棉方法，从海南带回江南和上海，次第又来到中原与北方，这些都是清楚的。穿衣吃饭古来是百姓大事，棉花在现代种植过程中的病虫害和治虫，这是我年轻时候亲身经历过又终生难忘的，我不想让历史省略掉这一段和这一插曲。农耕渔猎，农业史展示的是历史的另一种叙述方式，也是真实而具体的。今年 7 月，良渚古城申遗成功，不久，二里头夏都博物馆也即将开馆，中原与怀川这一方厚重的土地，从最早的粟菽麻子，到麦子稻谷高粱，再到明清时期的玉米土豆红薯棉花，又现代农业……农业农民，土地庄稼，蚕桑和棉花，沧桑历史，其中有太多的故事啊！

2019 年 8 月 26 日于甘草居

四季梅，是个什么梅？

夏天去山上，在有"太行云顶"美称的陵川县避暑读书，我仔细读了一部 1963 年出版、郭沫若题署的《陵川县志》。

南太行是个大拐弯，晋豫上下唇齿相依，类似一盘石磨，晋东南所属的陵川处于枢纽，下面襟带辐射，自西向东而北，依次是河南的修武、辉县和林州（林县）等市县。例如，云台山风景区的老潭沟大瀑布和茱萸峰等归修武，但流水则源自陵川县的夺火乡，那里人因故造景曰上云台。上下云台，因水而连，悬崖千丈，直冲霄汉，赖曲折萦绕之修陵公路为穿山纽带。

这部县志扉页里的照片，有一幅是 1963 年 11 月，时任中共中央书记处书记、华北局第一书记李雪峰，和山西省委第一书记陶鲁笳在陵川视察林业与药材种植的黑白照片，——地方领导陪同他俩依着古树"四季梅"合影。

名为"四季梅"，但它的姿影不类梅树和蜡梅。反之，与北方习见的高大乔木，像落叶后的黄楝树和核桃树一样枝桠开张。那，这是个什么梅？

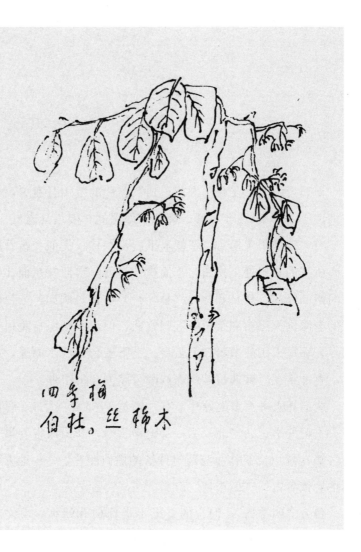

四季榴
白杜。丝棉木

深秋再上山，退休了受聘在那里教书的二兄，陪着我们实地探访四季梅。岭上紧挨着晋城过陵川去长治和壶关的公路，县城西门外有座小庙乃大树遗迹所在。一个闭门不开的小庙很静穆，是山神庙吧，白墙黄瓦，红艳艳大门配湖蓝色的楹联，门联及门额是：

一县好景四季梅

二神保佑万年春

一方清泰

当年领导人合影的背景，有树无小庙；刻下有庙而无老树。说是多年前失火，将枯干的老树烧去了。周围并无人家，所谓"二神保佑"，不知何神。但森森柏树环列之间，大大小小逸生着五六棵树，曰老树儿孙。晋地海拔高而天冷早，"四季梅"无叶了，树上和地上有零星果实，菁葖果星星形状梅红色，里边的种子是西洋红。这一看我有数了，我判断这是卫矛科的落叶树，叫丝棉木。莫非因为这树上的果实，秋冬时节星星点点满树红，像想象中的梅花而叫它"四季梅"？这是陵川人的梅花崇拜吗？类似北方各地不同名目的替代茶一样，诸如流苏树和连翘，也叫茶树和茶叶来着。

也真是巧了——多年来，为了这丝棉木我处处留心，知道它是北方的原产且挺靠北的，可是不知道它还有个诗意化的名字曰"四季梅"。弯下腰在地上寻寻觅觅，就发现石头缝里和庙墙边有落籽而生的小树苗，实实在在土生土长。我说不怕，等它来年出叶开花时可以验证。各地都有深爱家乡风物、传奇的有心人，二哥把我的意见和当地人分享后，果然陵川也有人知道这"四季梅"即丝棉木。而且，丝棉木在陵川还有个土名叫"永杨树"，春生的嫩叶可以吃，是野菜树头菜。

丝棉木有好多别名——白皂树、白桃树、明开夜合、桃叶卫矛、白杜、鸡血兰、野杜仲、白樟树，等等，但不见四季梅和永杨树。郑州原本丝棉木不多，现在多了，现代化的绿廊绿道，有的地段全是丝棉木。油绿叶子很软很密实像南方嘉木，深秋叶子发黄变红，秋冬甚至早春，满树小红果红雨雾一样，很招摇。记忆颇深的，在大同云冈石窟景区，绿化树很多丝棉木。再是距离麦积山石窟不远，天水有名的古寺南郭寺里，不仅横着最古的古柏，还有老大一株丝棉木倾斜着靠墙生长。北京也有，土名呼为卫矛。燕园未名湖临着大石舫，湖心岛有一片丝棉木，6月开花，黄绿色小花与卫矛科的大叶黄杨开花差不多。而相对于陵川人叫它四季梅，我的老家，山里人在门前栽树植绿用于避邪，有的是四楞卫矛，有的是丝棉木，统称为"鬼见愁"。

江南和南方也有。元旦在寒山寺听农历年的年夜钟声，南门临河一角，出墙红树是一株老丝棉木。此树之叶水红色水灵灵的有点俏，不同于乌桕猩红严肃浓重。2019年5月底，朋友黄政一寄书给我，是上海远东出版社新出的《浦东中医史略》，书的末尾附了一个《浦东地区中草药选介》，也有丝棉木——

俗名添叶树，白桃树。枝、叶药用。外用解漆毒。主要用法：漆疮，适量煎服汤熏洗，也可与香樟木等量煎汤熏洗。

2019 年 12 月 13 日于甘草居

亲近草木

深秋时节，我在郑州这边一连参加了两次有意思的活动——先是10月中旬，去中岳嵩山脚下参加一个老槐树的挂牌仪式，地点在巩义市回郭镇的芦医庙村，村在郑西高铁和陇海铁路交织之间；霜降过后又临大河野水、古渡芦花，10月底在黄河花园口，众文友凭借一爿菜园子，举办一场带着游戏的文学分享活动。

我因这两次活动而十分开心，并有新的发现——虽然城市变绿，绿满都市，但是，艺术家与作家，并不满足于现代化城市的美容式绿化，还要任着自己的才气和本真撒娇与逃逸，兴冲冲出城市的包围圈，到野外和农村去！大家拔萝卜、挖红薯，歌咏古树，歌咏庄稼，又采野花、拾野果，等等，这一群人，眨眼变成了任性的姑娘和淘气的大孩子，其中包括留着时髦白头发的李佩甫先生。面对自然，人的真性情彻底释放。

在活动中，从朋友们对土地、草木和蔬果的热爱，我深受感染和鼓励，差一点当场大声说出来，你们这样就对了呀！——我行将面世的新书美其名曰《蒿香遍地》，就是一本关于山野田野、农村农事、蔬菜野菜、花木果实之书，我的宗旨，原本就是为大家重返自然而喝彩的！

打 2008 年开始，10 余年来，我先后出版了《看草》和《杂花生树：寻访古代的草木圣贤》两本书，连获"中国最美的图书"美名。又后来结集出版了《见花》《茶事一年间》，其中的草木气息是一脉相承的。这些年，能寻找到适合我的写作主题，并且源源不竭坚持下来，算我幸运。《蒿香遍地》以黄河两岸一年四季的野菜和蔬果为记录、考证和抒情对象，普及久远古老的博物知识传统，兼及乡愁。它不止怀旧，也是一份反映土地、社会和景观变迁的另类记录——我是 1950 年代人，希望能以燕口衔泥的精神，不弃细微，用心写作。

使我受到启发的作家，还有张承志先生。在谈及大变化波及内蒙古牧民和牧草的关系时，他说了这样一番话："谁也没有料到，当这里被铁丝网划分为以户为单位的私营用地以后，亘古的牧草居然不够吃了。一页已经呼啦翻过，一切都迎来了质的改变。愈是目击古今，我就愈是惊讶不已——居然我们是最后一代见识了古代的牧人。"（《十张画》）我懂得他的话并心领神会——对于现在已经发生了巨变的田野、田园，我于我的家乡，及旧时的农耕方式，等等，也是"最后见识了古代"之人。

中国式"杂草的故事"之一，明代的《救荒本草》，编撰者朱橚是朱元璋的儿子，被封藩在开封，称周王。他和自己团队的采集范围，包括南太行地区，那一带正是我的老家所在。他书里

149

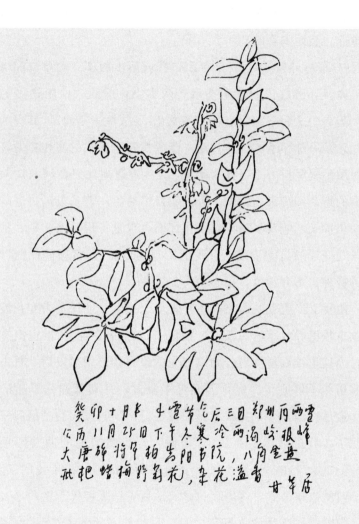

癸卯十月长 大雪节气后三日郑州丙两雪
公历11月25日下午冬寒冷雨渴峻狼峰
大唐骑将军柏告阳书院,八角金盘
祇把蜡梅野荷花,年花溢香 甘草居

林林总总的野生植物和蔬果，生生不息依旧存在，而当代的年轻人对之已经很陌生了。就是与我的年龄差不多的朋友，也渴望重新温习。而从小就熟悉这些的我，这些年又重新关注并亲近它们，带着感恩的心情记录写作，觉得自己在做与《救荒本草》的现代对接。因此，这是一件有趣有意义的事。

张承志是一个亦文亦画之人。"画者，文之极也。"肯定与开放以来的精神面貌获得大解放有关，现在的作家和文人，爱作画、信手作画，并且画得一笔好画的人比过去显然多了。我自己出版的书，有的也附有我的小画。而这一次，我对编辑说，我要为这本书，集中再做一遍插画，让插画多些、醒目些。我是半路出家，情不自禁用写字的硬笔画花草的。面对着所钟情的对象，描画出同样一棵野菜野草春夏秋冬不同季节的不同形状，是我对花木花草的致敬，它使我与草木、土地贴得无比亲近。白石老人作画表现出的"蔬笋气""泥土气"和"草木香"，一直令我神往。

旧的本草著述，如《救荒本草》与《植物名实图考》的插图，曾引起过域外的现代关注。但是，周王和吴状元，没有区别、明确作文和绘图之人，著作权边界是含糊的。当代日本人的《杂草记》，一人撰文，一人插画，明明白白是分开的。我要一身二任，既作文又作画。张月阳编辑师出名门，她不仅热情接纳这本书，而且容许我注明自己的插画版权，对我是莫大鼓励。我这样做，只是为了让读者喜欢我的书我的创作，增加亲近和亲切感。

特别要感谢的人，还有成都中医药大学年轻的教授王家葵先生，——他是文人气十足而十分可爱的本草专家和书法家，这些年担纲注释《救荒本草》《植物名实图考》等本草经典，小品文字与专栏文章也机智过人。近年，我读他的书受益不少。这次应我的请求，葵兄仗义为本书题签，使我十分欣慰。

2019 年 11 月 9 日于郑州甘草居

（本文为黄山书社即将出版的《蒿香遍地》跋）

错失了蒿与荠菜的这个早春

年年开春闹春，除了普天同乐的灯节元宵节，河南还有三大地域性的节日别开生面。它们一个接一个，接龙滚绣球似的，一路欢腾到春深清明时分。

开头是大年初一至二月二，浚县大伾山庙会，满满一个正月，一天不隔。这是北中原兼跨南太行，豫鲁晋冀交界地带的一大民俗活动。此地两山夹一街，在大佛和碧霞元君奶奶庙门前，大街上的表演一场接一场，元宵节的社火是最高潮——耍狮子、走高跷，背阁抬阁，招式高古，花样繁多，"大盘子荆芥"大场面，丝毫不逊色于谭维维唱歌助力的陕甘社火。接着龙抬头，二月二开始，淮阳祭人祖又是一个月，人山人海，八方齐汇，这里是豫中豫东和皖北人的盛大节日。来人先为伏羲氏上香，分头再到伏羲、女娲祠祭拜，途中太昊陵的大殿前有个"子孙窑"，乃一块大石头透着一个瘦而漏的拐弯窟窿，女人经过，都要伸长胳膊朝里猛掏一把，据说求子有求必应。

这两处庙会求子色彩浓。街边与广场上，望不到头的摆摊人

153

卖吃食耍货，皆卖泥画彩的"泥咕咕"斑鸠和手工缝制的布老虎，生殖崇拜的寓意十分明显。是啊，庙会是农业社会的产物，干活种庄稼，劳动力必须，人丁兴旺是最好的大众彩头了。末了是三月三祭轩辕——新郑举行祭黄帝大典。老话说"小燕不过三月三"，准当这几天燕子乘风而来，"燕子来时新社，梨花落后清明"。一岁农事大忙之大幕就拉开了！

庙会闹春，春游踏青，与之相伴还要挖野菜、吃野菜迎春。与早春开春相对应的野菜，好味野菜有茵陈白蒿，"正月茵陈二月蒿"的，再加了面条棵和荠荠菜，是为冬小麦主产区河南省经典的三大野菜。而城市人通过野菜寄托乡愁，特地要到野外的"农家乐"去吃野菜。可惜，这个诡异的庚子春节，神州有大疫，生活按下了暂停键，使这些热火朝天的一连串的节日活动戛然而止。

郑州人防疫抗疫，与武汉封城的节奏相对应，一个多月闷在家里，直到早春二月半尚不得自由，不能出门撒欢。老天爷，这可把人给困苦了！眼睁睁也让人错过了吃这三样好野菜的最佳时令。或许有人会讥我矫情，大疫当头，差点命悬一线，你还说什么吃野菜迎春云云，真是烧包你了！不是矫情，不是烧包，日常生活的趣味，生人的意义，某种程度上，就包含在平常可以挖野菜、吃野菜的微小的行为里，而凡人过日子的种种小仪式，无不汇通庙会祭祖的大仪式。

人被囚着，日夜颠倒了。不停刷手机又看电脑看电视，喜怒哀乐随武汉记事而起伏，又变着花样喝茶吃东西。但是，我还有

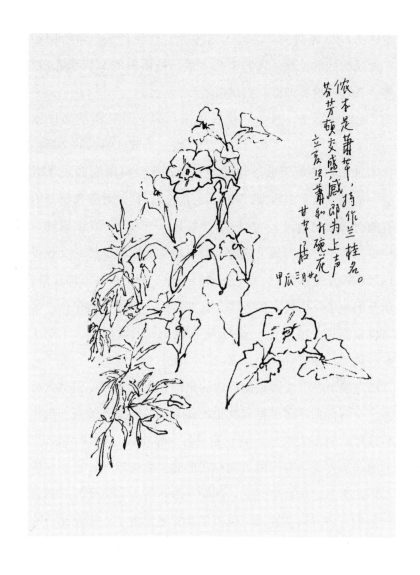

书，还要写字作文。我家南窗和北窗下，有绿植和种菜种花的盆盆罐罐。集体的院子里，有花木竹子和小树林，——当年新栽的树木树苗，20年过去，多是大树参天，已经有空心而朽倒的刺楸，大风吹翻的苦楝，人们厌其飞絮而被斫去的柳树和毛白杨，等等，真真"树犹如此，人何以堪"。

3月5日早上，忽如一夜春风来，朋友圈里骤然热说汪曾祺。原来，今个是汪先生百年纪念。线上浏览过熟人的文章，我觉得不过瘾，又顺手取下他的《五味：汪曾祺谈吃散文32篇》来看，重读《故乡的野菜》《故乡的食物》，其中对应我窗下的蔓草有枸杞。汪先生说："枸杞到处都有……春天，冒出嫩叶，即枸杞头。枸杞头是容易采到的，偶尔也有近城的乡村的女孩子采了，放在竹篮里叫卖：'枸杞头来！……'枸杞头可下油盐炒食；或用开水焯了，切碎，加香油、酱油、醋，凉拌了枸杞头。那滋味，也只能说'极清香'。春天吃枸杞头，云可以清火，如北方人吃苣荬菜一样。"

汪先生他是不了解我们这边的出产，郑州这厢，包括黄河两岸甚至全河南省，哪里都有枸杞的，不止是苦菜苣荬菜。枸杞不择地乱生，河南人吃它，叫它甜菜芽。原本冬枯春绿，绿得早，和柳树同步发芽来着，因为枸杞在地面上更接地气，故而比柳梢绿得更快更急。这些年好了，气候变暖，树下和院子里，旮旯旯，枸杞与南方草木接轨，也成了常青半常青了。枸杞比茵陈白蒿、面条棵荠菜慢半拍，早于柳絮与香椿。枸杞叶子大了稠了，焯水凉拌固然不错，可为了及早尝鲜，掐少许嫩叶直接炒鸡蛋也不错。因为是 3 月 5 日，苦楝树边上的枸杞，像一条条吐着绿色信子的小蛇似的，我采茶一般下手，剥它的嫩芽弄了一小捧，我也舍不得用滚水焯，直接下挂面吃了。这早春的甜菜芽太小太嫩了，和别的调和掺杂一起，"极清香"不成，它的味道被夺了——我的败笔！

既然汪先生谈吃开了头，那就继续吧。翻《山家清供》，赫然有"忘忧齑"——

嵇康云："合欢蠲忿，萱草忘忧。"崔豹《古今注》则曰："丹棘，又名鹿葱。"春采苗，汤瀹。以醯、酱作为齑，或煠以肉。何处顺宰六合时多食此，毋乃以边事未宁，而忧未忘耶？因赞之曰："春日载阳，采萱于堂。天下乐兮，其忧乃忘。"

院子里樱桃花下，金针菜的嫩苗郁郁葱葱似玉米苗大小。因为避疫，人在院子里散步似放风，我得以仔仔细细观察一地的花草。早春的绿草，雅称"绿遍池塘草"的，跨年而绿的繁缕、野芫荽、菊花苗以外，开花赏花的鸢尾马蔺草和萱草，也是早绿的植物。以前我忽略了萱草金针菜的嫩苗出生早，这时自然要一试其味。如法炮制了，因为肥嫩，竟然和初夏喝啤酒，就着凉调的新鲜黄花菜味道近似。

"忘忧齑"之后，《山家清供》接着的一条是"脆琅玕"——

莴苣去弃皮，寸切。瀹以沸汤，捣姜、盐，糖，熟油、醋拌渍之，颇甘脆。杜甫种此，二旬不甲坼，且叹君子晚得微禄，坎坷不进，犹芝兰困荆杞。以是知诗人非为口腹之奉，实有感而作也。

和枸杞演变为常绿一样，郑州种菜种莴苣菜薹，自然越冬也成功了。这时获得一根沉甸甸胖大带绿叶的莴苣，我家吃法是，嫩茎剥皮了切丝而炒肉丝、豆干。难得其叶片宽大碧绿，其叶梗叶脉硬而略艮，味则偏苦，如生菜之苦，苣荬菜苦菜之苦，凉拌食之正宜。

正常生活忽然掉了链子，人像猛地一下困在了电梯里一样，感觉极惶恐。即将逝去的这个早春，我没吃上面条棵、茵陈白蒿和荠菜。为什么会这样？嫩苗金针未能使我忘忧，食苣之苦，又启示我思考人与自然的关系，实实在在的了。

本次新冠肺炎疫情，究竟为何发生而泛滥？除了野生动物与病毒之源的猜测，人与自然的问题涵盖面甚宽。聚焦这一点，这次，我又集中回看了一遍美国跨学科学者和当代思想家贾雷德·戴蒙德的书，其"人类大历史三部曲"：《第三种黑猩猩：人类的身世与未来》《枪炮、病菌与钢铁：人类社会的命运》和《崩溃：社会如何选择成败兴亡》。最后一本，他用五大要素来解释史上各种类型的社会崩溃原因——生态破坏、气候变更、强邻在侧、友邦援助的减少和社会如何回应。这现实性太强了，仿佛就是对着这个错失了蒿与荠菜的早春，悲情万分的早春说的。人啊人！不说远的，仅仅是新世纪开头这20年，我们经过了多少意想不到的曲折和灾难？总不能每次祸从天降，方觉后悔莫及。

食苣之清苦，引人反思。戴蒙德在其《第三种黑猩猩：人类的身世与未来》有专门一章："农业：福兮祸之倚"。接下来，在《枪炮、病菌与钢铁：人类社会的命运》里，他展开论述，论起粮食生产——石器时代先人由采集狩猎转为种植和养殖，问题出现了。因为种植，有了富余口粮，社会分工而出现农民和国王、抄写人，所以，枪炮、病菌和钢铁肇始于此。后面还有一章"牲畜的致命礼物：病菌的演化"。作者说：

第二次世界大战前，战争受害者死于战争引起的疾病比死于战斗创伤的要多……因此，人类疾病源自动物这一问题是构成人类历史最广泛模式的潜在原因，也是构成今天人类健康的某些最重要问题的潜在原因。（请想一想艾滋病吧，那是一种传播速度非常快的人类疾病，似乎是从非洲野猴体内一种病毒演化而来。）

由于人类活动加剧，引起气候持续暖化是其一；平顺得意时，海吃海喝，野味猎奇是其一；万物之冠，人类中心，人是自然的主人和所有者，在这种由来已久的观念影响下，对天地没有敬畏，任性而为，是其一。林林总总，诸多教训，不可能因这"忘忧薷"而遗忘。

2020 年 3 月 15 日于甘草居

北方的菩提树

春夏过渡，从 4 月中旬到 5 月半，节气经历谷雨立夏小满。三八廿四——这个单元，占了全部廿四节气的八分之一。此际天地氤氲，自有它的好看，有它独到的草木精彩。这时，北方与中原地带落叶树绿满，常青树更新，满眼新树绿如绵，树叶迎风沙沙有声，蓬松翻腾似河流与绸缎一般放开，将冬天与早春的空落转眼充满。

林花谢了春红，太匆匆！

与开春以来的姹紫嫣红不一样，眼前"暮春的白花季"盛大登场，旋转出一派别样堂皇，——石楠洋槐树开花，木绣球广玉兰开花，荚蒾琼花与白花夹竹桃，灯台树花四照花，流苏树山楂树秤锤树，小蜡小女贞及暴马丁香，等等。就这，还不算灌木和爬藤类开白花的绣线菊、金女贞、木香、枳花、金银花……花之意蕴深深，花乱花繁盛，要数那层层发花的高大七叶树。七叶树又名桫椤树、七叶枫和七叶菩提树。

连年以来，城市多变善变，楼屋、道路、高架是它的骨骼，

160

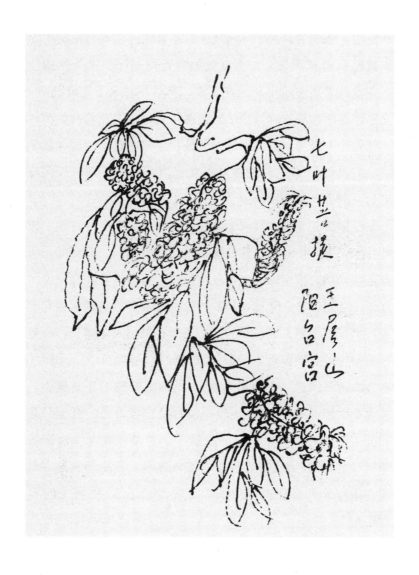

河流、管网如血脉,行道树和园林花木,便是服饰衣裳。而衣裳牵连时尚,譬如郑州,40年前的行道树主要是柳树、杨树、国槐和法桐,法桐引自沪宁算洋气了;本世纪开初,行道树扩充了女贞枇杷石楠和广玉兰,重点增加常青树;近些年气候持续暖化,花木品类更多,市民看花了眼,都认不过来。七叶树开花,直立圆锥花序,毛茸茸像狼尾巴谷穗朝天长,白花簇密紧实,点缀了花蕊是一点又一点细细的朱砂红,绿树白花,望之"似千重宝塔,万盏烛台"。它与秃树早春开花者,白玉兰满树灯盏与白鸽形状,两下风致不同。

七叶树独立成科,自成体系,曰七叶树科,七叶树属。作为落叶乔木,它新生的嫩叶紫红褐,和红香椿似的。开花时,树叶变得蓬蓬勃勃,浓绿油亮。孟冬落叶前,未必发黄却会变红,霜叶红于二月花,独立寒秋,与黄栌与枫叶争宠。也有人叫它娑罗树或菩提树,一物多名。我的二哥当过县里的农业局长,颇爱树木,前两年,我俩曾对着一群景观七叶树发议论,二哥说:"以前不涉意(不注意)这种树来着。"类似七叶树的还有银杏,大家都说小时候(上世纪60年代)没有见过银杏树,有也只是寺庙和公园里才有,像熊猫似的很稀罕。但是,老家《焦作植物志》记载七叶树,说它广泛生长于黄河流域,南太行林地有野生的——让人少见多怪的七叶树,竟是隐于山野的河南的乡土树种!

这不是随口胡诌的。河南两个有名的景点,一古一新,一南一北,都有老七叶树。隔着黄河,太行王屋这厢,济源阳台宫,这座与李白和唐玄宗，司马承祯及玉真公主有关的古刹，其三清殿月台上最大的古树娑罗树，就是一株七叶树。伏牛山而洛阳西南，栾川县重渡沟，乃乡村旅游之明星村镇，村口巍然矗立一棵七叶树，远望亭亭如盖，系古庙子遗。乡村产业转移，农业变林业，扩大苗木种植，豫西山里人迎合城市绿化需求，苗圃里多是显示度高、开花美丽又招摇的玉兰、山玉兰、广玉兰、七叶树、楸树和栾树。

在阳台宫、白马寺等千年古刹，庭院深深里，每逢高大的七叶菩提树，我总要驻足观看，多看它一阵。虽说相看两不厌，可惜花下相逢少。牡丹开花的时候，七叶树才出叶，一攒一簇，嫩紫色恹恹的，尚未打起精神。有次碰巧了，正值农历四月初八浴佛节，在栾川九龙山温泉度假村，遇到庙里菩提树开花。这里有庙曰静安寺，说是建寺于唐。它与巍峨阳台宫命运迥异，目前只是旅游景点的一个陪衬——曾经的农村大队部，一个不及百年的老旧四合院，靠山而起，两层高地有平台，上房五间大瓦房算大雄宝殿。有意味的，这是个女寺，老尼当过教师，南阳人，距此地不远，因婚姻不自由出家，由度假村从洛阳某寺院请来做主持；女弟30岁左右，才剃度不久，为我等斟茶举杯之时，眼风里尚流露出对城市的不舍。此日礼佛者，多是附近村民，兼有外来泡汤治病的女人。录音机放着佛乐，老尼坐敲锣鼓木鱼，念经指点，女弟带头随唱转圈。平台中央，放个机制的水法，不停往释迦牟尼和观音菩萨像上喷水……有棵七叶菩提树正在开花，落英缤纷，诚属天然装点。离开这里，我注意到和布谷鸟新声同时，农家门前的蜀葵开花了。蜀葵开花，对应着七叶菩提树开花。接下来，我们几个翻山越岭去深山里探访一个名为葫芦沟的自然村，那里只有一户人家。但这户人家，比静安寺看起来还特别。

隔着大河一条，栾川系江淮分水岭所在。自然植被有竹子、紫藤和映山红。太行山的黄荆酸枣野皂角，彼处只是黄荆多。还有艾草，伏牛山连片艾蒿似野蒿，随处都是。从静安寺出发翻山，葫芦沟上面还是大山，满山多是竹子。很大的栎树浓荫下，土墙瓦房里住三口人。女儿出嫁住山下了，老汉与儿子在深沟里点种玉米后，人影由小变大，来家吃午饭。我们在半山坡上，已经看见他俩在劳作，锄头碰石头叮当作响有回声。主妇同意我们在她家吃饭，我们要吃手工捞面，老妇人说自己快 70 岁了，力气不够为我们几个人擀面条。征得她同意，我们自己和面又擀面。我们提出杀一只鸡吃，随便一只红冠子的芦花鸡都行。老妇人也不答应，说吃鸡蛋西红柿打卤就好。从屋里一口粗缸里取出几个西红柿，说是在山下买的。柴火烧锅炒菜打卤，我们吃自己擀的手擀面，主家三口人就锅下挂面吃。老汉爱说话，和我们谈得热闹。临吃面时，老妇人在菜畦里拔了几棵大蒜，抽过了蒜薹的蒜秧，主茎还是青的，老妇人剥嫩生生的蒜头，特别将青绿茎秆掐下来，连着嫩蒜瓣一起捣了，蒜汁是黏糊糊的青绿色。这一顿农家饭，竟然吃得特别香，原汤化原食，我们几乎喝光了铁锅里的好面汤。

下山途中，诸位大发感慨。这是另一片世外桃源吗？有些像，"男女衣着，悉如外人。黄发垂髫，并怡然自乐"。但又不像，他们见我们并不惊讶，也不"便要还家，设酒杀鸡作食"。

越想越有味，觉得这家人和静安寺的僧尼比起来，甚至更素心。

"南朝四百八十寺，多少楼台烟雨中"。而《洛阳伽蓝记》记载，北朝年间，北魏由平城而洛阳再邺城，其在洛阳建都40余年，这时洛阳周围，宫观庙宇多达上千。以胡太后和永宁寺为代表，大小寺庙，各有各的故事和演义。

释迦牟尼静坐树下而顿悟的菩提树，系桑科榕属，在南亚东南亚生长多。我国南方，菩提树也生长良好。泉州和潮州之两开元寺，以及南少林寺，庭树均为正宗的菩提树。它树身似榕树，叶子貌似加拿大杨树的卵形叶。可是，"菩提本无树，明镜亦非台……"树和树荫，给跋涉中人以片刻清凉，有树即可为菩提，何必拘泥于树种？

庚子谷雨，2020年4月19日于甘草居

两种栾树

夏秋看树，行道树和廊道花木，花与果二者皆美且招摇，风头正劲，当下没有比得过栾树的。

灌木和小乔木的木槿紫薇，花期长达半年有余，优点在花，也局限于观花。乔木中的合欢与国槐花美，合欢结角与国槐的槐豆也可叹赏，但总不及栾树之果，一披一挂，灯笼状之累累果荚有形有色，富于变化。这都是落叶树。还有常青树里的夹竹桃和广玉兰，花开各有特色：夹竹桃有红有白，花期绵长，簇花坠枝似筑花墙；广玉兰又名荷花玉兰，从立夏到夏至骤然满树繁花，富丽高标。但与栾树相比，也弱在果实逊色。那夹竹桃的细角果实，低调无华，多数人不知道夹竹桃开花又结果，几乎可以忽略不计的。

栾树和它们相比，多了观果的一大风光和特色，显然更胜一筹。

栾树不是单一品种。植物志说栾树多种，不下四五种。但直观而论，看花期早晚长短，最有代表性的栾树两种——一曰北方

166

栾，一曰黄山栾。同样开金黄色花，北方栾开花早，属于夏花，5月下旬开花，且花且果，立秋之前即花果并老；黄山栾迟于夏至前后发花，盈盈细花渐渐开，越开越繁，越开越可观，直到秋深天冷了才花果皆老。

北方栾，有灌木有乔木，自身生长慢，树皮粗糙。最突出的特点，乃叶薄叶小，叶缘锯齿状。黄山栾皆苗圃育苗，摇身一变成速生树种，树身匀净高直，全缘叶无刻齿，一横一枝，一缕一条，乍看和乔木无患子的树叶难分彼此。

北方栾花开轻巧果荚小，肾形果荚带尖，一律淡青色。黄山栾簇花花粒大，开花浓金黄，朱砂红之花蕊比北方栾醒目。栾花盛开的时候，树树皆披黄金甲，铺天盖地大热闹。但栾树发花是慢性子，伏日里细水长流一般，伴随蝉鸣蝉唱的韵律逐渐舒展开放，至立秋处暑，陡然而臻于盛花。栾树好！栾花一半，栾荚又一半。黄山栾果荚不仅比北方栾果荚大，并且彩色，系矿石红间了青紫色，好颜色有变化自成风景。最难忘一年一度，国庆节前的黄山栾丰富多彩，9月下旬，上海人民广场的雨中绿地，林下宽叶麦冬和细叶沿阶草，芳草交织如茵；兼了络石、常春藤及花叶蔓长春，绿藤错杂匍匐，金边麦冬草大穗紫蓝花，石蒜猩红花，诸草纷纷抽莛开花，其间点缀着黄山栾落花与彩色的新果荚，构成一派天然图画。这情景与上海博物馆和人民公园的招贴画彼此呼应而相得益彰。

庚子因疫而生活节奏趋缓。哎！也难得这点慢，有益细读书，可以慢赏花。北方栾是夏花，黄山栾是夏秋之花。黄山栾，夏至左右初发花，入伏而花开渐大。6月7日，人在东风渠畔，眼看着黄山栾生出最早的花蕾枝，幼枝如蕨芽。6月19日，次第有黄山栾变大的簇蕾开始着花。对照着花节奏，我重新梳理一遍栾树资料，例如《救荒本草》记栾树为木栾："生密县山谷中，树高丈余。叶似楝叶而宽大，稍薄。开淡黄花，结薄壳。中有子，大如豌豆，乌黑色。人多摘取，串作数珠。叶味淡甜。"密县在黄河南岸，郑州西出不远，近登封，属于伏牛山浅丘地带。《植物名实图考》也记北方栾，名为栾华。吴状元照引《救荒本草》之后叙述自己亲历：栾华，"山西亦多有之，俗讹作木兰。《通志》，木兰丛生谷岸，叶可染皂，晋人名黑叶子。春初采芽作茹，名木兰芽。又《长治县志》，枠即木兰。"这番话，说的是黄河北边太行山地界之晋东南。我老家在南太行，系晋豫边界，春天的树头菜有木兰芽和香椿头，而我们说栾树，土名也叫黑叶树。《礼记》有关"天子树松，诸侯柏，大夫栾，士杨……"的记载，说明栾树的身份，很早就受重视了。

栾树当下再度风光，东南西北，神州植树多栾树。但栾树曾经沉寂。曾经的江南，景观树中无栾树。有木槿紫薇，合欢国槐，乌桕香樟枫杨，而偏偏无栾树。不信我们翻书，无论清人之《花镜》，还是民国《花经》，杂树虽多而无栾树。斯文江南，不兴栾树。栾树被冷落久矣。

栾树作为古老的庭院树、身份树，是如何从沉寂中翻身跨越，成为今日风光无限之行道树、景观树的？其中道理耐人寻味。值得比较的是国槐与栾树。同为夏花，同样大有来历，同样

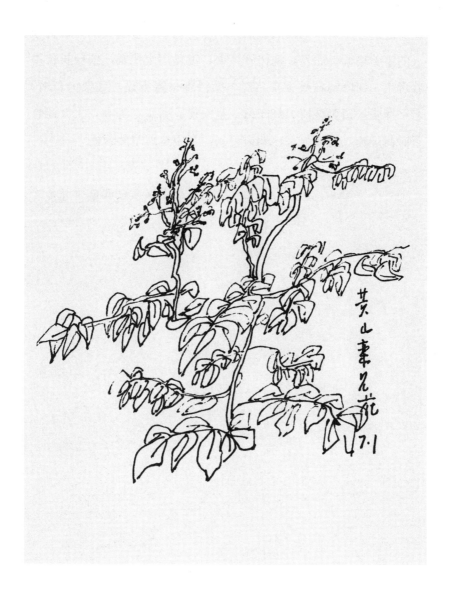

花开满荡荡，但槐树花色静穆含蓄，适合官衙旧街，四合院与老瓦房之古雅背景。栾树高直招摇，浓花艳果，显示度高，符合今人的审美格调。此外，槐树好生虫，孟夏多生槐蚕，细丝长长吊着青虫，树叶动辄被蚕食殆尽。栾树则虫害不显，且栾树多名，名字夸张，曰黄金树、灯笼树、金雨树、国庆花等等，大大迎合了时尚趣味。这么一来，栾树复兴，个中道理昭然若揭。

2020 年 7 月 22 日，庚子大暑于甘草居

荆浩蔡树　韩愈橡木

　　立春还未开春，灯节才罢，我们一行人过河而北，走京港澳高速北行，复进山上山，入大山深处，——踏残雪，于太行洪谷山里参拜五代大画家荆浩。荆浩是济源人，旧属河内。而太行山西起济源，蔓延过河内，在新乡、卫辉掉头向北，至林州出南太行入冀。这一段数百里路，巍巍南太行的走向，我习惯说它大致是个芭蕉扇或牛轭形状。

　　太行分表里，外太行浅丘拱卫属豫，里太行重峦叠嶂峰顶为晋，山峰为界。旧时道路，山之上，北魏南下洛阳，约略沿着现在的二广高速走，——经由太原、长治、晋城、济源而洛阳。反之，则是荆浩从济源翻山越岭而至林州洪谷山之路线。太行复杂，不止里外之分，且有浅山与高山不同。仁者乐山——今人游南太行，在河南地界穿行愚公故里、云台山、万仙山和黄华山、石板岩等系列景区，百转千回，走上趋下，常常头天夜宿"云深不知处"，但翌日天明看山，山上山，直陡陡的还有山峰连环而高于天外。身临其境，又是一重坐井观天境界。那貌似桂林青山之山，一节一节向上，前人曰"栈"。一栈一层，层层植被不同。我们到达荆浩隐居处，面前路绝，抬头望高，头顶上是山西长治下辖的平顺地界。《画史》曰："荆浩善为云中山顶，四面峻厚。"与此正合。

腊梅和迎春花在山下开花。人走小道上山，山坡上松柏冬眠呈灰紫黄色，人工栽竹才略显青绿。植被多是枯叶满满、硬似披甲的麻栎类灌木，它们多而稠，麻密不分，很强势地掩住了黄荆、酸枣、老蒿和黄背草等等。情知我要发问，引路的王兴舟兄介绍说这是蔡树，姓蔡的蔡。第一次听说这个树名——蔡树不材，只配灶下烧火做饭，兴舟如是说。而蔡树即橡树。吴状元《植物名实图考》卷37，木类有"蔡木"："蔡木生山西五台山，志书载之。枝叶全类槲栎，疑即橡栗之属。"意犹未尽，吴状元又提及了同类之柞木："柞新叶生，故叶落。坚忍之木，可为车轴。"夜里回到安阳，我在网上搜检一番，发现环太行山，京津冀晋豫连环，橡栎类里名叫蔡树者很普遍，是口头语。

孤陋寡闻的是我。

而我在吴状元老家大别山区长住过。1990年代后期，鄂豫皖交界之新县、光山、罗山和商城，每年早春组织群众在房前屋后山坡上嫁接板栗，母本就是这种冬叶不凋，春来新叶顶掉老叶之树，有灌木也有小乔木。不过，当地老表只叫它橡子而不叫蔡树，没人知道蔡树。大别山在江淮之间，山家过夏用粉芡打凉粉吃，和《芙蓉镇》里刘晓庆扮演的湘西女子卖米豆腐一样的，新县人用橡子面做凉粉，呼橡子豆腐。

　　我的老家紧靠焦作市区，属外太行。山地灌木以黄荆、酸枣、野皂角为主，不生橡栎之类。但，村头或坟地曾植栎为记，家乡人视为风水树！西村是乡政府所在地，村里有棵栎树很大，我上中学的时候，觉得大栎树下可以坐下学校的全部师生。《焦作植物志》记壳斗科橡栎多种，却无蔡树之称。而橡栎是个大家族，落叶树之外还有常青树种，分布全球。料不到，原本普普通通的橡栎之树，在岭南粤东大海边，缘韩愈而有了故事。

　　韩愈这位唐代的河内乡贤，远没有稍后的荆浩素气，儒林一直有争议的，但在潮州甚受尊崇。韩江，韩木，韩山，人到潮州皆称韩。临江之山风景如画，现在有潮州师范大学毗邻韩文公祠，楼台巍巍，气势不凡。那挂匾曰"百代文宗"的堂前，竖着一通"功不在禹下"的古老刻石，和苏东坡《潮州昌黎伯韩文公庙碑》等，极尽颂扬之词。此地曰"韩木"，就是橡树。祠堂有个单元，独辟"橡园"植栎，系"潮州八景"之"韩祠橡木"。曾经，5月里看橡树开花情况，可知当年举子运气。韩木为韩文公手植，到了清朝乾隆年间而枯干。现在韩愈纪念馆，已经复原了"韩祠橡木"景观——

　　河南大学潮籍教授饶冠树伉俪闻讯后邮来橡木种子，试种成活，选其苗壮者一株植于祠前，虽成长缓慢但长势良好。该馆因规划于韩祠北面辟建"橡木园"，于 2012 年赴韩愈故乡河南挑选橡木，精挑细选粗壮者 30 余株，提前做好移植准备工作。又于

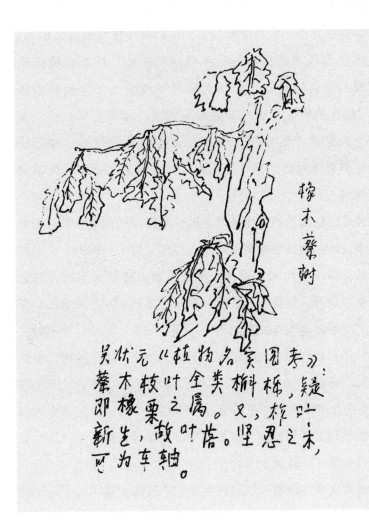

橡木椿树

秦"疑叶木，园栎，棫忍之木，树栎，又坚物名实类椒叶苦。栽叶之全属。叶轴车木橡生为吴藜即新状木橡以枝

2012年晚春，千里迢迢将树运回潮州入园，同年园区建成供游客参观。现"橡木园"建有观景平台，正中立国学大师饶宗颐先生手书的王大宝《韩木赞》巨幅竹简造型幕墙，橡木则种于后方山坡……整体景致优雅且文韵斐然。（曾楚楠编著《韩愈在潮州》）

橡栎开花，形状花期各有不同。花叶齐发如小叶栎，大别山明前采茶，栎树嫩叶片黄绿油亮，满头花穗纷纷扬扬，与新柳相映成趣，招摇似走街女子娉娉婷婷。板栗则5月里开花，先叶后花，柔荑花一簇一串鹅黄色。曰"迁西板栗"者，冀东遵化县清东陵一带遍地板栗。当地人应时采纷披之条状花穗且拾落花，拧成长长花辫子备夏天点火熏虫，一如它处之艾蒿火绳。《焦作植物志》记麻栎别名为橡树木，既然韩愈老先生是从中原带了树苗去粤东的，那么这种树——麻栎开花与板栗同步，此际叶绿花黄，缤纷满树颇可观。

橡栎可珍，为橡子可食。《庄子》说天地初开，兽多人少，人"昼食橡栗，夜栖树上"。橡子也曾充为军粮。《太平御览》引《云南记》："广都县山栎木谓之诸葛木也。"诸葛亮曾用橡子以济军粮。明代《救荒本草》，周王的采集范围包括伏牛山和南太行，他列举橡栎类树木三种，分别是第268食叶之青冈树，和第289、第300食果之橡子树及石冈橡。且曰："其木大而结橡斗者为橡栎，小而不结橡斗者为青冈。"

橡栎不仅宜于救荒，还因为木质坚硬，橡栎、槲栎、青冈、苦槠、柞木等等，皆为家具和建筑有用良才。秋冬可以观叶——

175

枫叶、黄栌和槲树，乃三大红叶品种。

古河内明星闪耀，连绵有荆浩韩愈李商隐。荆浩祠墓，在济源五龙口镇之谷堆头村。韩愈祠墓被列为全国重点文物保护单位的，在孟州西虢镇的韩庄村。虽为豫籍，但韩愈一生与粤有缘，曾三次抵粤。少年韩愈，10岁曾随长兄到过韶州即今日韶关。35岁，因一篇《论天旱人饥状》，被贬官广东阳山为令。52岁触龙鳞惹泼天大祸——因为著名的《谏迎佛骨表》，被贬在潮州为刺史。这一贬，他为政潮州7个月时间，"功不在禹下"，培育滋养了岭南文脉，成为中原文明和儒家文化深入粤东的一个符号。因贬官情结而惺惺相惜，东坡赞韩愈"文起八代之衰"。东坡先生又曰："公之神在天下者，如水之在地中，无所往而不在也。而潮人独信之深，思之至焄蒿凄怆，若或见之。譬如凿井得泉，而曰水专在是，岂理也哉？"

潮州念韩文公有四大作为——驱鳄除害，关心农桑，赎放奴婢，延师兴学。因此，植物搭车，不仅橡栎杂树因韩愈而荣，令人惊掉下巴的是，当地还传说"插薯苗的故事"，说韩愈路遇老妪，手把手教她栽种甘薯。分明明清之际，甘薯、玉米、土豆才至中国。情形相似的还有内蒙古呼和浩特之昭君墓，现在扩大为昭君文化研究院了，其中赫然陈列着玉米穗玉米种子，牧民相信是王昭君老早就将救命玉米带到了塞外大青山下。

诸如此类，硬用农业考古的现代指标来指责之，那就没意思了，令人败兴而索然无味。你看人家杨万里，不仅咏西湖，"接天莲叶无穷碧，映日荷花别样红"，并且早早前来拜谒韩文公，即兴作《题韩亭韩木二绝》，其一云：

笑为先生一问天，身前身后两般看。

亭前树子关何事，也得天公赐姓韩。

庚子霜降赏红叶之前，2020 年 10 月 20 日于甘草居

红茨菇 白茨菇

菜市场和农贸市场迷人——因为它是个伴随时序节气而流动着的土物博物馆，展品呢，是四面八方源源而来的新鲜的土产蔬果，携着十足的土风土宜。小菜场不小，仿佛是个无比丰满，切开了就汁水四溢的大西瓜，里面包含有浓浓的乡愁与民俗气息。

秋来入冬，又是根茎类蔬菜出场亮相的高潮，我在朋友圈先后出示不同形状与颜色的萝卜，再就是用于腌咸菜的芥菜疙瘩、苤蓝，以及腌咸菜和煮粥随食两便的蔓菁。书法篆刻家王胜泉兄，是已故桑凡先生的门人，我们很亲的，他跟帖说蔓菁和芥菜疙瘩："这个专家说了不算！"

真是的，没有多地有对比的生活经验，就算你年纪大，也认不了这些怪异而有趣的"双胞胎"！

这天，我又发了荸荠、芋头和山药的图片。我的潜台词是说，郑州除了没有茨菇，冬天的根茎类蔬菜，品类繁多，几乎已经和江南与南方打平手了。

还没有等我把话说出来，那厢，成都中医药大学的教授王家葵兄，闪电似地跟了来——红茨菇？他指我图片中蛇皮袋里泥蛋蛋一般的紫荸荠。

莫非还有别样茨菇和荸荠？

家葵即复，剪刀草的果实即白茨菇。

家葵春风得意，一年间接二连三、神神叨叨的，密集出版了《本草博物志》《本草文献十八讲》等等，好几本书。看，这就是朋友圈的魅力了——土产博物馆因之而延长了展线，平台更大。

我的着力点与用心，是要把周王的《救荒本草》里边，当下还鲜活，以及暂时冷背却可以挖掘出来发扬光大的，弄一个大河两岸地域性的野菜野果名录图谱。不是死板的花名册，而是触手可亲、活色生香的好玩的书本。因此，除了跑菜市场，我自然离不开读书。除了蔬菜与美食的书，还有地理和地方志，也包括一些考古之书。朋友问我为什么，我回答看考古书与闲人观棋是一样的。不可与人语者，是要刨根问底，寻找各种野菜野果的切实来历。这样，在疫情肆虐的庚子年，独自狠看了几本最新出版的考古书。

冬天来时，天随人愿，我遇到了《最早的农人：农业社会的起源》这本书，它与我当年读到《枪炮、病菌与钢铁》系列一样，自我激动，颇为兴奋。或许因它不通俗，年末12月林林总总的年度书，没有它的份。我替它暗暗鸣不平。本书被《枪炮、病菌与钢铁》的作者、当代思想家贾雷德·戴蒙德称为"当代史前史研究领域最伟大的著作之一"。作者研究全世界不同地区早期农业起源和发展的历史，所使用的资料和方法无比新颖，包括了考古学、比较语言学、生物人类学等等，研究对象集中于全球几个关键的早期农业起源中心——中东、中国、新几内亚、中美洲和安第斯中部，由此，著书人贝尔伍德教授提出了农业-语族扩张理论。他认为，那些特别核心的早期农业地区，是农业社会起源的中心，而人群的迁徙带动了农业、语言和人种的传播，造就了后世人类文化分布的版图。例如，中国台湾，就因中国东南文化早期传播而有了最早的种植业。该书第七章是《农业向东南亚和太平洋的传播》，其中提到，"整个东南亚都没有足够证据可以证明公元前 3500 年以前存在过任何形式的食物生产。这一点很重要，因为至少在公元前 6500 年时，水稻已在长江一带得到了充分的驯化。和农业从西南亚进入印度的过程一样，我们也可以在亚洲大陆上看到一次明显的传播减速……新石器文化群通常沿着从北向南的方向移动，它们从中国南部出发，穿过东南亚大陆向马来半岛迁徙，穿过台湾岛和菲律宾向印度尼西亚扩散……"

甚得吾心者，在于那不同地域的块茎类作物和水果，为其研究早期农业农人的抓手。贝尔伍德教授举例说，印度尼西亚属于赤道地带，它东部的人群常常"以块茎类和木本植物果实，如甘薯、芋头、西米和香蕉为生"。而"1500 年以前，印度尼西亚人可能通过南岛语族对马达加斯加的殖民活动，将香蕉、芋头、大甘薯等东南亚作物带到了热带非洲"，还有美洲、中美洲……不要觉得这异想天开太过分，作者可是东南亚南岛地区研究的学术带头人，说中国东南、东南亚和太平洋地区，他绝对权威。

　　我去过的地方不算少，留意各地风物土产，是我远游的目的之一。说真的，跑得再远，也觉得在大千世界之根茎类作物林林总总、奇形怪状面前，人的江湖还是小。比如，为了阳藿洋荷姜，差不多费了 10 年时间还不止，才把它弄清楚了，今年才写出一篇千字文。近几年吧，2015 年夏天，在粤西平果、大新一带的集贸市场上，慌慌张张买热带水果时，发现了一种小洋葱——蒜瓣大小的紫皮葱头。因为语言不同，又行色匆匆，我自以为当地人惜物——连菜畦里出产洋葱头的小仔仔，也不舍得抛弃。接下来在广州，方明白这是红葱，葱的一种。等我家网购了栽在花盆里吃菜，长高了才看出来，这才把它和周王说的楼子葱对上号了。

　　2018 年秋天，在长沙很大的一个农贸市场里，我又发现大堆类似红葱头的东西，也是听不懂湖湘话，误认为就是红葱了。去年夏天再去长沙，老同学乐平带我们在南岳住了两日，山家照顾甚是精心。在此，我喝到了没有喝过的烟熏茶；正餐喝酒时，老板娘特地用好大一个陶钵，当着我们的面，制作一味开胃的配菜——把新鲜藠头配着好辣椒捣烂。乖！这时我才明白过来，上回在长沙见的，不是红葱是藠头。举一反三，相信读者诸君，也有我同样的经历。美食与小吃的魅力，在于千回百转和寻寻觅觅中。圪里缝道，需要仔仔细细寻找。

　　因为与葵兄交流，这才知道，包括成都在内，湖南与西南地区历来把荸荠叫红茨菇，真正的茨菇叫白茨菇。郑州刻下，虽然没有茨菇，但是从孟诜的《食疗本草》、周王的《救荒本草》到

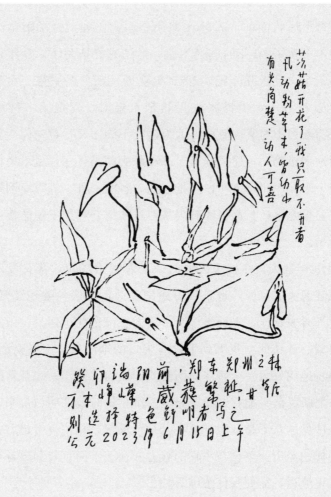

荔枝开花了，我只取不开者
凡动物草木，皆幼小
有尖角楚楚动人可喜

癸卯端阳前，郑东郑州之株
卯峰嶂，葳蕤繁明者写之
才书别选择特色卽
公元2023年6月18日上午

《河南野菜野果》，古来茨菇不曾缺席。《救荒本草》记有水慈菰和铁荸荠。茨菇，"俗呼为剪刀草，又名箭搭草。"荸荠，"亦名茨菰，又名燕尾草。有两种：根黑皮厚肉硬白者，谓之猪荸荠；皮薄色淡紫肉软者，谓之羊荸荠"。周王说，荸荠可制作淀粉粉面，厚人肠胃，解丹石毒。《河南野菜野果》介绍野慈菇，除了熟食，还可以制粉，获得荸荠粉一样的茨菇粉。郑州不说了，就是在豫南信阳，水面水田里多见茨菇苗，我却没有见过卖茨菇和茨菇粉的。"北人不识茨菇"，和"南人不识蒜味"，是吃货汪曾祺的一双名言，此于郑州恰当。《过年的茨菇和荸荠》里，我说，北京人过春节买些荸荠，好意头曰"备齐"。沪人祭灶的时候，需要茨菇，因为"二十四日送灶，用酒、果、粉团。又谓灶神朝天，言人过失，用饴糖胶牙。慈姑，取音如'是个'，与胶牙糖同意"。

汪曾祺着实喜欢根茎类的菜蔬。黄裳在《故人书简》里回忆汪曾祺，1948 年分别后的汪从天津来信——

雅梨尚未吃，水果店似写着"京梨"，那么北京的也许更好些么？倒吃了一个很大的萝卜。辣不辣且不管他，切得那么小一角一角的，殊不合我这个乡下人口味也——我对于土里生长而类似果品的东西，若萝卜，若地瓜，若山芋，都极有爱好，爱好有过桃李柿杏诸果，此非矫作，实是真情。而天下闻名的天津萝卜实在教我得不着乐趣。我想你是不喜欢吃的，吃康料底亚巧克力的人亦必无兴趣，我只有说不出什么。

汪曾祺回忆沈从文，老师老了，吃饭时用筷子指着说，吃茨菇比吃土豆"格高"。格，是个怪怪的标准——品位乎？格调乎？此处格高，沈从文标新立异，可以理解为物以稀为贵。其实，根茎类的东西，食物宜人养人，远不止东南亚和南岛地区。它对我华夏民族，历来也大为有益。不止汪曾祺好吃，白石老人说白菜好，老年画大白菜有名，可是他对于家乡芋头、板栗的怀想，一刻也不肯放弃。他也在北京遭遇了茨菇——1919 年作画《题白茨菇图》："余三过都门，居法源寺，大古钵种此草，问于和尚，知为白茨菇，戏画之，又为儿孙辈添一人所未为之画稿也。己未秋八月，此草已衰，故着色蔼淡。白石老人并记。"

2021 年元旦于甘草居

黄栋树　黄连木

　　郑州好几条地铁在营运，但地铁修不停，开工已到8号线了。春节前后，8号线经过的地方要清场，一夜之间，砍去了东风渠南岸作为站点附近的树。离我较近的两个点——东边的紧挨着经三路，砍了一大片石楠和黄山栾；西边，花园路两边，砍去了竹子、海棠与正进入青壮年的黄栋树。城市不停变化，道路与旧景观频密调整，见怪不怪了。10余年间，郑州地铁从无到有，城市框架缘地铁拉大之后，变得无比大，而树种是更多更丰富了——四季杂花生树，令人目不暇接。

　　树的命运，说是人的缩影、折射不恰当，但是，的确有的树木，比离奇之人的命运还坎坷，黄栋树是个典型！

　　黄栋树正常生长是高大的落叶乔木，有花有果，四季姿影变幻耍把戏似的。黄栋树好，其叶色有"七十二变"：春来发芽紫红色，日渐散发变青绿；夏天栉风沐雨，摇身一变为浓黄绿，树叶细薄，绵软油亮，仿佛巴蜀地界的黄桷树；初秋渐黄，至深秋泛红，"看万山红遍，层林尽染"，南太行霜红至经典红，里边就

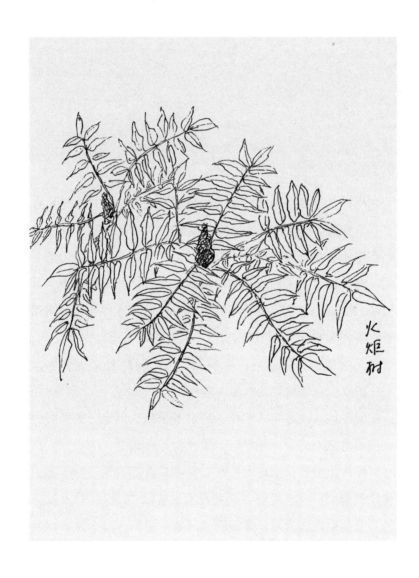

火炬树

有黄楝树的功。城市秋来赏红，郑州最先见到的是爬墙虎、南天竹和火炬树变红，接着是黄楝树、黄栌、乌桕、枫槭、枫香等等。老家南太行自然生成的红叶品种，主要是黄楝树、柿树和灌木黄栌。当年，山里人的食用油和点灯油，是豆油、棉籽油和黄楝油。学生野食的零嘴，也包括树上的黄楝子，红色的不能吃，湖蓝色似绿松石一样成熟的果实好吃，油津津的，带一点橘子皮的清香。属于漆树科的黄楝树，植物学名字是黄连木，豫北古来叫它黄楝树。

望着砍伐清场之后，工地围起了活动板房，人们出出进进，堆积木、堆集装箱一样，我回忆起在山里上学的一段经历——1970 年刚上初中，学校集体参加"打黄楝小蜂"的事。南太行黄楝树多，越往深山高山行，大黄楝树越多。有几年它开花结子，只红不绿，不能榨油了。说是它生病了，患了一种黄楝小蜂引起的传染病，害虫将它的卵产于嫩子里，故而坏事了。于是，家乡组织了一场消灭黄楝小蜂的战役，政府动员群众和在校的学生，四处上山，砍黄楝树粗大的树干和树枝，名曰"打黄楝小蜂"，为其"刮骨疗毒"。

一开始还是在学校周围，方圆 10 来里地，师生带着干粮，早出晚归行动，争抢着上树砍树枝。后来干脆停课，由学校组织师生进深山里开战。我们到达的金岭坡，已是豫晋交界地带。此地离家 30 里开外，风景和民俗迥异。山村多是小村，石头房子，石板铺就房顶。第一次出远门野营，我才十三四岁，大家带着铺盖睡通铺，简陋的民房颇逼仄，不过人挨人躺下而已。每日大锅造饭，集体吃饭，有男有女。这里有狼有豹子，可老家人总把豹子金钱豹，不论大小，都叫"老豹"。非鸟非兽的，树上有种鼯鼠，会爬会飞，它在很高——钻天眼高的山崖高处，与飞鹰为邻，就着岩缝栖息。其排泄的粪便结成硬块，中药名叫五灵脂。山民做向导，老师带着小分队，转到不同的山坳里，我们每天爬树，挥舞镰刀砍树，砰砰啪啪——咯咯巴巴——咕咕咚咚……山谷里惊天动地，回响回音，大家趁机放声大喊，更添热闹。如此，黄楝树不论大小，遍体残伤，而静静溢出一种特别的芳香。

这些年，我觉得老家太有意思，常在南太行上上下下游走。在山西陵川地界之上云台，我看山家种麻子与紫苏，这是庄稼类草本油料作物。夏天，老年人又就地拾取大量的杏核野杏核，不仅卖杏核，并且还制作少量自己食用的杏核油。但他们也不再食用黄楝油了。而黄楝树不医自愈，果实变绿的不少。也就是那几年，忽然就时兴"打黄楝小蜂"。经此冲击，山村里黄楝树消失不少。

黄楝树和构树即楮树一样，北京以北就罕见了。周王说黄楝树："生郑州南山野中。叶似初生椿树叶而极小；又似楝叶，色微带黄。开花，紫赤色。结子，如豌豆大，生青，熟亦紫赤色。叶味苦。救饥：采嫩芽叶煠熟，换水浸去苦味，油盐调食。蒸芽曝干，亦可作茶煮饮。"

我曾经比葫芦画瓢，对着《救荒本草》，采黄楝树的嫩叶，晒干了试着泡茶喝。看书看苏州掌故，不见黄楝油，却有黄楝头。曰苏沪一带，腌金花菜，腌黄楝头。开春采黄楝树的嫩梢，腌制过后可以吃。老婆婆用勺子挖了铺在纸上手心里，撒一点甘草粉，供儿童和同学少年吃零嘴。吴地《土风录》之卷四说"马蓝头"：草名有马蓝头，可食……俗以摘取茎叶，故谓之头，如"草头、香椿头、黄莲头"之类。黄楝，黄连，黄莲，在此统一。而黄楝油和黄楝头，周王恰恰都没有涉及。吴状元记黄楝树很潦草，简单沿袭了周王。民国黄氏父子著《花经》，有"黄楝树"一条："黄楝树形似楝，春日嫩芽已发，摘而加盐腌之，其味可口，江南人所谓黄楝头是也。"

还不止这些。黄楝树大有潜力——后来，人们发现了它当下的工业用途。曾经有报道说，2008 年，河北省在太行山区完成了 5 万亩"柴油树"黄楝树的造林任务。

未出老家时，只觉得黄楝树和柿树，是南太行骄人的特产。慢慢才晓得，它们在南方与远方，出产更多。

但太行山是黄楝树生长的北界。在大别山深处，开头，我几次经过黄楝树而不敢认，采它的绿叶揉一揉，闻着熟悉的味道，确定就是黄楝树。林业局长看得哈哈大笑。异曲同工，在上海瑞金二路，距离上海古籍出版社很近，有处挂牌是上海市中医文献馆的，院子里有一双黄楝树。我的弟弟武平不认识这树，我揪了树叶让他闻，他迅即知道是黄楝树了。黄楝树叶子与果实味道，近似柑橘的皮，有股剥橘子的味道。黄楝树在太行与黄河以北，不言出类拔萃，至少堪称异数。就像石楠与大石楠在郑州，远观近看，它的风采和风情，略似南国之荔枝树。

在国内，我遭遇黄楝树最美风景还有三处——

11月立冬，西岳华山上落雪了，黄楝树红叶如红枫，一两株黄楝树，与壁立千尺之白垩色山岩，衬着绿松黑松，宛如渐江和尚之笔下画图。12月初，西蜀乐山大佛景区，登顶是"东坡草堂"及洗砚池，隔青衣江水远对峨眉；红石大佛头顶与佛耳边上，开着金黄野菊花，崖畔临水有巍巍大黄楝，俨然满头朱紫，红似一笼篝火。元月份，"金马碧鸡"大牌坊衬着青山，昆明世博园旧址邻着明代的金殿太和宫，传平西王吴三桂为红颜陈圆圆，于清康熙十年（1671）而复建，当头挂楹联："金殿凤凰鸣晓日，玉阶鹦鹉醉春风。"四周亭台楼阁环列，有游廊贯通，野蕉在房檐上高似绿苇，巨大黄楝树，红叶绿果神圣。我顿时想起了老家村东头，打谷场东场上属于周家的、曾经的那株老黄楝来了。

越向西南，黄楝树越多越大。更有甚者，远到地中海沿岸，黄楝树又名"乳香树"，从其树脂中提取的乳香，广泛应用于医药和烹调。

近些年，栽树植绿，已经不是传统意义上的"十年树木"了。城市绿化美化频繁升级，草皮绿草花草，这些不要说了，包括绿篱在内，过几年它品相不佳了，颜色衰老，就成了清除对象。绿化部门会雇人从四面八方，运来新的、美丽的、生动活泼的、青翠万分的做更新。绿篱品种，如红石楠、大黄杨、金女贞、金丝桃、杜鹃、山茶等等，栽种不过两三年而已。黄楝树的命运，起伏无定尤甚。

2021年3月3日于甘草居

夹竹桃：南树北移的波折

郑州和北京纬度不同，因而植被与物候多有差异。这平时不显，但经历了今年元月上旬的一场严寒突袭，两地情况马上区别开了。已经是 5 月份了，北京几度报道，大量的石榴、无花果和竹子受冻厉害，包括北海公园"快雪堂"玉兰轩西侧的那株老石榴，树枝都干枯了。直到 6 月 8 日，好友从北京发微信来——他一直观察着的，海淀区的那棵大石榴活了小半边，零星开红花了。附近开花的，也就这一株。往年这时不同啊，话说"端阳女儿节"的，老北京"自五月一日至五日，饰小闺女，尽态极妍"。有《北平俗曲端阳节》云："五月端午街前卖神符，女儿节令把雄黄酒沽，樱桃桑葚，粽子五毒，一朵朵似火榴花开端树。"不仅城区，就连西山农村，石榴树开花结果挺喜气的，人家栽种颇多。

郑州吧，无花果、石榴和竹子，这三种植物，则完全未受这次冷冻的影响。石榴来到中原很早，《洛阳伽蓝记》说京师寺庙里嘉树美实满园，坊间盛传："白马甜榴，一实直牛。"白马寺的

191

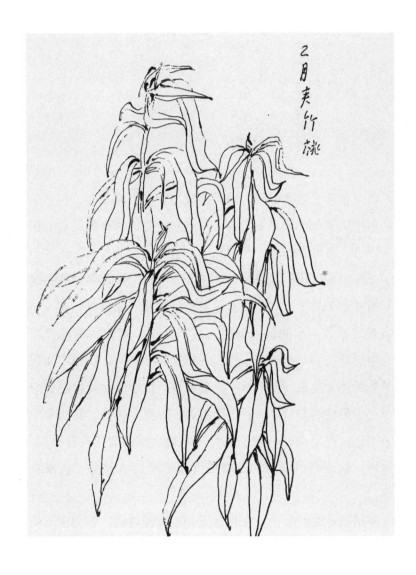

大石榴 7 斤重，皇帝尝鲜后复赐后宫，而妃子娘娘也舍不得放开吃，赶紧转送外戚传观。石榴树虽然未受影响，但这次冷冻也给郑州树木留下深深一道伤疤——夹竹桃、橘子树、香樟，还有露天生长的苏铁，这四种常青植物冻伤明显。比较而言，香樟受冻较轻。

芒种正是中原麦收时节，杂树葳蕤浓绿，笼盖四野。城市街巷，蓬勃绿树，如涨潮水。石榴花开了一个多月，大部分花谢结果实了。女贞与北方栾同时发花，女贞浅黄，栾花金黄。水灵灵的红荷花也零星开放。也是 6 月 8 日上午，我在郑州北四环的月湖社区，看到院子里有工人登高，在受伤严重的橘子树上，用力挥舞手锯为病树"截肢"。这里橘子树不少，移植在此也好几年了，结的果实也不小，但口味酸涩不堪食。橘子树上边，攀墙的是红木香和披藤蔷薇，树下树周围，乃山茶和茶梅，上接下引，花果树荫甚美。经历这次冻害，山茶、蔷薇都没事，唯独橘子树被冻个半死，每棵树上，吊袋营养液一直挂着，直到盛夏来临，才有新绿错落分布，参差不齐。工人把干枯的大小树枝截下来弃了一地。这个不稀罕，树木移栽，造绿道绿地，总有些苗木不服水土长不好，工人为其"截肢"是正常现象。对此，我也用手机拍照，和老朋友交换浏览，并保存资料。

这些年，各地建设宜居城市大搞绿化，南树北移频频。北方不仅需要各种常青树，还要彩叶树木，增添了许多新的品种，令人眼花缭乱。据我的观察，郑州移植过来的常青树包括灌木，累计有香樟、椤木石楠、小叶石楠、红石楠、铁冬青、广玉兰、柊树、蚊母树、枸骨、八角金盘、江南冬青和阔叶功劳，还有日本女贞、橘子树、山玉兰等等。落叶树也贪的是稀罕的、开花鲜艳的，明显变多的有梅花、乌桕、无患子、枫香、重阳木、七叶树、南紫薇等等。大批南方的常青树到来，前仆后继植绿，成效显著，明显改变了本地冬天和早春时节荒寂空疏的局面，除了松柏类，后来居上的分别是女贞、石楠、桂花、枇杷、香樟、广玉兰、夹竹桃、法国冬青。法国冬青又名日本珊瑚树。这样算起来，恰是"八大金刚"。也就是新世纪以来，这20年左右，郑州的植被与四季花木景观因此发生了大变化。

2012 年之前，我还年富力强，每年的惊蛰至春分，不时要去南京和苏州看梅花。然后拐到上海稍事休息，在福州路"老半斋"吃碗刀鱼汁宽汤面，芦蒿、马兰头也尝尝鲜再回来。但是最近这 10 余年免了，郑州以及焦作、开封、洛阳，春梅家族的红梅绿梅白梅，已经开得很好，美不胜收。还记得 2003 年元宵节才过，我和朋友到苏州看梅花，借宿石路一家客栈，那里距离"留园"很近，天气湿冷冻彻骨，可是，白天一阵过街风，劈头盖脑而来，顿时打得广玉兰和香樟、竹子哗哗啵啵有声，晴天还有大树深影。郑州那时不行，而现在，每年的元宵节过了，我都要特地在城市主干道花园路和纬四路一带穿行一番，不为别的，就是要听风摇绿树的声响——香樟、女贞、广玉兰的树头上，树枝树叶的婆娑声。一年有两个时段，郑州比苏沪杭江南地区的气温高，一是早春二月，一是芒种端午 6 月初，江南的气温低于中原。所以，每年 3 月初辛夷即望春玉兰开花，郑州常常比上海早。实话实说，我这个观察经得起科学检验的。

植物的个性与内涵，同样可以借用"人不可貌相"来比喻。就说广玉兰，清末从美国移植而来，于江南及合肥等地开始栽种。而今日之《燕园草木补》里有广玉兰了——刘华杰说：它是"南方生长的一种常绿乔木，但近些年被反复引进到北京，绝大部分被冻死、被风吹死……清华大学和北京大学在背风处栽活并已开花多年"。也是通过他的朋友圈，我得以知晓广玉兰进京，始于1960年代，1964年就开始移植了。当然，广玉兰这些年在郑州没有问题，已经是主要的景观常青树。竺可桢用竹子、梅花衡量气候变化。他在《物候学》里说："竹子确是南北物候不同很好的一个标志。"又说："秦岭在地理上是黄河、长江流域的分水岭，在气候上是温带和亚热带的分界，许多亚热带植物如竹子、茶叶、杉木、柑橘等等统只能在秦岭以南生长，间有例外，只限于一些受到适当地形的庇护而有良好小气候的地方。"我经常半开玩笑说，郑州、焦作隔着黄河，现在俨然变成亚热带了。郑州去年冬天三九严寒，栽竹造景，居然多半成活。我们单位老院里，10多年前，物业嫌绿地草皮养护太浪费水，就用竹子取代了时髦的草皮植绿。竹子移自伏牛山，偌大的一个公共绿地，竹子成活以后基本上靠自然降水，生长很好，小竹子逐渐长成大竹子，似南方毛竹了。素有"太行山下小江南"之称的焦作的博爱县，其《博爱县竹志》，总结2000年栽竹蓺竹的历史经验，老家人曰竹子全靠水浇灌园——"竹子是水田，浇水是关键"；"头水要早，末水要饱，中水要巧，出笋期要勤、要

195

少"。而郑州现在栽竹，根本不用特别打理，颠覆了我对竹子的认知。

有怕冻的橘子树和苏铁，可同样怕冻的，居然有资历很老的夹竹桃——怎么也喂不熟的夹竹桃。

上海淮海中路"宋庆龄故居"里，有一棵夹竹桃老树，比广玉兰还高。再者，湖北襄阳汉江两边的夹竹桃多老树。这都是我亲见的。和北京、山西等地盆栽夹竹桃不同，郑州和焦作，露天植夹竹桃造景很久了。1980 年代开始评市树市花，焦作一开头评上的就是夹竹桃，后来换成月季花了。别看它引种早，比起刻下罕见的喜树、枫香、无患子等等，算是老资格。但是，夹竹桃每遇冬冻严重的年景，就要淘汰一茬。郑州的夹竹桃，包括甘草居，加上我连年追踪观察的，打 2008 年以来就换了三次。最显眼的是花园路上省群艺馆（现在叫文化馆），向阳花木早逢春的，可是它门前的夹竹桃，不止一次被冻死。对付冻伤的夹竹桃，园艺工人常用的办法是将其斫头——我家隔壁的小公园，春节来后，工人尝试了疏枝的办法，结果不行，后来还是沿袭斫枝砍头的办法，让它憋着再生新枝。我家原来种避邪的白花夹竹桃，中间换成开红花的，树在北窗边算避风较好的地方，但这一次同样被"截肢"了。5 月中旬终于开花的，是挨着大夹竹桃的那棵小夹竹桃。明代文人王穉登写有记苏州夏日花草的《咏茉莉》："章江茉莉贡江兰，夹竹桃花不耐寒。三种尽非吴地有，一年一度买来看。"这说明夹竹桃早在明代就移栽到江南一带了。而四五十年来，夹竹桃在大河两岸露天栽种普遍，白花红花以外，小花夹竹桃也有了，还没有黄花品种。我从 1990 年代末期记《看草》，明明白白记录在案，2009 年、2015 年和今年 2021 年，郑州的夹竹桃，三次出现严重冻伤情况。这不一般，说明夹竹桃的天性，真的不耐寒冷。对比广玉兰、香樟、枇杷、桂花、石楠这些勇往直前的后来者，夹竹桃应该害羞。

南树北移是个古老的行为。秦汉时期中原对南方的勇猛开拓，使岭南植物逐步移植长安。《南方草木状》说："汉武元鼎六年，破南越，（长安）建扶荔宫，以植所得奇草异木。有甘蕉二本。"后来影响最大的，数北宋宋徽宗主持的花石纲了。清末以降，以京广铁路和 107 国道及现在的京港澳高速为纵轴，大动脉贯通南北，而江淮以北，次第有鄢陵、安阳和丰台，几大花木基地，接力使南方花木北上。连续多年中国城市化加速，最大规模、持续时间最长的南树北移行动方兴未艾。气候暖化对移植有利，而极端气候频发又造成危害。诸如此类，许多新的问题引人深思。

2021 年 6 月 9 日于甘草居

本文附记：又，7 月 11 日，六月初二入伏。木槿、紫薇开至最盛，各处被斫头之夹竹桃发新枝又见花，白花红花，新花又开。

谁料想雨季汛期早来。太行山从北而南下大暴雨，入伏日当天，先是豫北丹河山洪从天而降。气象部门频发大暴雨预警，高温天汩到 7 月 19 日，风如拔山怒，雨如决河倾。下午大雨倾盆，不少道路积水成河。

一夜一天，密雨如绳。从 20 日下午起，"朋友圈"水灾报道频频。

下午 4 时，郑州市防汛应急果断调升为一级响应。登封、巩义、荥阳，也雨猛雨急，仿佛塌天了。

黄昏河南顶端新闻：郑州气象国家站报告，24 小时降水量达 258 毫米，是历史记录极值！

晚上八点左右，地铁 5 号线遇险求救。旋又报常庄水库即将泄洪，让全市居民预备。

接着停电了。网络信号中断。

又整整一夜大雨。翌日中午天欲晴，蝉开口乱叫。我出门去，发现包括工商银行、郑州移动，等等，全停电了。只有河南电视台有电。门口倒伏的青杨树阻断道路一天多，直到 20 日入夜时分，市政才来清理。太乱了，真的弄不过来。

我蒙在鼓里什么也不知道。又是猛雨迎接天亮，22 日大暑节气在大暴雨大灾害中来了，公交开通了，大小商店自照明营业，水和水果蔬菜供应还好，价格和往常差不多。商家颇自律。

直到中午，我实在忍不住，跑到电视台旁边，找小店借光给手机充电。街头人很多，找地方充电人很多。充电过程中，听到人们说全国聚焦郑州大水灾，说郑州籍海霞直播时都哭了，我才大体知道这次灾难空前。水火无情，即使高科技的当下，人面对自然异常，显得很脆弱，很渺小。

俗话说"七下八上"。意思是黄河流域及北方，7 月下旬才入主汛期。但是，如今极端气候频发背景下，这一次郑州特大暴雨灾难，明显不按常理出牌。

2021 年 7 月 22 日于甘草居

植复植：看棕榈在大河两岸远近蔓延

　　七夕前后，夏日云根变动松散，早晨地草披满露珠。晨练者出门活动时，听到虫声唧唧连环喧响，由远及近，即刻觉得有凉意了。

　　天高云淡乍现，人也豁然开朗。此际出其不意的小欢喜还有——附近的桂花要开了！

　　这些年，我觉得凡夏季雨水充沛，树木滋养旺盛，往往七月半，桂花便要开放。大年小年也讲，轮到桂花大年，夏末、仲秋和初冬，桂花一年开三茬是一定的。头茬桂花开，静悄悄，仿佛娇羞姑娘，需要原本和它有约的人才知晓。大白天顶着太阳晒人，阴凉地则微风清爽，暑热与秋凉角力，惯常需要阵阵燠热的"木樨蒸"，届时再来点带了彩虹的太阳雨，哈！桂花服软即开。黄昏无意中在拐角处嗅得一股儿桂花香似有似无，认真驻足再闻，大惊小怪，则没有哩——桂香是天香，闻桂香不需要端着架子。后面呢，八月桂花自不待言。冬深至春节前后，桂花陆续结子，簇簇密密，比女贞树籽略大，珍珠葡萄模样滴溜着，有青绿、黑紫二色。

本院比我年龄还大的人，对树蓺花木素有兴趣者，纷纷叹惊奇。是的，春华秋实的简单说法，遮蔽了众生思维，大家凭借着现成的观念，懒得仔细看自然。但，一旦看到了不同的东西，顿时如获新知。

7月大暴雨，闹出惊天动地灾难。接着8月疫情，人倍受挫折，活动半径被"闭环"锁定。人闲生余事，这时，有人欣喜发现园竹在盛夏又生新竹……

桂与竹，石楠和香樟，还有遍地棕榈，郑州的植被日益和江南趋同。

我栽的小棕榈，差不多一年半了，正从头顶抽叶剑，活活泼泼活稳当了！

说见缝插针也好，拾遗补阙也行——我们住公寓楼一层的最东头，南窗下一棵丛灌状的紫荆受伤严重，去年植树节，正是新冠疫情紧张的时候，我就近行事，到当院的林子里，草草刨了一棵小棕榈，提着它好比一棵带缨子的大萝卜，或者像烧锅用的树兜子一样，挖坑浇水，三下五除二，把它移栽到苦楝树边上了。棕榈的南国情调和风致，在中原地界养眼又打眼。

明清之际的陈淏、陈扶摇，别号西湖花隐翁。他在《花镜》里说："棕榈，一名鬣葵。木高数丈，直无旁枝。叶如车轮，丛生木杪。"又说，棕榈繁殖生长简单："三月间木端发数黄苞，苞中细子成列，即花，穗亦黄白色。结实大如豆而坚，生黄熟黑，每一坠地，即生小树。宜植庄园之内。性喜松土，或鸟雀食子，遗粪于地，亦能生苗。"那人工如何栽种、移栽呢——

秋分移栽，先掘地作坑，用狗粪铺坑底，再以肥土盖之。初种月余，以河水间日一浇，后此随便可也。

你看，鸟雀食其子，拉屎地上，棕榈随即生苗扎根。这不是说江南，明显就是说我们院子当下啊！曰10年树木——此20余年的老院子，小树慢慢变成了大树，小树林四仰八叉长成了密不透风的树窝子——最下边是地栽的麦冬草和杂草，其次灌木小乔木，如小叶冬青、枸骨冬青、山楂树、无花果。大树雄伟朝天，乃银杏、乌桕、皂角、馒头柳、泡桐、青杨树，等等，三个层次很分明。一开头棕榈落子出小苗，不知道是啥东西，我以为是棕竹呢，画它挺入画的。几年时间它长高长大，看出来竟然是棕榈。这东西撒豆成兵一般，花喜鹊吃树籽包括棕榈的果实，随吃随屙，拉到哪里，棕榈衍生到哪里。七八年时间，高高低低，大大小小，整个一个院子，前前后后，行将成为棕榈的养殖园和试验田了。

于此，我顺手牵羊，借机栽一棵棕榈到眼前。

对照《花镜》，我是反其道而行之。他说秋分，我则春分。移栽全没有那么繁琐，只是栽的时候浇水洇足水，保持底墒好，以后看情况不时浇水即可。去年夏天，我的小棕榈恹恹地无精神，尚未扎住根，用剪刀去掉扇叶为其减负。一直到冬天，没有明显变化。而棕榈萌动，恰在元月三九天。我担心它挺不过去，每天看它，见其残余的叶柄四周仍绿。今年植树节它来咱家1岁了，透透地浇一次清水，看着它春来焕发生机，生出了新的叶

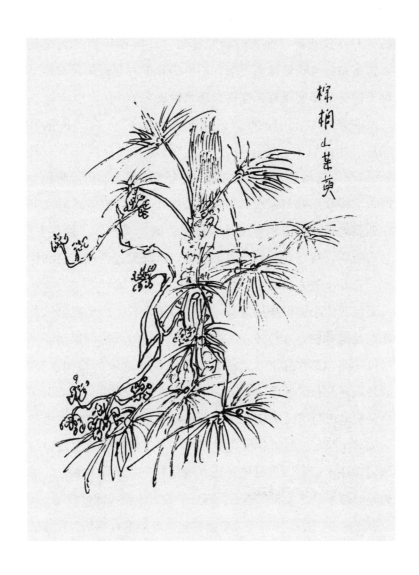

柄。初夏6月，头上又在抽新叶，明显活稳当了！咱院里大小棕榈，生命力很强，几乎泛滥成灾。我选在植树节移栽这棵棕榈，图的是有点仪式感。而我的新院那边，社区年年初冬栽树栽棕榈，档次高，与普通棕榈不同。那里挨着黄河迎宾馆，宾馆里长着椰枣模样的华盛顿棕。棕树在郑州挺皮实的。

民国黄氏《花经》，将棕榈分在"生利木"一类。除定时剥取棕皮可用，棕木，即棕树之干，"堪供桥桩及厕柱，不易腐朽"。棕榈还是救荒之物，其花后结子，"可采下，稍干磨粉，岁歉时，堪供食用或饲家畜。平时乡人均贮藏之，以备不时之需"。肯定明朝之初，河南地界尚无棕榈，否则，周王著《救荒本草》不会疏忽它。我是在西双版纳旅游时，亲眼见过芭蕉花苞和棕榈花米，都是土著人生活中的滋养美味。

眼见我的小棕榈扶摇蓬勃，晃开膀子生长。当年我们从外面移来的几棵棕榈，如今还在。棕榈耐久，树龄可达百年。

可郑州、焦作往北，包括北京都还没有露天的棕榈。或者，个别特例还没有被正式记录。但60多年前的1959年，由当时"北京林学院城市与居民绿化系"深入实际考察，陈俊愉先生也参加了，编著出版《鄢陵园林植物栽培》一书，保存了一份难得的地域气候和花木资料。当时照片还在奢侈行列，关于棕榈——书上首先是一幅手绘之盆栽棕榈图，陶缸里栽着小树棕榈似栽花——

原产地及用途　原产我国中南各省。各地都有栽培。在鄢陵栽培数量不多，是由武汉引种的。为良好的庭园树，华北多行盆栽。

习性和栽培管理　喜阳。爱温暖、湿润的气候，经常要保持半墒。对土壤要求不严，适应性很强。盆栽可用园土，上盆时施一些基肥，在平日浇水时亦可薄施肥水，这样生长更好。冬季入冷窖越冬，宜放于干燥、向阳之处。

当年的气候是这样吗？焦作人民公园于1957年建造，和我的年龄大致相当。我关注气候变化与暖化、气候和树木景观的变迁问题。带着疑问，这两年旧地重游，我发现其中有乌桕、香樟、石楠、桂花、棕榈，挂牌说树龄都在50年开外。按说，这个时间与《鄢陵园林植物栽培》出版重合。老家人眼光超前敢试验，并且成功了。这就提出一个问题，《鄢陵园林植物栽培》反映的气候与树蓺，是否准确？郑州露天栽植棕榈和石楠、桂花的时间也确切可考，因为黄河迎宾馆建于1959年。"尽信书，不如无书。"不管多少人随声附和，回忆旧年的冬天多么冷，滴水成冰等等，实际情况，大河两岸，郑州与焦作的小气候并不固定。

就是黄河北岸，小浪底水库北面是山西的垣曲、夏县，那里小气候和郑州、焦作差不多。7月里，我再次游走小浪底两岸，在山西省垣曲县王茅镇的一个村庄，看到院子里有老棕榈和无花果、竹子。垣曲和夏县临近，归运城管辖。运城地界，运城与临汾，包括大槐树所在的洪洞县，这一带园艺树木花木，和郑州洛阳接近。看到这些，我暗自吃惊。

气候变迁在黄河中下游两岸，百余年来怎么变化，棕榈树从无到有，刻下几乎泛滥成灾，又能告诉我们什么呢？

2021年8月20日于甘草居

万紫千红的果实

　　树木和树的品种日益变多，好像多很多，时不时听见休闲遛弯者有人埋怨说，好些都不认识——这是啥？这埋怨是善意的，甚至包含了嘉许的意味。这些年，郑州奋力建设国家中心城市，城市框架拉得特别大。还有好几个城市在争当省域副中心城市，加速改变了旧景观。人工栽种的树木，纷纷集中在以装扮城市为主调的景观树上，这么一来，时值秋冬彩叶季，包括果实和种子在内的林木林相发生了新变化。

　　我来说！从那些新来乍到不熟悉的树木，从那些花木类的种子说起——

　　中原过了淮河往北，冬日里裸露的大地原本很秃的，灰秃秃一片，遇到村镇也尽是落叶树，七叉八五，古怪狰狞。这些年，各地的重点在引种冬绿的树木。为此，女贞枇杷和石楠立了大功。四季常青的石楠，虽然春上开花的时候花的味道不佳，但绿叶红叶红果实着实是好。南方石楠品种多，郑州至少有四五种了——红叶石楠、椤木石楠、小叶石楠、湖北石楠，等等。石楠

206

杨桃结实

比女贞更耐寒，叶子凌冬不乱，青碧喜人。其籽从寒露霜降时开始变红，红籽如椒，树树满红，直到春节过了，春暖花开才次第脱落。细细打量石楠，发现不全是结红籽的，比红籽晚一些，还有种紫黑色的树籽，名黑果石楠。它从哪里来，栽树人也说不清，我问了不少人，末了还是自己在网上搜到的——黑果石楠，它来自千里之外的浙江山地。

红色喜气。国人爱红。红果实红树籽讨喜，火棘、沙棘、金银木和山茱萸……全是红籽晶晶红。有冬青三种是新落户的——铁冬青、枸骨冬青和江南冬青，红果三品，后来居上。铁冬青有很多别名，最出名在两广地带人叫它万紫千红，喜气洋洋的。有的朝天高，20米开外都有。有的树冠大，大似百年老皂角。谁也料不到，近年来它在郑州长势良好，不误开花结果。冬青之谓名目混乱，女贞和小蜡也有叫冬青的，故而我专说正宗之冬青三种。后两种冬青，枸骨冬青是知堂于《吃茶》一文里涉及的苦丁茶："西南有苦丁茶，一片很小的叶子可以泡出碧绿的茶来，只是味很苦。我曾尝过旧学生送我的所谓苦丁茶，乃是从市上买来，不是道地西南的东西，其味极苦，看泡过的叶子很大而坚厚，茶色也不绿而是赭黄，原来乃是故乡的坟头所种的狗朴树，是别一种植物。"海南岛和粤西的大新，特产苦丁茶，就是这狗朴之枸骨树。信阳大别山，豫南人叫它鸟不宿和猫儿刺的。在这里，我敢于多嘴多舌，接神像一般不苟言笑之周作人的话把儿，因为我说的全是自己亲见亲历的。枸骨结的红籽比南天竺圆大紧致一点，一簇一疙瘩，似高僧手中的红珊瑚把件。它不及南天竺的果序长，也不容易和江南冬青区分清楚。江南冬青别是一种，我是在甪直叶圣陶纪念馆的后院，存有古罗汉雕塑的保圣寺门前，于冬雪掩映里认识了圆叶厚叶片的江南冬青，它属于灌木和小乔木。现在，郑州有多条大道主干道，筑中央花坛兼隔离带，两边还有小一号的隔离带，这些隔离带里边，高的多是树月季，低的则用江南冬青、日本女贞。江南冬青像习见的红叶小檗红石楠一样，司空见惯。除了气候变化，我想，植物也是人来疯好扎堆，没有的时候没有，栽不活，一旦活了，活得一地鸡毛，如火如荼。但是物以稀为贵，多了就屈尊下降了。

还有山茱萸和琼花结红籽。玉兰、广玉兰的红籽若红豆。金银木由紫而红，晶晶红似红玛瑙。青风藤、丝绵木、黄连木的籽……红籽多得星罗棋布，一下子竟数不过来了。

我接着说一说果实类的成色好颜色——

《酉阳杂俎》说葡萄（蒲萄）："此物实出于大宛，张骞所致。有黄白黑三种……"葡萄除此，另外有紫葡萄更为常见。半路杀出个程咬金，刻下蓦然有"阳光玫瑰"——青绿色葡萄成了葡萄新贵，风靡神州。

《救荒本草》有蜀椒而无花椒。蜀椒来到中原很早了，周王说椒树："《本草》蜀椒，一名南椒，一名巴椒，一名蓎藙。生武都川谷及巴郡，归、峡、蜀、川、陕、洛间人家园圃多种之。高四五尺，似茱萸而小，有针刺……此椒，江淮及北土皆有之。"花椒是落叶树，而蜀椒常绿。郑州的蜀椒和藿香一样，是南阳人把它们带过来的，还没有多少年。人们采叶吃，其叶比花椒叶味更好。花椒籽从夏天红到中秋节，川椒籽红得很晚，中秋节才红，差不多和石楠一起红，比石楠红色更重近乎于枣红。

《酉阳杂俎》曰构："谷田久废必生构。叶有瓣曰楮，无曰构。"郑州也有老构大构树，雌树开花结果，红构桃李时珍叫它野杨梅。红构桃似红灯点点，从五月端午红到农历十月一，甚至立冬了还可以见到。现在气候暖化成"热词"，气候危机，双碳目标，"渔阳鼙鼓动地来"——气候组织接二连三报告，动不动就是"有记录以来"云云。然而我觉得，中原地区与大河两岸的气候温暖，似乎还没有达到"天水赵家"宋朝那时候之高峰。竹与茶与梅的种植范围，历来是气候划分之天然的地理界限。现在竹子、梅花可以在郑州栽种了，但茶和橘子还不行。当年宋徽宗弄花石纲，"艮岳"植梅且栽种荔枝树，派员到巩县新密一带种植茶树。而且，开封还出产橙子好橘子。

这不是胡说的。当年范成大出使燕京，记了两个版本的日记。《揽辔录》为其一，惜字如金。今人之"点校说明"说："该书逐日详细记载了从宋金分界线的泗州进入金国直至金国统治中心燕山（金称中都，今北京市）的全部行程，包括所经历的府、县、镇、山、河的名称以及府、县、镇间的距离里程，还考察了一些名胜古迹。"而《范石湖集》卷12，收录72首四言绝句，是《揽辔录》的文学、土风注释版。范成大从东南方向过来，由开封过黄河而北，在重九赏菊时节到达燕山——

　　《燕宾馆》：燕山城外馆也。至是适以重阳，虏重此节，以其日祭天，伴使把菊酌酒相劝。西望诸山皆缟，云初六日大雪。

九日朝天种落欢，也将佳节劝杯盘。苦寒不似东篱下，雪满西山把菊看。

《橙纲》：燕城外遇数车载新橙，云修贡，种之汴京撷芳园也。

尧舜方堪橘柚包，穹庐亦复使民劳。华清荔子沾恩幸，一骑回时万骑骚。

习惯说 5 000 年气候变化。现在远不止，已经说北方"八千粟"，江南"万年米"了。工业化和信息化时代才多少年？化石石油天然气燃料才使用多少年？那时候中原温度似江南，开封气候由什么推高的？环境考古和大气物理可有解释？

本来我还想依次说野草的种子——杠板归结的籽紫蓝色。乌蔹莓和茜草、鸡矢藤结籽，鸡矢藤籽实黄褐色。商陆和龙葵一年数生……罢了！已说得足够多，就此打住。

2021 年 10 月 28 日于甘草居

辛丑年的花木与飞鸟

元旦新年刚过，生肖邮票《壬寅虎》就面世了。但舆论汹汹，网民纷纷吐槽：这老虎无论大老虎小老虎，怎么看上去"愁容满面"呀？始作俑者，画家冯大中先生弱弱地解释说，笔下虎，虎之面容是"拟人化了"。嗨，——拟人可以拟笑面虎娃娃虎动漫虎啊！大千兄长张善子的抗战虎，年画里的上山虎、下山虎，和我亲见华君武为属虎老友高莽画的淘气虎，甚至也可以画虎成猫，等等，甘草居觉得那样画虎才好。

虎年其实还没有到，要在旧历曰农历的立春才开始，此刻仍是辛丑腊月。但约定俗成如是，人们见怪不怪。否则，每年的月份牌与日历印制麻烦。

话说"盼星星，盼月亮"，就是数日历，看日历。日历带着廿四节气，大有看头——

"老鼠年，两头春"。说的是庚子 2020 年。辛丑无春。庚子腊月廿二立春，是 2021 年的 2 月 3 日，郑州正梅花大开。

从没有这么早，梅花就整齐开花的。谁是东风第一枝——郑州梅花先开，比辛夷山桃先开，不错，这些年是这样的。但梅花早开，并没有给郑州带来好运，反之，2021年疫情与灾害叠加不断，7月大暴雨，10月黄河秋汛，水太大，按下葫芦浮起瓢。众生戚戚，做生意的小商贩与饭店最苦不堪言，一会儿开门一会儿关门，算是无所适从。省会城市，灯红酒绿，宝马香车，人们好日子过久了，突然这样很闷的。

可是梅花不省心。不承想间隔10个月之后，冬至而一阳生——本年12月梅花又开了！腊梅春梅，郑州放眼是双"梅"竞开。元旦连着小寒节气，廿四番花信风，"小寒，一候梅花"。清人邹一桂《小山画谱》曰梅："白花五出，枝叶破节，冬春间即开，得阳气之最先者也……千叶者有玉蝶、红梅、绿萼，诸品不一。"喻唇齿相依，东西相连，西安和郑州比邻。元旦前西安封城，元旦一过，而郑州与河南又报染疫！灭疫如灭火，从元月3日开始，郑州人连日核酸检测，我家和电视台隔路的小公园梅园，人们穿着厚棉衣露天做核酸检测。众人施施然排起长队，鱼贯而入，穿插经过缤纷梅花树边，见首不见尾。前人赞梅——"素艳雪凝树，清香风满枝。"（唐人许浑）"雪满山中高士卧，月明林下美人来。"（明人高启）哎！好多人原本不知道这里有花有好梅花，意外邂逅和认识梅花，这有点仓促与尴尬，真有点辜负梅花了。

辛丑年，我尝试在公众号里写节气小品文。开笔于3月惊蛰，要到虎年春节后才轮满廿四节气24篇。瞻前顾后，刻下我在想，不知道马上春节过了，梅花它，老天爷呀，这梅花还开

213

不开？

夫子循循善诱，要我们"多识于鸟兽草木之名"。前人奉万类有灵，可以感知地气土脉。邵雍曰："禽鸟得气之先。"廿四节气，一气三候，关联草木鸟兽动态多多。去年 11 月入冬至今，不仅梅花早开，我还多次遭遇鸟早鸣——乌鸫冲寒在树头上宛转鸣叫，而呆头呆脑的斑鸠，不时也加入合唱。三九严寒闻鸠与鸫，很怪异，与廿四节气律动不合，却也不是第一年了。今年再这样，我把它和梅花两度开花连起来看，认为气候出异常了。确切是这样！芒种：一候螳螂生，二候鵙始鸣，三候反舌无声。鵙乃伯劳，反舌鸟即乌鸫又名黑鸫。郑州玩鸟人说乌鸫叫半年歇半年。聊乌鸫的时候，玩鸟人眼神颇有不屑。百灵精，画眉好，八哥巧，可是，还有两种叫得很好听的鸟没人喜欢笼养，一个白头鹎即白头翁，一个是乌鸫。白头翁坏在了白头，又曰"白盖"，似戴孝一样看着不吉利。而乌鸫大嗓门高歌嘹亮，动辄半夜两三点就开口聒噪，令主人不安生。

人们曾担心，城市越大，参天的钢筋水泥建筑鳞次栉比，将导致鸟变稀少。不是的！这些年郑州越大鸟越多，多了不少。20年前之本世纪开头，几乎看不到梅花，人们不认识梅花。那时候鸟的品种也不多，认不得乌鸫，把它和黑卷尾混为一谈。汪曾祺还谈及在玉渊潭公园听见有鸟学猫叫，好像是画眉鸟。眼见为实，我见的乌鸫、黑卷尾两个都善于模仿，都会学猫叫，惟妙惟肖。甘草居屋里屋外有猫，藤架葡萄架和苦楝小蜡树上，有各种鸟，我隔着窗户看鸟和猫在汽车上下捉迷藏，乌鸫、黑卷尾伸着脖子不怀好意地逗猫学猫叫，很滑稽，屡见不鲜的。

黑卷尾和布谷鸟是候鸟，它俩联袂而来，每年 5 月 12 日左右抵达郑州，早一天晚一天不要紧，连续好多年至今还准当。乌鸫坐地虎，撒豆成兵一样蓦然就变多了。之前从开春鸣叫，半夜里就大呼小叫的，它白天也叫不停。7 月初树大天热了，雏鸟会飞而乌鸫息声，然后到市郊的苗圃或大道边的绿化带避一避，春暖花开再来。现在吧，乌鸫太多了，7 月以后有的远走有的不走，就地在大院的树窝子里栖息，不时在林下疾走，老鼠一样鬼头鬼脑。布谷鸟高深莫测，黑卷尾基本上也不肯落地，偶尔落在灌木树头或电线上翘翘身体，为了保护自己的雏鸟，它不惜射箭一般，飞上飞下用翅膀打人也打猫。

"小燕不过三月三"，是写在郑汴一带方志里的。清明之前燕归来，现在还这样。可是，春分即见燕子归来，辛丑 2021 年也破防了。立春梅花开，二月初八 3 月 20 日春分节气，头一天我看见燕子早归很惊异。东风渠新柳怒绿，燕子穿柳双飞，忽高忽低。我怕我看错了，连天去看，就发现大群燕子密密麻麻聚集路桥二面孔洞边，似电视里播放的南方岩洞深处的蝙蝠一样。这一点确凿无误了。再看竺可桢谈节气与物候之书——春分燕来是古时候的事，很古了。《左传》记载郯国与鲁国两位国君说燕掌故。燕子在春分时到达临近大海的郯国，由此而民众开始一岁春耕。然而根据 1949 年之后的观测，燕子近春分才到上海，10 天或 12 天之后到达山东泰安，郯城在上海泰安之间。显然，比较上古时期，燕子迟来，各地气候变化较大。

山茶花 1月10日

2022 年，已是疫情第三年了。2020 年春节前，郑州有行道树大叶女贞腊月里顶生花蕾。2021 年春节前，有向阳的大院子，石楠树开细白花。辛丑两开梅花——正月元宵节梅花，冬月腊月，冬至小寒梅花再开。由于热岛效应，柳树过了元旦未全落叶，但是从没有见过老叶之下，生出了新的柳絮柳芽。

不止郑州啊，这个新年元旦，北京房山的一双古蜡梅开花，12 月底就零星开了。近年来，北京的蜡梅常常春节开花，已经是开早了。《燕园草木》记北大校园，腊梅"一般 3 月初开花"。

月季、蔷薇。原来蔷薇越冬开花，现在月季也多跨年好花。从 3 月到 12 月，月季花在郑州正常开 10 个月。一般在 11 月立冬，树叶落下，主人将户外绿栽草花移入室内避寒。园艺工人修剪树枝，为老树斫枝删繁就简。还要遵循古法，给林木行道树齐腰涂上防虫的白石灰。刻下不用白石灰了，用一种掺了药物的复合涂料，依旧白如石灰。月季和树月季花多，立冬还不忍为之剪枝，有的 12 月动一下，有的元旦动一下，也有的索性就放弃为月季斫枝了。杨万里咏《腊前月季》："只道花无十日红，此花无日不春风……别有香超桃李外，更同梅斗霜雪中。"重读好像说郑州的。

不得不说的还有山茶。花木北上，在豫地相继跨越江淮、黄河、海河四大流域。信阳潢川、周口淮阳、许昌鄢陵和豫北安阳，有四大花木基地。还说梅花，淮阳太昊陵和龙湖，农历二月二到三月三有长达一个月的古庙会，那里多青青竹子好梅花。"朋友圈"里花使者之一是周口的董女士，2021 年冬至，看到我发红梅开花，她说周口还未大开呢。淮阳周口，毗邻豫南和皖西北，当年苏东坡过此看弟弟苏子由，见山茶花开，欢欣无比。而唐代的皇甫曾《韦使君宅海榴咏》："淮阳卧里有清风，腊月榴花带雪红。闭阁寂寥常对此，江湖心在数枝中。"如今，郑州的树山茶和灌木山茶，绿篱山茶，冬天样样开得好。

在《花与文学》一书里，贾祖璋有篇小品《山茶花开春未归》。他讲，山茶的名字源于唐代段成式的《酉阳杂俎》。至宋代山茶备受重视，很多诗人都歌咏它——

古殿山花丛百围，故国曾见色依依。……冰雪纷纭真性在，根株老大众园稀。（苏辙《宛丘开元寺殿下山茶一株……》）

叶厚有棱犀甲健，花深少态鹤头丹。（苏轼《和子由开元寺山茶旧无花今岁盛开》）

……宛丘是现在河南的淮阳，它的西北，相距不远，就是著名的花乡鄢陵，现在鄢陵山茶已不能露地越冬，淮阳大概不会再有山茶老树，这是古今气候不同的缘故。至于苏轼的那两句诗，则是描写山茶花叶形态的名句。

罗列对照一下，就不会对近年来的气候报告感到突兀了。去年底北京的报告，曰 2021 年乃我国最暖一年，比常年平均高出 1℃。

辛丑 2021 年，世界气候大会在英国格拉斯哥召开。这年，罕见中美携手，两次发表应对全球气候变化的联合声明。

2021 年底，全球气候变化问题现代研究的开拓者，本年诺贝尔物理学奖得主，美国普林斯顿大学高级研究员，90 岁的真锅淑郎对记者发表谈话，他警告说，气候暖化已经成为威胁人类存亡的"重大危机"。不单是人类的生活生命，包括国家政治稳定也为此面临强大威胁。这不是区域问题，世界各国都一样。真锅说："2021 年，包括日本在内，全球经历了诸多气候灾害，日本、德国、中国的特大暴雨，都造成了不小的人员伤亡。还有美国西部、非洲和澳大利亚的旱灾，造成了不可估量的经济损失。"

从物候时期到方志时期，再到现代气象观测。而真锅淑郎从 1950 年代，敏锐地开始研究分析二氧化碳导致气温升高的原因。1975 年，他首度发表研究成果，被认为是科学解密气候变化的里程碑式人物。已经投身研究气候问题 60 年的真锅先生遗憾地说，现在仍然有人怀疑气候变化、气候威胁是否真的存在，这是个巨大的误区……我仿佛看到了真锅老人忧戚似《壬寅虎》一样的面容。哎呀！原来这也是我的，我和画家冯大中先生一样的忧戚面容。

2022 年 1 月 12 日于甘草居

又见吴状元

开春即看到新出版的《〈植物名实图考〉新释》，多年阅读习惯使然，顿时令我有春光满目和如沐春风之感。我又被沉甸甸两大本300万言的新书给镇住了。经过仔细阅读序文与导言，这才明白撰著者王锦秀、汤彦承、吴征镒，三人三代居然是一门子人。

汤先生原来与吴征镒先生一起在中国科学院植物研究所工作，吴是领导，而年轻的女博士王锦秀，前些年有缘跟随汤与吴两位老先生读书，亲承謦欬，并亲近草木作研究，故而出类拔萃。作为吴其濬和吴征镒两人的膜拜者，《救荒本草》《植物名实图考》的研究者，我自然很兴奋。吴其濬作为有清一代状元，且以封疆大吏身份撰著划时代的《植物名实图考》姊妹书，名垂青史。吴征镒沉潜云南搞研究，并长期担任《中国植物志》主编，为此而获得国家自然科学奖一等奖，2008年1月以92岁高龄在人民大会堂接受国家领导人颁奖。对应老话"行行出状元"，所以他在我心目中相当于新中国植物界的"状元"。

先吴后吴，前代当代，吾钦慕二吴双子星久矣！回首往事，当时我因为写作《杂花生树：寻访古代草木圣贤》一书，特在2010年作了一轮集中踏访。访吴其濬，也访吴征镒——

4月清明节，轻车熟路，提前与固始朋友和方志专家沟通好了，我们头天到达住了一宿。第二天东道主带路，先出城过史河"状元大桥"去"东墅"故址。曾经吴其濬丁忧在家八年，于此辟地建植物园搞研究。现在改名"李家花园"，还是花木种植及交易基地。接着，由局长李新堂联系，状元故里村支书徐明松在迎，我们来到沪陕高速路边的墓地曰"状元公馆"，远远就看到1988年重立的墓碑，大理石朱砂红书丹颜色颇润泽：

中国杰出的植物学家
生于公元一七八九年三月一日卯时
卒于公元一八四七年一月二十七日申时
吴其濬之墓
固始县文物保护管理委员会
公元一九八八年十二月一日立

我远近拍照并画了草图。然后听讲解，集体鞠躬敬礼又放了一挂火鞭。接着，再回城里到中山大街路两边，分别探访吴大夫祠旧址，和挂牌保护的"吴其濬故居"。这天天好，"梨花风起正清明"，红紫荆红哇哇的，青蛙在池塘里咯咯叫，并且吴状元墓地满地蒲公英开白花，系白花蒲公英野生种。好多年过去了，我

对"杰出的植物学家"这个称号尚不太理解——吴其濬是旧状元,《植物名实图考》属于本草古籍,怎么能一下子与科学家等量齐观? 直到今日读了《〈植物名实图考〉新释》,王锦秀说《植物名实图考》:"全书收录前代旧有和新描述植物 1738 条,附图 1805 幅,共记录我国 19 个省区植物逾 940 属 1750 种(含变种)。其所收物种之多、分布地域范围之广、性状把握之精准,达到中国历代本草和植物学研究前所未有之高度,堪称清代的《中国植物志》。"(王锦秀的导言)"它一次性描述了中国的新类群逾 900 个,据实物新绘图逾 1400 幅。吴其濬虽系状元出身的高官显宦,却虚怀若谷,不耻下问。凡与植物有关的名物,他所耳闻目睹的,都笔之于书。他建立起一套完整的植物分类描述体例,是对自宋《本草图经》和明代《救荒本草》以来中国植物描述体例的又一次较大提升……他就新鲜实物,亲自或指导绘制出精致的植物图,与每一物种的形态描述相辅相成。"林木、花卉、药材、蔬果、庄稼和野菜,林林总总,洋洋大观。

另外,和前人的本草著述比较,《植物名实图考》的精彩和出彩,在于其中的 1800 余幅绘图插图,绝大部分是对景写生,白描而得。图像可以精确到种属——例如,园林植物中的枸骨和十大功劳,它们本来在江淮丘陵地带是野生的,其土名和俗名重复又重叠,诸如猫儿刺、猫头刺、老鼠刺,还有鸟不宿、鸟不落等等,彼此分不清楚,连《本草纲目》也没说清。而《植物名实图考》分别为枸骨和两种类型的十大功劳,实地绘了图,——两幅功劳图,一细叶十大功劳,一阔叶十大功劳。据此，现代的植物学家才得以界定其科属，枸骨是冬青科，而十大功劳是小檗科，是两种不同的山地植物。吴其濬为自己的著作和田野考察监制绘图，超过了前朝《本草纲目》《救荒本草》的图绘水平。

《新释》客观评价吴其濬，界定《植物名实图考》已经进入了现代植物分类学研究的萌芽阶段；根据实物绘图，绘图精美量多；突破旧藩篱，开启了对中南、西南区域的大规模植物调查先河。而且新记录了30多种外来植物，等等。但也有缺点和遗憾，即重复记录多，鉴定旧本草书里的植物能力不强，因为早逝书为未完本。

经过《新释》盘点整理，吴状元记录的每种植物被重新归类，且用拉丁文标注，有了国际通用的"身份证"，实现了现代化的转换。吴征镒暮年专注于此，在接受采访时说："我的工作，到野外实地考察常常令我心旷神怡，在室内鉴定植物标本往往使我发现奥秘。""目前已做了38卷中的25卷了，希望今年把它详细考证完。我做的是《植物名实图考》的新考，目的是把古代和近现代的接上头……主要是考证古代植物的名称和它的食用、使用方式。"他说："现在这个工作，年轻人一时还做不了，这是我们民族植物学的一部分，很重要……我现在又回到我父亲早年的小书房里去了（笑），我11岁时就开始看了。"

2010年5月，上海世博会"五一"开幕，也是我弟弟武平结婚典礼的大喜日子。我们弟兄几人从郑州开车去上海，中间在扬州瘦西湖旁边住一宿。翌日早上，过河在"冶春"虹桥店吃过包子，我特地带大家往扬州中学对过的吴道台衙门参观，借机再次考察并拍摄有关吴征镒的图片和资料。早在 2005 年深秋，我已经在这里"号"住了吴征镒。

想想颇有意思——吴状元当年被嘉庆皇帝垂询过植物，他利用内臣身份，可以使用殿版《古今图书集成》。青年吴征镒从扬州北上读清华大学，抗战时辗转昆明西南联大，解放后到北京又到昆明，在中科院植物研究所系统工作一辈子。展卷读《〈植物名实图考〉新释》，王锦秀逐条作注释后，下边附有汤与吴二老的手批，手批文字中外文夹杂。我不懂外文看着也发笑，从吴征镒的手批，联想到老中医号脉，却又像启功、谢稚柳先生鉴定存世古书画那样，同时也像批改作业……寥寥的三言两语，常常一语中的。吴征镒幽默又从容，不客气指出吴状元某某图画，实则偷懒袭用了前人。如"虎杖"一条，吴状元附图两幅。王锦秀结论："吴其濬不识虎杖。两图分别出自《图经本草》《三才图会》。吴征镒手批在前，图抄自《图经》？《纲目》？"这样的例子数不胜数，我似乎听得见二吴对话，——吴其濬架子十足在里间不出面，吴征镒这厢打开窗户说亮话，时不时会心一笑对老状元说："老伙计，你也有不到位的时候呀！"吴征镒且自豪地说，论植物识别，电脑不如他的人脑。

当年年末 12 月在云南，先去了西双版纳热带植物园，和蔡希陶雕塑及纪念室合影。在资料陈列室和展卖部，我将全套《中国植物志》拍摄保存书影。冬至的昆明，梅花山茶玉兰花开得正好，这天亦滇人祭祖日，郊区山岗坡陂一早烧纸人多，四下青烟袅袅。我旧地重游，上午于黑龙潭公园，登楼与大树梅花合影。旋又来到中科院昆明植物研究所大院，进门即见影壁墙上是"原本山川，极命草木"之吴征镒先生的铭刻题记。

我一直留心相关的资料，2018年中华书局重印吴状元的姊妹书，特地用1919年排印本。有意思的是，清朝豫南有吴状元，豫北安阳有马丕瑶（1831—1895），同治进士。马丕瑶开头在山西为官20年，从知县、知州而布政使。吴其濬的书在山西太原付梓印行，马丕瑶受其影响，后来到广西当布政使和巡抚四年，于当地大兴农桑。其女儿嫁到尉氏刘家，改名刘青霞，为辛亥革命女侠之一。他的二儿子马吉樟乃清光绪进士，辛亥革命后任总统府内史和秘书，曾带着妹妹刘青霞去日本考察。后来，他给大总统徐世昌上书，劝印吴状元的书："吴中丞其濬，著《植物名实图考》巨帙，旧藏太原府库，先中丞曾自印数百部，迄未通行。而日本农科大学，另镂小版为教科书，略举二事。我不自宝而邻国宝之，如颁此等为吾国教科书，不较愈于猫狗经，及时流肤浅眭漏之册子乎？"

他不知道当时在上海，商务印书馆已经排印了。甘草居有本1919年出版的精装本《植物学大辞典》，郑孝胥题签，伍光建、蔡元培、祁天锡和杜亚泉四人作序。后面印着出售《植物名实图考长编》的广告，曰"洋装二册，定价十二元"。

从《诗经》开篇"参差荇菜，左右流之"到周王的《救荒本草》，再到《植物名实图考》和《中国植物志》，国人记录、辨识、考证植物历来有两个传统，一是日趋精准的科学传统，一是形神兼具的诗化人文传统。它在这部卷帙浩繁的《〈植物名实图考〉新释》中，分明得以再次彰显。

2022 年 2 月 28 日于甘草居

枇杷桑葚　壬寅布谷

　　今年的天气还不正常。3月里春花争放，但气温忽高忽低像过山车一样。4月有两回高温攀过30度，旋又戛然低落，秋衣去了再穿上。更可恨立夏过后，意外遭遇"五月寒"，使人手忙脚乱，不知所措，无奈重拾秋衣和厚外套。老天！郑州这些年，不是这样的呀。

　　植物不顾人而自行其是。一春天草木花果气定神闲，依次登场亮相，一个也不落下。国家气候中心的解释是，4月以来平均气温并不低，只是波动大。仅4月下旬，就有三次冷空气经过我国，属1961年以来气温波动之第二大。

　　今岁又是"三月樱桃，二月牡丹"。3月末是农历的二月底，牡丹花就大开了。因为防疫，今年的第40届洛阳牡丹节声明推迟一年举办，可谓史无前例。除了牡丹，河南还有梅花、玉兰、樱桃、桑树、枇杷、桃杏、月季、石榴，等等，自然美景，美不胜收。

　　"前不栽桑，后不栽柳，门前不栽鬼拍手"。城市人不信这

枇杷桑葚　壬寅布谷

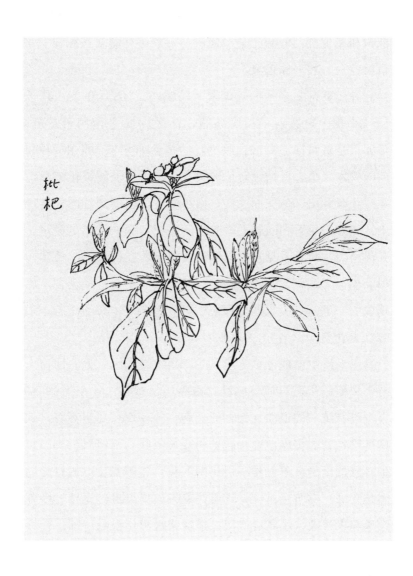

枇杷

个。小区公寓楼住户稠密，门洞前后属谁家？甘草居在一层靠着东院墙，除了一架20多年粗如象腿的老藤大紫藤，南北两边的苦楝树和夹竹桃，分明已是二代树。咱家还有盆栽三株树——红梅腊梅各一，和一株果桑。

毛诗记桑树多多——《曹风·鸤鸠》："鸤鸠在桑，其子在梅。"《小雅·桑扈》："交交桑扈，有莺其羽。"鸤鸠若是斑鸠，黄莺如果是黄纹绿毛翼的白头鹎，状描恰如其分，此和2000多年前的树木飞鸟、诗情画意依旧契合。冬天的僵硬被化解后，春来桑树花叶并出，落花而结实，由小变大，逐渐到谷雨立夏，桑葚染红变紫，每天朝暾初上霞光涂满果树，绿映红煞是美观。早早开门出门，我总看见灰喜鹊和白头鹎争着在树头上吃桑葚，它们很顽皮，无顾忌，边吃边糟蹋。其下双鸠彳亍行动觅食，悠闲吃现成的一地落果。《卫风·氓》："桑之未落，其叶沃若。于嗟鸠兮，无食桑葚。"它怎么不吃？

鸠在毛诗中出现也多。读《毛诗品物图考》一类的博物志和注解，鸠何鸠？斑鸠还是鸤鸠，戴胜还是布谷？各家固执己见，至今也没有统一的说法。好在吧，这几种鸟现在郑州都有，戴胜由候鸟已经变为留鸟。郭沫若题画诗，戴胜入川曰凤头鸠。它是孵蛋育雏最早的。单元楼一层门洞上头，邻居安装空调打的一个圆洞是它家，春节刚过完，戴胜妈妈天天早上冉冉飞翔，衔着食物频繁归来投喂，小戴胜二三个挤着张着嘴，嗷嗷待哺。仲春之后，育雏成功的戴胜妈妈，得意地站立房顶上，轻松轻巧，一阵阵鸣叫"公公公——公公公"的，带回响叫个不停。随时随地，一年四季可见戴胜。其最大特点不在花冠似羽毛扇，而在于不停啄食——啄木鸟一样的长长嘴巴，磕头虫一样不住气捣地。

啄木鸟像小锤子似的敲击树干上的树皮树洞，戴胜则辛勤啄食地面上的草籽和毛虫，天生都不惧怕脑震荡。但我要悄悄告诉你，我不曾遇见戴胜在树头上觅食的情景。已故的北京画家田世光先生，有幅颇精到的小写意彩墨《同友图》，画面上就地横着一方岩石，倚着老树枯枝，上斑鸠下戴胜，顾盼互望，神采奕奕。

斑鸠，它撒豆成兵一样眼看着在变多，和灰喜鹊、白头鹎数量泛滥差不多。它总是成双成对的，在天在地皆比翼而动，有人呼它爱情鸟：树头鸳鸯。冻鸠冬日里缩头缩脑栖息在落叶树高枝上，快到冬至的时候才开口叫。冬至而一阳生。地气升腾人不觉得，却在斑鸠开口呼叫的嗓门里咕涌流动。它到处做窝，随遇而安。像流浪猫一样，城市将其惯坏了，树上做窝不多，总是懒懒地顺水推舟，就着人家的窗台阳台，或者外挂空调机一侧做窝，俨然鹊巢鸠占。《召南·鹊巢》："维鹊有巢，维鸠居之。"习见的珠颈斑鸠、山斑鸠之外，今年本院频现黑斑鸠。但在观鸟手册上，并没有记录黑羽毛的斑鸠。

唯独杜鹃布谷，特行独立，依然是候鸟。布谷呼应着人的情感，数那四声布谷迷人，老家人说"割麦种谷"是它。很多人闹不清斑鸠和布谷发声，包括古人，误将鸠声作鹃声者多多。我是近些年才能准确区分大布谷和四声布谷的，它们在大河两岸是一起来的，时间在5月中旬。但上海的周育建先生，有他独到的观察——

　　大杜鹃是春天的使者，每年 4 月的时候，上海南汇就会响起大杜鹃"布谷、布谷"的叫声，布谷鸟来报春了呢。说起来，杜鹃科的鸟类普遍行踪诡秘，轻易不得见，然而来到南汇的大杜鹃们却落落大方，端坐杉树上甚至海堤上。春季时往往能见到好多只大杜鹃，它们并非路过，而是在这里作为夏候鸟，求偶繁殖。（《鸟兽虫识别和观察笔记》，上海教育出版社，2019 年 12 月版）

　　樱桃桑葚，杏和枇杷，乃暮春初夏之郑州露天四果实。桑葚除了白葚甜如饴，其它和本地枇杷一样，味如鸡肋。南方来的蚕蛹模样的胖黑葚与大似鸡卵的好枇杷除外。

　　郑州枇杷，也是国庆节之后次第发花，寒露霜降花满树。花味道清冽而冲，似丁香与楝花味道，亦略似樱桃开花气息。立夏至小满，郑州树树黄枇杷。绿道绿廊的塑胶路上，似乎是秋深橡子落地有很多落子，这是什么——略一思索，我恍然大悟，它是路人和晨练者尝食枇杷吐核儿所致。原来的枇杷黄了，个个像软枣一般大小，且酸涩不可食。现在随气候变化果实变大，味道也有改变，外形和沈周及吴昌硕、齐白石笔下之枇杷形似。

　　人们都以为枇杷栽种是近些年的事，其实，远在明代，枇杷在开封就生长良好。周王儿子朱有燉（1379—1439）是一代词曲杂剧大家，他为枇杷樱桃赋诗，且多记白头鹎。《枇杷绿使》："卢橘冬着花，仲夏呈佳餐。上有绿衣鸟，来看金弹丸。"《题樱桃乌头白颊》："闲倚芸窗喜雨晴，石阑春暖晚风轻。绿云缭绕珊瑚树，静听枝头好鸟鸣。"此绿衣鸟和乌头白颊，即白头鹎也。

和枇杷相比，迟来的梅花梅树，梅子梅果演化迟缓。枇杷与杏果黄熟了，刻下惜梅子稀疏，尚青尚小。

说着说着，布谷鸟即杜鹃就要出场。贾祖璋先生说："这样在中国文学史上极有地位、而名称繁复到有 42 个的杜鹃鸟，羽色，正和它的鸣声相同，有凄凉哀怨的情调。"

无独有偶。钱锺书默存先生注释宋诗，独辟蹊径，详说"鸟言"和"禽言"诗。对"禽言"诗他是这样说的——

"禽言"是宋之问《陆浑山庄》和《谒禹庙》两首诗里所谓："山鸟自呼名"，"禽言常自呼"……同样的鸟叫，各地方的人因自然环境和生活情况的不同而听成各种不同的说话。模仿着叫声给鸟儿起一个有意义的名字，再从这个名字上引申生发，来抒写情感，这就是"禽言"诗。

我们现在知道了布谷是益鸟，全靠吃树上各种毛虫而无关桑葚。但毛诗迷人，意蕴意境丰富，可资联想多——相对于古老的桑树来说，刻下麦子、中原与布谷鸟，着实三位一体。

麦与桑同样古老——《鄘风·载驰》："我行其野，芃芃其麦。"这一季的冬小麦，秋种夏收轮回，快要成熟了。去年 10 月半我随李佩甫大兄，一道去豫中采风访友，在郏县拜东坡谒"三苏坟"，同时看乡村种麦。此乃《周南·汝坟》原唱之地，这时因华西秋雨缠绵而种麦迟迟。陪同我们的老县长说，不要紧，咱们有经验加强出苗管理。随后"十月一"我回南太行老家上坟，山里山外，见麦苗青青正满地。可到此为止——接下来冬春两季，包括春节清明节，这厢因为从严防疫，我没有再离开郑州，没有看大田麦子生长的机会。转眼南风阵阵，樱桃桑葚次第红了，鸟们轮番奔袭而来，但没有听见杜鹃布谷鸟叫。布谷鸟因"五月寒"而迟来吗？正常年份，5月12日至15日之间，布谷飞鸣是一定的。

去年辛丑，春暮也是低温。4月下旬低温反复，但止于月末。新冠疫情今年会不会结束，各种预测都有。我个人不乐观，觉得气候太不正常，尚未回归平顺的年份。

风调雨顺的年景，初夏迎布谷听布谷鸟叫，平添一份人生的喜悦与欢欣。布谷或黎明或夜半之际凌空而来，其四声一度之天籁之音，倏忽挑开了换季的帘幕。

布谷声又是百变之声，随时发出百姓心声。今夏布谷你叫什么？"疫走不走——疫走不走"，还是"疫快快走——疫快快走"？

布谷归来兮。布谷鸟好听的叫声，原来很奢侈！

2022年5月18日于甘草居

夏天才找到一棵野绿苋

颇不易！寻寻觅觅，来来回回，直到 6 月 20 日夏至的头一天——郑州天天上午，8 点左右大太阳就火辣辣灼人，而我侥幸在一爿临时开辟的青菜畦里，透过大叶白米苋肥大的丛苗，发现夹杂其中的一棵野绿苋。

终于找到了！

说绿苋菜是不准确的，必须叫它野绿苋。因为它不是家常蔬菜中的绿苋菜，二者并不一样，我从小和大人一起叫它米谷菜。人到中年的时候，远游到内蒙古赤峰和河北怀来一带，那里地近高原此物多，人们也爱吃它叫它西风谷，对呀！对呀！这是它在野菜谱里经典的名字。可以说今年之前，打我记事起，几十年漫漫人生路走来，米谷菜都是随处可见的。每年"五一"过后，马齿苋、野绿苋和扫帚苗，这些好吃的夏野菜，见缝插针，星罗棋布，蓬蓬勃勃生长，下一次雨就出一次新苗。它们如开春的白蒿、荠菜和苣荬菜一样，"于以采蘩，于沼于沚"。祖祖辈辈，我们采不尽也吃不够。野菜于土地，像大自然一手导演之盛大典礼

235

仪式上的团体操，随机出现在人间运动会的背景舞台上，花样百出，魔幻无比。理查德·梅比之《杂草的故事》，幽默地针砭人——"老子天下第一"的人们，根据自己的独断专行，实用主义地给野草分类，而杂草于作物，只是一时站错了队而已。

野菜古矣！《小雅·小宛》："中原有菽，庶民采之。"自从盘古开天地，大河两岸的杂草与野菜多如牛毛，我列举的只是其中的"好味野菜"，可入《山家清供》和《遵生八笺》。如白蒿曰蘩，可用于祭祀；荠菜苦菜，"谁谓荼苦，其甘如荠"。它们侧身野菜之列，若满天繁星中的北斗七星一样，耀眼而具有指标意义。

习见之物突然见不到，自然若有所失。有的是随着"城中村"的消失而淡出我的视野的，例如地肤，土名扫帚苗，有几年没有见过它了。周王书里的独扫苗即是，其籽名曰地肤子。当下却和蒺藜、苘麻、曼陀罗一样，颇不容易遇到。王敦煌之《吃主儿二编》写到扫帚苗，他说老北京在院子里种野菜不多，但是偏要种扫帚苗，这是个例外——

有的东西不同，就比如说扫帚菜，是把它种在花池子里了，一种就是二三十棵，不为长长了做扫帚，就是趁它嫩的时候，掐尖儿吃鲜儿。也不容它长大了，它要是长大了，那是个挺大挺大支棱起来的棵子……所以每年种，长出来趁着嫩就掐尖儿，长到一定程度，权子上没什么嫩尖的时候，就把它拔了请出去，省得在这儿添乱。

北京人，尤其是老北京人，没有不好这口的。这东西别瞧就

韭花。野绿苋。灰:蒂。

是种野菜，但其口感绝对在菠菜、小白菜等春令佳蔬之上。把它洗干净，用沸水焯过，或是用点儿调好的芝麻酱那么一拌，或是来点儿香油加点儿醋，再拍上几瓣蒜也是一拌。两种吃法异曲同工，吃口都是那么地道，令人垂涎。

我家出门而大道以东，是新起的大小凤山、北龙湖和金融岛，曾经的郊区农村没有了，沧海桑田演绎于眼前。昔日种庄稼的农民现在种花草打理花草，每天似飞鸦一样，早出晚归——早上挤着汽车或农用车赶来，在新辟的绿地绿廊里，围成大半圆为绿地除杂，仔细剔除包括莎草、小蓟、蒲公英在内的异类。城市草皮、绿地要整齐划一，再好的野草花都被排斥。但野草泼皮，除恶不易，曾有女人拿着农药"百草枯"，精准打击莎草——持废旧的笔头仔细在莎草绿叶上涂抹农药。可夏天的马齿苋与莎草，即使你连根拔掉，它们得一点晨露和雨水立马就焕发生机。

野绿苋和扫帚苗集体失踪，与环境改变有关，郊区农村和"城中村"消失是关键。此外，也与连年疫情和越来越严格的防疫措施，导致我踏访区域日益狭窄和直线化有关。

比如说，那与我为邻多年的校园，因为防疫，日益戒备森严，我几乎一整年都没有进去过了。附近大小单位和小区、家属院的门禁管理严格，曾经熟悉的地点地盘，旮旯角落全不能到了。就连大道边的绿道绿廊，大道东的森林公园，游览路线被格式化了，禁行标志多多，我再也不能漫不经心走野马和望野眼了。

如果你不曾低头注视过足下的土地，猛故瞅一下，隙地植物品类之多会使你震惊。不要说我的四季远足，就是居此长达20多年的老院子，仔细数一数，盘点一下已有的树木花草，翻版一册《塞耳彭博物志》亦五色斑斓。

中原延伸到辽阔北方，一如《豳风·七月》的节奏，世代延续着并没有改变。因为它演绎着自然与四季转换的节奏和韵律。那《采蘩》《采苓》《采芑》——《卷耳》《茉苢》《瓠叶》——《中谷有蓷》《野有蔓草》《南山有薹》——《墙有茨》《园有桃》《山有枢》，林林总总，多姿多彩，不仅是自然板块上的装饰符号，它对于编户齐民，凡夫俗子，助其坚韧生活，繁衍生息，也是一重大的寄托。如果没有早春的白蒿、荠菜，没有清明柳和端午艾，流水般的日子将失魂落魄。野菜，即使是大城市的人工野菜，园艺荠菜、马兰头、枸杞头，等等，人们传承吃食尝鲜，包含着与生俱来的荒野情结。

这就必须要说苋菜野苋菜。苋菜虽然在毛诗里缺失，但它出名比毛诗还早，《周易》："苋陆夬夬，中兴无咎。"《说文解字》曰："苋，苋菜也。从草见声。"《救荒本草》记录苋菜，野苋家苋混为一谈。而《河南野菜野果》，将三种野苋菜逐一分别记录在案——刺苋、绿苋和野苋菜。它们之中，口味最好的是绿苋绿野苋。今夏一开头，我四处找不到野绿苋，没有办法了，趁着东风渠畔的早市，在卖桃卖瓜人捎带的野菜里买了一把。我将这野绿苋择净，去掉紫红色的根须，掰去硬老多余的茎秆，开水焯熟，放冷水里浸着。中午吃面是大碗捞面，随锅放这现成浸过的野绿苋，仿佛杜甫的冷淘饭。"诗圣"过夏，用国槐叶制作饮食：

239

"青青高槐叶，采掇付中厨……碧鲜俱照箸，香饭兼苞芦。"（《槐叶冷淘》）我则喜爱野绿苋。野绿苋叶厚叶粗耐咀嚼，具有独特风味，而且包含着故乡的记忆。

扫帚苗与绿野苋的消失，似乎也与气候暖化相关。一些原本不属于中原地区的南方杂草，例如毛叶龙葵、白花鬼针草和鸡矢藤等等，反而逐渐多了起来。我不是刻意排斥它们，我也挡不住。但是，"我们有自己的地盘和社群。我们视域狭窄。我们在走过的路上来来回回；我们熟悉这里的地形和气候，我们能一眼认出这里所有的常客。"年轻的英国作家理查德·史密斯，在其《天空的小社群：隔离期观鸟之乐》里这样开头。

是的，我被这句话击中了！

2022 年 7 月 4 日，壬寅六月六于甘草居

维莠骄骄　黍稷稻粱

　　立秋固然不算气象意义的秋天来临，但秋的气息有反映是掩不住的——花坛里鸡冠花开了，那名为雁来红的苋菜红了，隙地杂草和乱草间的狗尾草，有些变硬变白，麻雀一家子映着斜阳飞过来，攀着丛草或阔或细的叶子叽叽喳喳欢叫，开始认真啄食狗尾草正要成熟的籽粒，我眼前似显一派"风吹草低见牛羊"的风致来。

　　我慢慢看，麻雀远不止一家，有的黄嘴鸟雏跟着老母练翅，前赴后继，上下颠簸，小雀儿一次次在草茎草叶上滑下来，雀群惊起又降落，仿佛一窝窝蚂蚱在蹦跶。杂草狗尾草总是比秋作物先熟。上一个季节，"六一"之前路边的黑麦草、燕麦，它们也比大田里的小麦先熟先枯老。它们用这样"抢先一步"的方式，机智避免被集中扼杀的命运。

　　草木虫鱼，时不时会起小热闹。于是我正儿八经想一番麻雀。曾作为"四害"之一的麻雀，我们叫小虫，从小在房檐下掏过它，用泥巴糊了烧烤它。本世纪还吃过摊子上类似羊肉串一样

一边园花一边野卉

的油炸麻雀。可是，小虫它是何时降临人世，降临自然世呢？"谁谓雀无角，何以穿我屋。"（《召南·行露》）借用那个先有鸡还是先有蛋的套路，我想是先有草而后有麻雀。要不小虫它吃什么？

狗尾草过季了，如果无人刈除，也与芦草兼葭一样，来年以新代旧。枯草在寒冬的冷风里偃卧披靡，寒雀奔逐的场景更吸引人。北京京西宾馆藏画中，有汤文选画的巨幅寒雀啄食图，打谷场上，陡然受惊而飞起的麻雀，旋风一样。汤先生是孝感人，做过华中师范学院美术系的教师。他的麻雀，肯定啄食的是稻谷。晚辈如我是焦作人，地接南太行古称河内，家乡的小虫，自然亲近粟谷小米。对于城市里当下难以看到禾苗庄稼，杂草里的狗尾草和稗子，是个替补，因为它们本身也是作物，乃黍稷稻粱之前身。那《诗经·齐风·甫田》，拟女子声口深婉唱狗尾草——

　　无田甫田，维莠骄骄。无思远人，劳心忉忉。
　　无田甫田，维莠桀桀。无思远人，劳心怛怛。
　　……

狗尾草即粟谷稷子原始，现在，南太行还有人叫它野谷子、大谷草。周王的《救荒本草》说"莠草子"：

生田野中。苗叶似谷，而叶微瘦。梢间结茸细毛穗。其子比谷细小，舂米类折米。熟时即收，不收即落。味微苦，性温。

救饥：采莠穗，揉取子捣米，作粥或作水饭，皆可食。

但我的老家人，更习惯随口叫它汪汪狗。郑州夏日屋檐下，花坛边或公共绿地的小道上，常有人随意折取一束狗尾草，递给童车里的小儿女玩耍，孩子顿时如获至宝。当年，用来打野草喂牲口不说了，路边草丛或大田里走路惊起蚂蚱，我们用手捂住它，总是揪一根现成的汪汪狗，牙咬去甜丝丝的柔嫩部分，接着锋利地穿起蚂蚱脖子，一只穿过再穿另一只，掂一嘟噜一嘟噜的蚂蚱回家喂鸡，猫偶尔也吃，间或自己也烧烧吃。"喓喓草虫，趯趯阜螽。"（《召南·草虫》）"螽斯羽，诜诜兮。宜尔子孙，振振兮……"（《周南·螽斯》）秋收之际，地里蚂蚱最多，有蹦倒山、老飞头、大肉蹦和扁担角，等等。头两个逮着费事，后两个则好弄——大肉蹦随手一拍就没跑，土褐色的体肤和翅膀，短小翅膀和蝈蝈翅膀一样，乃聋子的耳朵——摆设。

大肉蹦和扁担角，一旦被汪汪狗上了枷，任凭它乱蹬腿并口吐紫褐色的汁水没球用。蚂蚱呀蚂蚱，我想它是个陆地的乌贼，靠排泄汁水迷惑人腌臜人……现在，由于农药杀虫剂的长期使用，山区也很少有蝈蝈和蚂蚱了。与蚂蚱类昆虫变少大相径庭，狗尾草却因为外来因素而品种变多了！

杂草分麦田杂草和秋田杂草。过去吧，狗尾草是大秋作物的陪伴，跟麦子没关系。现在"五一"前后，就有狗尾草开花吐穗——不大的籽穗，也没有细细茸毛，籽粒紧凑不松散。接着才是正常的狗尾草，青青河边草，花穗和叶苞分离后婀娜妖娆，抽葶子很细长，这才是我们从小熟悉的汪汪狗。

狗尾草花头多。麦收过后，狗尾草星罗棋布，它和爬根草交织存在，后者横向发展，节节开花，是细密茸茸的十字花。夏天入伏雨水多了，秋庄稼长势好，"我艺黍稷，我黍与与，我稷翼翼。"（《小雅·楚茨》）这时与粟谷争雨水争太阳，会有巨大狗尾草出现，还有金狗尾和紫狗尾群落蔓延。

《小雅·大田》：大田多稼……播厥百谷。既庭且硕，曾孙是若。

"既方既皂，既坚既好，不稂不莠，去其螟螣，及其蟊贼，无害我田稚。"在层层梯田"黍稷彧彧"、"黍稷薿薿"间刈除杂草狗尾草，同学少年很欢快的。现在，外来植物及害草多了，例如毛叶龙葵、一枝黄花，等等。迟至处暑前后，城市大草坪早上布满露水，居然有一种秀小若冬虫夏草模样的狗尾草开花吐穗，齐齐楚楚。

农作物生长最茂盛的时节，我盼望在辽阔田野天南地北穿行。高铁旅行与高速自驾，是两种风格。自驾不要平铺直叙，最好特地走一段省道或旧国道，若逢村路是"烧高香"了。在千里青纱帐玉米大豆的天地间穿行，《小兵张嘎》《敌后武工队》《烈火金钢》《野火春风斗古城》，那壮丽情景油然而生。今年8月初立秋之前，我和代英、小吴"短平快"果断出击，来回去青州看了古佛像、佛雕。中原连海岱，豫鲁一路好庄稼，"乃求千斯仓，乃求万斯箱。黍稷稻粱，农夫之庆。报以介福，万寿无疆。"（《小雅·甫田》）立秋——处暑——秋分，秋庄稼马上成熟收获了，将欢度"中国农民丰收节"。岁岁如斯，与古为新。

青州古曰益都，有名是贾思勰的故乡。青州博物馆也在更新中，其南环道上"东夷文化公园"的对过，"高大上"的新青州博物馆已经落成。淄博与潍坊包括寿光，皆在周围，博物馆有贾思勰的介绍。

困顿的日子里，这一年我和一众朋友共读《诗经》，早晚在分享阅读心得中度过。刻下进行到了"二雅"部分。读书若为洗心，没有比踩着时令和时序吟诵古诗而有趣有益了——我发自内心地说，老年读诗，于我是饮水思源工程。我们这代人，"三百千"和毛诗没有童子功，是大学毕业以后才开始自学的。还好，"文化大革命"中借助毛泽东诗词注释本，学习成语典故"黄粱美梦"，明确讲大粒黍子即黄粱，稷是小米。

贾思勰的《齐民要术》，说北方耕田、收种、种谷，明确征引三国时吴人杨泉所著《物理论》，杨曰："粱者，黍稷之总名；稻者，溉种之总名；菽者，众豆之总名。三谷各二十种，为六十；蔬果之实，助谷各二十，凡为百种。故诗曰'播厥百谷'也。"

《诗经》的粱，非高粱。韩茂莉的《中国历史农业地理》亦一丝不苟为之释"粱"，她说："高粱传入中国的历史虽早，但直到西晋时期才见载于史"，系张华《博物志》首载："地三年种蜀黍，其后七年多蛇。"蜀黍就是高粱了。这个名字，现在于南太行地区还是。

2022 年 8 月 27 日，秋雨中于甘草居

虎年的法桐红满了城

秋来赏红观红叶，说来曾经是多么奢侈啊！"停车坐爱枫林晚，霜叶红于二月花。"那是人人艳羡、家喻户晓的唐诗金句。南太行深深浅浅的村寨之间，星罗棋布有的是大大小小的黄楝树、柿树，高山上接着一级又一级的悬崖峭壁，密密麻麻是层林尽染的灌木黄栌，它们是秋红的主角和佼佼者，好颜色全不逊于乌桕与红枫。但我的长辈们，冬天围着火炉漫谈说家常，只说某年粮食多果实多，好不容易遇到了风调雨顺的好年景，老天爷赏饭，大人小孩能吃饱肚子了，没有人矫情地回忆那红叶红。

旅游业兴起没多少年，人们忽然赶上了国富民强、生机勃勃的好光景，秋来看红叶，成为时髦和新风尚。老家的云台山、青天河与峰林峡一线，每年霜降过了，登高看红叶的人像过节凑热闹一样，盛况一如在大西北额济纳看胡杨，江南天平山看枫香。胡杨金橙，似黄透的好银杏；天平山枫香红，殷红若烈火熊熊。黄栌五彩，分橘黄、金橙、紫红、大红和朱红。但兼具它们优点并出类拔萃的，当下是我在城市里越来越熟悉的法桐——悬铃木，俗称法国梧桐。

郑州法桐，大体与新中国同步。一解放就尝试栽种，随着省会由开封迁郑，市领导果断拍板，大量从南京、上海，陆续引入这个优势树种。鹤立鸡群的法桐，不惧风沙，颇适应这里生长，树叶有时也会变红，不仅红得好看，而且红得时间长。从1990年代开始，每当秋天来临，我持续关注高大无比的法桐，那时只有大学校园和黄河迎宾馆，不多的几个疏朗开阔的地方有它的身影，它应季由黄变红，而街树法桐不红。荏苒到了五六年前，情况发生大变化——随着大气污染严格治理，气候暖化导致秋天似乎在变长。另外，秋冬之际寒冷明显迟到，雨水却增多了。这么一来，法桐接力绵延，年复一年，变彩色变红大量增加。最令人费解，今年新冠疫情肆虐困人，但是，法桐红得十分夸张。

2020年11月中旬，因为法桐像凤凰开屏一样陡然变红，消息在网上传开，旋风一般万人打卡黄河迎宾馆看法桐，浩浩荡荡的。结果第二天赶紧实行网上预约。成排的法桐映着蓝天变金变红，很洋气而热烈气派，蛮适合年轻人的口味，老年人也觉得就近省力很过瘾，仿佛在家门口遭遇梦幻天地。

还有森林公园新辟的芳泽湖，湖畔接了一段法桐景观道，也是参天大法桐。这儿的法桐，过去冬深了才变红。春节前后下雪，白雪湿润衬映其枯叶再红，是罕见的紫褐红。看多了法桐，我心里有数了，法桐它偏爱气候略微湿润的地方。圣诞节和春节是冬天里不同风俗的两大节日，巴黎、慕尼黑、日内瓦和伯尔尼等地，法桐的姿态与颜色，有的落叶了，有的叶枯了，有的依然

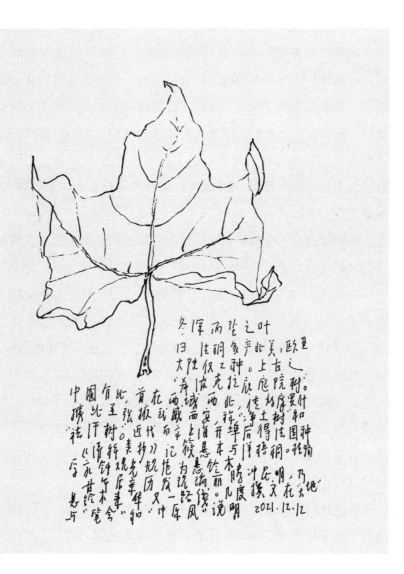

斑斓金红。但我是郑州的市民，在郑州，我可以无拘无束，自由散漫，一览无余，尽情地享受法桐。连多次做客郑州的徐匡迪院士，也热情称赞说，黄河迎宾馆的法桐，比国外的法桐还壮观些。是的呀！因为欧洲的法桐作为行道树，有点类似我们窝盆景造型，冬来几乎是"斩首"行动，法桐枝干委曲而呈现拳头骨朵模样。郑州现在，新世纪以来大量栽植的法桐，无论行道树还是园林造景，皆由其自然生长，高大而不失天然的树冠，无拘无束，独木参天。每年10月中旬开始，里外交互变色，五彩斑斓，逐渐再变金变红。

法桐之红，比乌桕和七叶树红的时间长，比五角枫和黄楝树气势大，法桐红了，红得壮丽辉煌！法桐的风格与气派，是李白的《将进酒》、贝多芬的《命运交响曲》。若把杂树变红比喻作普通的"列兵方阵"，这厢的法桐便是"御林军"和"皇家仪仗队"。将植物类比动物世界，法桐便是狮子、大象、长颈鹿和鲸。

红叶是桩大生意！今年11月19日的《参考消息》应景刊出一则红叶科普文章。我每年都辑存这样的文章，可从不烦气，从不觉得自己幼稚，而觉得很有趣，是我的赏红指南，独属于我自己的有氧运动。这篇转载自美联社网站的文章《为何秋叶最绚烂》这样说——

你也许已经注意到，有些年份的秋叶会尤其美丽，在夜间气温高于正常情况的年份，叶子的变色通常会姗姗来迟。干旱也会起到一定作用，冲淡每年上演的色彩秀的浓烈程度。提前到来的冰冻则会让这令人叹为观止的景色戛然而止。

不同的树木会产生不同的色素。花青苷存在于紫色和红色的树叶中，如山茱萸、栎树和一些枫树。苹果、草莓、蓝莓、李子等水果呈现出的颜色以及红色和紫色的花瓣都与这种色素有关。

类胡萝卜素和胡萝卜中存在的色素相同，它是山毛榉、白桦和法国梧桐的树叶呈现出黄、橙、褐色的原因。

最生机勃勃的色彩出自这样的年份：春季温暖、多雨，夏季不冷不热，秋季干燥、凉爽。

固然今年夏天，世界各地多有酷热和干旱发生，不少地方甚至江河湖泊几近枯竭，但是，郑州过了7月之后，天气并不太热而天气好，秋冬之际11月雨还多。这是这些年连续出现的新情况，法桐缘此而美观变红。

1990年代后期，郑州约有50万株法桐。现在郑州变大，变很大了，包括法桐，树比过去多多了——2013年前后，市区法桐增加到150万棵；2021年底，单是法桐，总体达到185万棵左右。因为疫情，壬寅秋来被困于城市里，却意外收获了最好最壮观的法桐美景。人民公园的法桐广场格局雄伟，其中包括有1955年栽植的大法桐136棵，已经列入了古树后备资源名录，逐个有了身份证。这里从11月下旬开启"落叶不扫"模式，11月23日，农历的十月卅，计园长特地给我发来雨中所拍红叶法桐的图片，我的天！树成精了，分明是清人赵翼叹遗山先生元好问的句子。法桐，您是诗人吗？

2022年11月30日于甘草居

郑州的年宵花

尽管这一年遭了不少难，颇有些不堪回首，好在到了年底，终于峰回路转。大大小小的商户，齐齐地一把抓住年宵花的销售机会，偌大的花卉市场，"添酒回灯重开宴"，俨然又热闹开来。

花卉市场不止花卉，皆打的是组合拳模式，乃复方六味地黄丸。这厢吧，是婚礼节庆商铺，高调渲染春联门对、门神福字、鞭炮挂件、红灯笼和中国结，红红火火，热火朝天的；那边是工艺切花摊档，鲜花和绢花共一堂，五颜六色，真假莫辨。一步步走入市场深处，大排档年宵花满世界铺排着，柳暗花明又一村，喜气洋洋，夸张又浪漫。腊八节过了，腊月半直逼年关，我"阳"了发过热了，又抖擞精神，毅然直奔老牌子的陈砦花卉市场，不仅要选购吉祥艳丽花卉，冲冲疫情晦气，同时也小施手段，现场采风作画——二十四番花信风，从小寒起头到大寒、立春这段时间，榜上有名的花模样，哪儿有此地一应俱全？

家庭养花，蔚然成风，尽管住楼房也不耽误阳台上莳花弄草；日常走亲访友，带一束流行的工艺切花恰到好处，显得时尚

《岁暮杂诗》:"双门花市走幢幢,满插箩筐大树秾。道是鼎湖山上采,一苞九个倒悬钟。"直到 1960 年代,叶灵凤说香港年宵花主打吊钟花,市民觉得,它比水仙花都重要。1961 年春节,周瘦鹃在广州参加迎春花市,慕名而观吊钟花。身为吴门"花王"的他,之前居然也不认识吊钟花,他诚恳地说:"我原是被花市像吸铁石般吸引来的……花市上的万紫千红,多半是旧相识,当然如见故人。只有那吊钟花却是新朋友,顿时一见倾心;横看竖看地看了好一会,才向它道了晚安辞别了。"(《迎春时节在花城》)吊钟花,是杜鹃花科自然生长的南方小乔木,元旦春节是它的花季。它不同于草本倒挂金钟,后者是柳叶菜科的夏季花卉。

这么些年来,吊钟花到底也没有来到郑州。年宵花阵里,倒是一种叫宝莲灯的南洋花卉,大号的吊钟花形,却又似荷花,土名粉苞酸脚杆,有点怪异而富丽堂皇,似国人打扮成大块头的欧美人,演莎士比亚的喜剧。宝莲灯,它价格不菲,一盆至少五六百元,已经有好几年了。

多肉植物即多浆植物,本土原来也有,例如瓦松和石莲花,但品种单调。不料它异军突起,自成天地。每次观赏多肉的摊档,仿佛来到魔幻小人国,撒豆成兵一般,顿时多姿多彩。而元旦才过,我在《北京晚报》"五色土"看到一篇关于多肉植物的文章,豁然开朗。北京国家植物园的成雅京,是位女园艺家。2011 年,她奉派到南非国家植物园从事多浆植物研究考察,从中看出了它美丽的前景。随后,成雅京数度在南非与纳米比亚之间穿梭往来，前前后后，陆陆续续，一共为我们引进了 2 000 多种多肉品种。这是一种得益于开放的植物精灵呀！

过年就要红火，于是澳大利亚蜡梅、染红银柳、俗名腰缠万贯的朱砂根和新兴的美洲冬青，人见人爱。催花牡丹，得郑洛地理方便，早就是郑州年宵花的招牌。洛阳红红花绿叶，欣欣向荣，价格一盆在百元以内，比外地便宜许多。叶灵凤的掌故《牡丹花在香港》："广州和香港的年宵花市，必有几盆牡丹陈列出售……这种应景的牡丹花，全是放在密室里用火烘逼出来的，因为北方的牡丹其实要到春天三月才开花。从前广州的花贩为了适应西关富户和十八甫的大商家的过年要求，便用种种方法使得牡丹提早开花。""因为是用火烘出来的，虽然开花，却没有叶子，在光秃秃的枝干上"，滑稽可笑却价格不菲。岂不知，这是自汉朝以来就使用的古老催花技术，老北京曰"唐花"者，中山公园现在还保存之"唐花坞"，就是明证。

明代来后，鄢陵腊梅名动天下。豫北安阳的龙泉腊梅名气也大。但是，与川渝鄂和苏沪杭地区，砍柴般成捆成束叫卖不同，河南的腊梅以盆景出售居多，人们舍不得下手把腊梅花斩成条。同时，也没有完全照搬广州年宵花模式，例如，桃花和菊花，郑州人不觉得稀罕。

杜鹃、山茶、水仙花、仙客来，属于老明星了，是年宵花的常销品种。仙客来又名兔耳朵花，春节一过即癸卯兔年，仙客来自然又要走俏，作为草花，它价格不贵却很喜气的。那边黄永玉老人的蓝兔子邮票炒得热火朝天，这里仙客来以兔子兔儿爷的名义，喜气洋洋走入千门万户。

郑州的年宵花市场，随着过年的节奏，正月里不打烊，是游人休闲赏花好去处。元宵节前后还有文兰花展，书画家和文人要专门斗兰花。年宵花和迎春花市接龙了。

2023 年 1 月 10 日，壬寅腊月十九于甘草居

独无山矾的花信风

　　这些年画草木多了，画熟了，今年开始，吾尝试画一册二十四番花信风玩玩。

　　小寒大寒在元月。"小寒，一候梅花。"由画梅开头——我全是对景写生式现场作画，梅花取自离我家和省电视台不远，隔着花园路主干道的大道西边一爿小梅园，年年过了阳历年就先开的一种白色微黄的小树梅花。甫一开手兴致勃勃的，接着就遇到困难，山茶花之后，暂时还没有水仙花开花。过年养水仙，意在和梅花、腊梅、佛手、木瓜等等，凑一个"岁朝清供"的，刻下则还是短蒜苗一般的碧绿嫩苗，开了刀纹的白胖水仙球，白生生似新鲜的兰州百合。曰：小寒三候，梅花、山茶花、水仙；大寒三候，瑞香、兰花、山矾；立春三候，迎春、樱桃、望春……诸如此类，开花的间隔虽不相同，问题还不大。要命的是郑州没有山矾，我在公园和花卉市场里也找不到。

　　搁过去，近的就从本世纪开头说起，梅花、山茶花和瑞香，腊月里郑州露天几乎没有。少量梅花，寥若晨星，3 月初梅花才见花。荏苒这些年，斗转星移，梅花和山茶花露天开放，应季而开且开得很好。红山茶更早，年年 11 月下旬就开花了。瑞香也有人尝试露天栽植。即使不说正宗开紫花的金边瑞香，那又名黄瑞香的结香，这些年和八角金盘露天生长开花，它在春节过后与辛夷同时开花，没有一点问题了。只不过，瑞香常绿，黄瑞香结香是落叶灌木而已。

没有山矾怎么办？生生是掉链子啊！

清人陈淏是杭州人，他的《花镜》里有山矾。《花镜》这样说："山矾花，一名芸香，一名郑花，多生江浙诸山。叶如冬青，生不对节，凌冬不凋。三月开白花，细小而繁，不甚可观，而香馥最远，故俗名七里香，北人呼为场花。其子熟则可食。土人采其叶以染黄，不借矾力而自成色，故名山矾。"而民国黄氏父子的《花经》里没有，黄岳洲、黄德邻父子系奉化籍贯而长居上海者。《花经》承接《花镜》的文脉，展现 20 世纪开头的上海园林图景。

我继续查书查资料，可是，《珞珈山植物原色图谱》（2012年）没有，《复旦校园植物图志》（2015 年）也没有。我猜，当下人们猎奇好事，绿植成风，武汉和上海，犄角旮旯里或许有了，不过不入两地正宗园艺人的法眼而已。山矾上"户口"，尚有个时间过程。

一物多名，和一名多物，乃植物界普遍现象。到处开得很妖娆很热闹的长春花也名山矾，然而它是草本，冬天在郑州就枯死了；木本常绿的海桐开花也有人叫山矾，也与《花镜》状描不符，相差甚远。论大名头，在李时珍说山矾的基础上，吴状元《植物名实图考》直截了当，说山矾即春桂："黄山谷以其叶可染，不假矾而成色，故更名山矾。"

曾说这些年来，我已经陆续有了四面八方的草木朋友。近年微信和公众号风行，读图识花就更方便了，顺风顺水的。我的参考坐标，包括浙江宁波的"小山草木记"。今年春节前，他分享了一组冬春交接之际，当地早开的花木花草，山矾开细碎白花是灌木藤本。另外的交流渠道里，山矾俨然是粗大乔木，开花若流苏缤纷下垂，似天女散花。

没有山矾，郑州这时恰有郁香忍冬开花，很香很清冽很文人，又不同于腊梅和梅花的一种花香。

郁香忍冬是忍冬科忍冬属半常绿或落叶灌木，这点与贴梗海棠、醉鱼草相似。大者高达 2 米开外，花后结果，也叫大金银花和四月红。我在郑州两处追踪观察郁香忍冬，一是东边的"郑州之林"大绿地，这里很开阔，10 年树木见成效，同期的常青树，石楠、香樟、大女贞、桧柏、桂花、枇杷、蚊母等等，绿树成荫，已经长大了。南紫薇和各种槭树、枫树，不同的玉兰，紫丁香与暴马丁香，等等，花开争奇斗艳。此地有一片郁香忍冬，冬日里落叶而萌芽开花早早。另一处是旧称西郊的碧沙岗公园，张恨水当年过豫，坐着黄包车寻踪游园经过，乃北伐军将士喋血埋骨之墓园演化而来，冯玉祥的题字还在，后来聂荣臻亦书碑褒扬。这个公园精美，有一个园艺单元，背风且向阳，林荫深处有郑州最好的郁香忍冬，春节时也郁郁葱葱的，正月里开花，没有粉蝶却有细蜂野蜂飞来采蜜。元宵节耍兔子灯那几天，我特地跑到这里，冲寒连画数纸郁香忍冬开花。

金银花家族，出产药材的金银花是攀缘与灌木状，金银木和郁香忍冬是灌木。金银花三姊妹，目前在郑州是半常绿状态。金银花黑色果实若龙葵的果实，但不常见；郁香忍冬的小红果被疏忽了；最艳最红最稠密之金银木结果，红艳艳一直持续到腊冬春节前，是鸟雀越冬的美味美食之一。

郁香忍冬，包括东南和长江流域在内分布广泛，比山矾普遍。这个可以有——上海、南京、杭州、武汉，到处都有。我在异地见过，在郑州还没有见过它花后结实。4月里心形红果实，那比樱桃成熟似乎还要早一点。因为这次作画，今后我会特别关注郁香忍冬开花结实的动静。人总是要有点寄托和牵挂吧，那我就拜托不止这两处的郁香忍冬了！呲牙。呲牙。偷笑。偷笑。

啰嗦这么多，我是为自己找台阶，尝试着拿郁香忍冬来替代山矾。论品位和形色，私以为它足以和山矾打个平手。

下面，雨水三候，菜花、杏花、李花；惊蛰三候，桃花、棣棠、蔷薇；春分三候，海棠、梨花、木兰；清明三候，桐花、麦花、柳花；和谷雨三候，牡丹、荼蘼、楝花，郑州一个不少。

但花节奏和书面不同。郑州雨水节气过后，辛夷即望春玉兰，和樱桃才次第见花。杏花李花，开于惊蛰前后。公历3月百花争艳，一股脑儿"爆炸式"发花，开花的品种与节奏，实在没办法分别先后，哪里是五天一节奏！怎么说？就像老式手工火鞭，大小炮仗，逐一都是手工搓成的。过年放鞭的时候，弯着腰

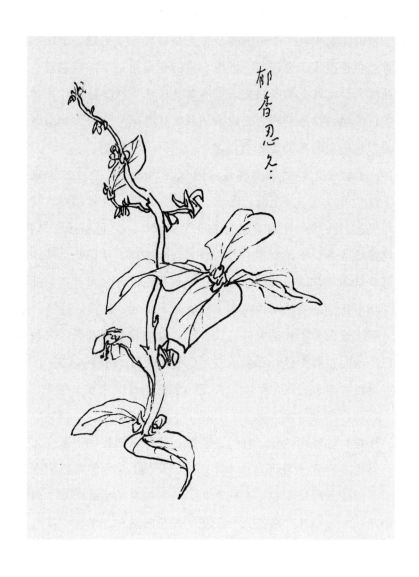

郁香忍冬。

半捂耳朵，手持点燃的线香，小心翼翼对着炮捻儿，看见星星点点出花了，人赶紧跑开跑到远处看，火鞭冷不丁响起来然后炸豆一般进入高潮，疾风暴雨疯狂连响，猛响一番。尤其那殿后的大雷炮"砰砰啪啪"响得震耳欲聋。炮纸碎红碎一地，连着燃放的黄毛纸和燃过的灰白色火药痕迹，一地冲鼻的火药味。村镇村庄，顿时是火鞭燃放的世界。

气候暖化的原因，叠加世纪之交的城市化高潮，扩大了"热岛效应"。还有雨线北移，秋冬之际雨水变多，郑州四季有花成现实，活生生的。另外，郑州及河南各地的园林建设和绿化，文明城市创建，无不以江南和南方为借鉴目标。于是，这就有了甘草居 2023 郑州版的二十四番花信风。

2023 年 2 月 26 日于甘草居

苦楝：花信风，消息树

中原和北方地大，乡土树嘉木好树林林总总，多得一口气数不过来。落叶的，常青的，显花隐形花，吃开吃不开，此时兴彼时废的，杂树种种，若"海棠无香""鲫鱼有刺"，我吧，我为一直没有得到世俗青睐的楝树抱屈。

楝树，本不逊于槐与栾、泡桐和梧桐的，然而，刻下讲排场的行道树与公园，大小绿地，没有听说特地栽楝树办"楝花节"的。就是农村，大河两岸的乡镇春日赶会，一会接一会，无论二月二还是清明会，正是植树季节，会上卖杨树，卖桐树，卖法国梧桐，卖各种花木果树，不曾遇到卖楝树树苗的。

楝树就像我身边颇有才气而被埋没之人，历代都有这样的人。

但我熟悉楝树，四处记录楝树，以亲近楝树而欢欣。

因为豫北和南太行地带多楝树，老家人叫它苦楝树，美其名曰铁皮楝。旧年栽树图实用，农村造屋盖房，木梁木檩，苦楝树速生且长得直，用作檩条不去树皮，结实而不生虫蛀。农忙下地收麦子，大太阳火辣辣，生产队派人从深井里绞出水，凉丁丁的井拔凉水，放点糖精，送到地头让人休息解渴。山路颠簸，怕水溅了，担水人抬抬手够俩楝树头，一边一个，用翠绿的楝树叶子遮在水桶上。夏至或端午节闺女回娘家，看望父母曰"瞧麦罢"，麻烫（油条）篮子遮盖楝叶避虫蚊。是的，人们也采楝叶或臭椿的叶子喂牲口……那时候唯独不太注意楝花。

北京楝树少。"文化大革命"中，俞平伯夫妇随学部"五七干校"到豫南下乡，住息县包信集农家，轻微劳作管搓麻绳，随遇而安的"古槐书屋"主人，稀罕楝树，仔细打量楝树，向当地人询问楝树生长情况，并作《楝花》诗两首：

> 天气清和四月中，门前吹到楝花风。
>
> 南来未识亭亭树，淡紫英繁小叶浓。
>
> 此树婆娑近浅塘，花开飘落似丁香。
>
> 绿阴庭院休回首，应许他乡胜故乡。

楝树开花并散发浓烈香味，给了趔趄跟跄中的俞平伯些许慰藉。

我发现楝花的好，已是来到郑州之后了。1980 年代后期，首次住到新建的公寓房，隔着郑州工学院的校园，背街乡村风貌，夹道植楝，春暮楝花盛开，隔窗熏人。南风阵阵吹过，楝花雨下翻波浪，沿着马路牙子聚合楝花花屑，似层出不穷的黑白蚂蚁搬家过路。

越 10 年，我于千禧年到来之前，赶上福利分房，甘草居乔迁北三环。冬日城郊一片昏黄，于路北荒疏的果园里，散步时我发现丛生楝树苗似秀竹。小区搞绿化，顺势请工人把楝苗移过来，交叉遍植大院里。我是一楼东户靠墙接地气，自然栽楝南窗边。苦楝、白玉兰、枸骨、冬青，高低错落织新景。可是，白玉兰三五年就枯干了。楝树活泼，很快撑起绿伞。一年一花，花开花落，小树变大树，亭亭如盖。楝树隔窗与我厮磨，彼此成为知心朋友。不料 2014 年夏天，8 月初早晨一场大风雨，狂风吹倒了我的楝树。这还了得，妻子用花盆里自生的楝苗补上，如今小苗复成大树，曾经的爱楝还魂于此楝。不止甘草居，当年的第一代楝苗，刻下在大院四周，大树还大。树长人也长，人由中年近老年，吾愈发陶醉平伯老咏楝花那微醺的境界。不刻意打理它的细节，看它逐年栉风沐雨长大，没有动辄用尺子度量。我喜欢打比方作比喻，如，我的楝树水桶粗——老藤粗若象腿——二代楝已经五六拃不止，等等。

20 年间，围绕南窗之楝，人事世事风雨事，反反复复。楝树周围，有过白玉兰小蜡，夹竹桃和柿子，桃花香椿，芄兰何首乌，九里香小棕榈……但去年以来实行老旧小区改造，楼房加装电梯，工人开着机器开足马力施工，顿时翻江倒海，满目狼藉。为加快速度，移树栽树也用机器，不少大树挪窝子被冷酷机器连根拔起，失了精气神，栽很多却很少成活。

我却有幸保留了楝树。大院经过凤凰涅槃焕然一新，工人还特地为此楝加装了可以坐而休憩的时装护栏。不仅如此，原来栽在大院周边靠墙的楝树，大楝树老楝树，大半也得以保留。又是楝树开花时，面对绿树婆娑回首往事，从小时候在山里贪图楝树楝叶之形之实用，现在尽情欣赏楝叶楝花的秀美美丽，我是楝树友，我为获得楝树精神而欣慰。

书本里说树，笼统说的多。例如公园里为树木挂牌，说乌桕生于长江流域，楝树生于黄河以南。实际上，楝树从河北河南向南，南向趋暖更多。与苦楝相对应没有甘楝，却有味带清香可以榨油食用的黄楝树黄楝子。同样黄楝树黄连木，与苦楝结伴愈南愈多。太行山南北走向略微东北打西南，北头龙首是长城居庸关，那边龙尾，在济源孟津小浪底水库和伏牛秦岭相衔接。南水北调大渠两头，有苦楝有黄楝，淅川有新石器时代的黄楝树遗址。秦岭南坡，广元剑阁剑门关，有老黄楝夹道，成就另一番"锦官城外柏森森"庄严之境。楝树消息树！太行山属于暖温带半湿润大陆性季风气候，有楝树黄楝树生长为证。

明人杨基，于吴郡吟《天平山中》：

> 细雨茸茸湿楝花，南风树树熟枇杷。
> 徐行不记山深浅，一路莺啼送到家。

我在苏州和太湖周边，看过梅花看过收橘子，总错失枇杷成熟时节。今年3月到广州，旧地重游，遇见红木棉黄花风铃洋紫荆开花，它们和楝树一并开花。粤人叫楝树为森树。春分前，羊城白云山和花都区，一南一北楝花盛开，芒果龙眼荔枝，亦三花

267

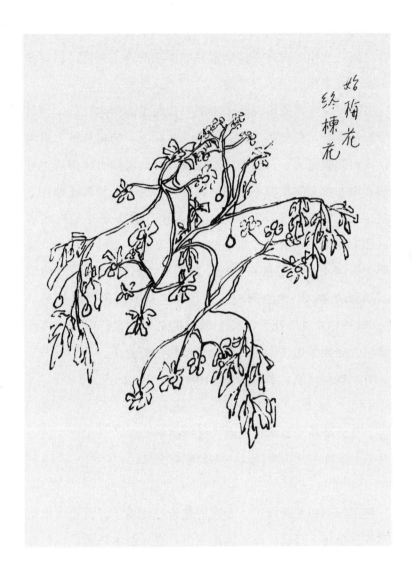

齐发。大学同学喜相逢，我们几个在"花都"的丘陵上喝酒、摘枇杷吃，又酸又甜滋味鲜。末了，炎章兄特地赠我金粉《枇杷图》作纪念。廿四番花信，始梅花终楝花，其间还有麦花。河洛民谚："楝花开，吃烧麦；楝花转，吃碾转。"立夏之际开楝花，已经灌浆半成熟的青青麦穗，经野火一燎，用手搓了吃，新鲜麦粒仿佛龙井扁片茶，与其他绿茶相比，有种轻微而适中的焦火味，很独特也格外好吃。南风之薰兮，花开半月许，麦仁儿更饱满且有韧劲弹牙，及时采一点制作碾转，拿醋蒜汁水调了吃，为一季传统尝鲜。如今，老家人在郑州的小区里，支起石磨盘制作碾转，没有驴拉而是电动磨盘。碾转不独河南有，扬州和苏北一带的冷蒸，也是碾转的姊妹食品。郑州楝花石榴花夹竹桃花，三花并开，夏热的帷幕由此开启。

楝树孤独乎？楝不孤也。楝树委屈乎？楝不抱屈。

说了这么多，是说文人和楝花楝树自古多缠绵。"南有樛木，葛藟萦之。"虽说楝树多靠野生逸生，自然出生，但分明有园林之楝是特地种植的，如今之苏州沧浪亭之冈阜高头的老楝树，当年之曹寅之楝亭。中国台湾爱国诗人、文史大家连横更多次咏楝花——

嫣红细唱桃花曲，飞白闲吟柳絮词。
莫遣番风过廿四，寻芳正是晚春时。
番风才过楝花天，两岸垂杨尽著绵。
刻意留春留不住，落红飞上酒人船。

一边园花一边野卉

楝花十里接城南，禊事重修上碧潭。

一舸归来大溪口，楼头正见月初三。

2023 年 4 月 8 日于甘草居

燕子　蜀葵　葵菜

6月回望，上半年中原的气候很诡异，让人摸不着头脑。

今年才开春的时候，2月底3月初，辛夷、玉兰开花时郑州早早高温，3月9日，郑州和安阳高温拉高至30度。然后，3月半"倒春寒"天落桃花雪，蛮大一场雪，杀气腾腾的。接下来，似乎是要和世界气象组织发布的预测和警示故意闹别扭，癸卯冷谷雨——冷立夏——冷小满，低温复低温，直到6月开头麦收芒种，冷雨不间断，高温天气硬是没有出现。原本5月底要开花的红白紫薇与梧桐，一直没有开。2022年，去年5月半之后高温干旱疫情交织，30度以上热天一直持续到麦收，接着又高温夏至高温小暑。今年呢？5月初甘青和陕北飞雪，低温波及中原，阴冷持续徘徊。网络资讯曰，晋南地区甚至冻死了育雏的燕子。

"小燕不过三月三"，是郑汴两地方志记载的古老民谚。直到本世纪开头20年，我亲历并见证的物候，燕子依然是每年清明回来，燕子临水穿柳，回归居民屋檐下，4月初到达郑州和焦作黄河两边。然而，眼看着气候暖化节节高，最近几年，春分燕子即归来。但今年，春分又早早归来的燕子后悔了！郑州地区虽然不至于"倒春寒"冻死燕子，可是，今年燕子却无处归巢——黄家庵旧村遗址的南北铺面廊檐下，店家不约而同拒绝燕子，故意弄坏头顶上的燕巢，不许燕子归巢育雏。5月下旬乃头窝燕雏出窝的时间，眼前根本见不到小燕，燕子只在临水的河岸急急飞，盘旋再盘旋。倒是乌鸫日益变多——全年都可以见到比乌鸦小一号的乌鸫，芒种夏至到了，它也不远离不往郊外去了。10多年前，谁知道百舌鸟的大名叫乌鸫呀！5月中旬那几天，今年我接连见到乌鸫宝宝在林下练翅，任你人来人往，它只管耍呆卖萌任人拍照。

　　和燕子的困厄同病相怜，癸卯蜀葵花也少见。常有花鸟相伴固然吉祥，可喜怒无常之人，栽花种草全凭主观一时好恶。这一年大力栽桂花、修花坛，闹得鸡飞狗跳，舆论沸沸扬扬，市民编了顺口溜，且在手机上刷不停。又一年改造穿城主河道，许多长了几十年的乡土杂树和景观树被刈除，夏天汛期到来了，公示的工期却一再延误。还有大道边的绿道绿化带，绿道兴起好些年了，开头因为马路拓宽，高架路修建，再后来是修地铁，绿植绿道为之反反复复，不停修改变化。这阵子流行南树北移，就一股脑儿移植嘉木奇树；换一阵子，开始重视本地树种，景观又是一变。初夏来临，郑州的蜀葵应季开花原本很招摇，大阵仗不弱于之前的头茬月季树月季开花。世纪初人在豫西出差，三门峡、陕州和卢氏、灵宝，数十里蜀葵开花随高速公路绵延；如今，那里变成了红石楠和树月季、木槿和紫薇。我们所在的社区，北云鹤和电视台相邻的地方，曾经沿墙地带全是蜀葵，仲春没开花的时候像青纱帐；4 月中下旬蜀葵开始开花，自下而上节节高，蔚然花林带花满园。可人性弱点难抑制难克服，人嫉花好作践花，不仅流动人员有的在花下大小便，就是小区里的居民，也有不主贵的，遛狗纵狗，不爱护花。于是，好花蔓延了两三年，管理者一气之下，怒而刈除了蜀葵，自毁美丽景观。今年就是远一点，原本的蜀葵花也好几处不复存在了！

但蜀葵难忘。我家过了北环，隔路有一片绿地，小区紧挨着的绿地蜀葵花还保留着。但因为春来气温持续低迷，原本 4 月中旬见花的蜀葵，这次直到五一来临才见花。花不旺，从下往上开花的节奏慢吞吞。

这是咋了？人和花鸟的宿命与困境，便是西西弗斯推石上山又滚下来的隐喻和象征，至今没有完。

所幸是快要收麦子的时候，我在老家的地界饱看了一回蜀葵花——因为蜀葵画而赏蜀葵花，花画互鉴，交相辉映，补偿了今次在郑州的缺憾！5 月 28 日这天，我们结伴过黄河，来到温县的段村看文友李玉梅的蜀葵画展。爱好作画的李玉梅并非段村人，她从机关退休之后，调整画画思路，专心画蜀葵，之前在郑州已经尝试办展，在省会文艺界和文友中间获得好评。疫情期间她克服困难，远赴南太行等地对景写生画蜀葵，和京城名家交流，虚心学习，用笔用色层楼更上，这次拿出精心创作的近百幅蜀葵画，美其名曰"蜀葵进段村"。这里是她的创作基地，也是她尝试用花卉振兴乡村的实验基地。段村出产好山药曰"铁棍山

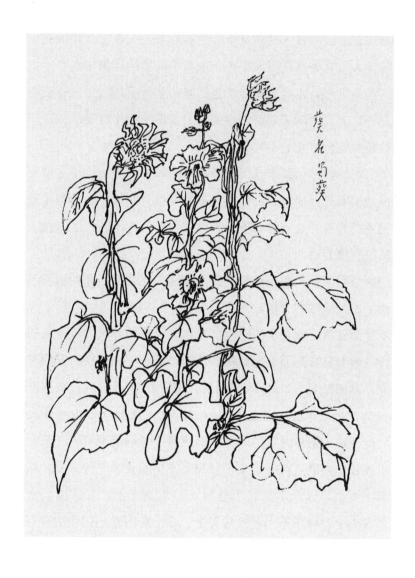

药"，加上房前屋后广植蜀葵，此地和太极拳发源地陈家沟、司马懿故里皆临近，连成一线促成乡村游，可以帮助农民致富。玉梅大姐的这一举动，吸引了包括省花卉协会会长在内的诸多人士，一同从郑州过黄河来到段村。蜀葵在河南，花季和麦收同期，在怀川遍地流金的大地上，古老的段村，十字街头和村路边，若阆苑奇葩，瑶花琪树，五颜六色、高大深密的蜀葵花醉翻了来宾和乡亲们。

蜀葵花于各地，叫法和花期不尽相同。北京人叫它端午花和端午锦，我老家叫牛（偶）屎盘花，专指其果实的形状。在敦煌，西北人叫它包子花，针对其花蕾而言。蜀葵开花，颜色十分丰富，红的、白的、黑的，红的有各种色相和层次，另外还有黄的。单瓣和重瓣的都有。

我的印象，蜀葵在北方和边疆居多。夏天在高原，晋北、内蒙和新疆、云南等地，蜀葵花映着蓝天白云，哼着民歌行进最宜。同样的季节，我在湖南，从长沙、衡阳又益阳，全是荷花荷塘，完全见不到路边开蜀葵。

蜀葵古名戎葵，有人努力证明四川是原产地。流沙河先生在世的时候，《成都晚报》还红火，为此有过呼吁，最后却没有定论。这我是见证人。山西朔州市花是蜀葵，全国唯一的，当地人亲切叫蜀葵为大花。人在坝上游览，张家口出了大境门沿着一道山谷迤逦向北，系旧年的古茶道，中蒙俄贸易通道走骆驼的。现在依然村镇稠密，蜀葵、向日葵和旱金莲、大丽花、波斯菊，一并开放，别样之塞外桃花源。当地人把波斯菊不叫格桑花，叫松竹梅或扫帚梅。中秋节，10月在新疆伊犁，霍尔果斯大桥下面的果子沟，加油站却有蜀葵结籽了还开着梢花红艳艳。若非亲临，不可想象。

菊科的向日葵，是明朝以后来华的。同样说晋北和内蒙，包括冀中白洋淀及雄安一带，油葵开花和蜀葵花交织，美丽风景令人难忘。千叶花重瓣蜀葵，开花似拧绳辫辫子一样。六一那天，我按照朋友的指点，到附近一个小区里寻找重瓣蜀葵花。下午五六点，斜阳明艳，有老两口在一层屋后打理菜圃和花草，女主人说，你来迟了，前两年咱这花好骄人，不料它一年比一年退化，现在远没有刚开始的阵势了。千叶蜀葵花毕竟少，我对着它和向日葵，一并拍照葵之二花。

葵花与葵菜，自是两类。汪曾祺考葵菜，认为木耳菜是其中之一。真正的葵菜，青青园中葵，汉魏时代的葵菜，今天在湖南、四川、云南，依然是蔬菜。川人叫它冬寒菜，江西则叫蕲菜。清明节在上饶，早市里大捆的蕲菜卖，我大吃一惊，这不正是古代的葵菜吗？远在我之前，吴状元早就把江西叫蕲菜之葵，记录在案了。

2023 年 6 月 5 日于甘草居

蒹葭苍苍　花样芦苇

今岁的荷花生日——农历六月廿四，在立秋之后，比公历8月8日立秋晚了两天，但郑州荷花开得好！荷花抽葶高高的，白花、黄花争相开放，却还是嫩红色碗大的荷花包着粉黄小莲蓬带花蕊，绽放颇招摇像纱灯模样更吸引人。睡莲没有扶摇满密的碧叶，但缤纷的浮花一连一大片自成一体。还有王莲甚吸睛，它布满纹路的绿叶似巨大的托盘并列，弯弯的茎条似游蛇穿插，头上开着沉甸甸的一大疙瘩琼玉般的白花……早晨天高空气好，人们忘情观荷在朝阳辉映里。

紫荆山公园西面这个荷花池，临着"隞都遗址"高冈，虽然经历了前年"7·20"大洪水的毁坏，修复之后现在平静而美丽。这一片荷花美，面积不算大，却因青青芦苇开花，芦花妆点，使其有了野趣，仿佛是远方白洋淀的一处微缩景观。

豫乃《诗经》故土。在二里头、二里岗与安阳殷墟的序列里，纵横南北，古来有荷花荇菜，芦苇芒草。《卫风·硕人》之"河水洋洋……葭菼揭揭"，《郑风·山有扶苏》的"山有扶苏，隰有荷华",还有《陈风·泽陂》那"彼泽之陂,有蒲与荷"。

紫荆山公园的厚重,在于其本身就是古商城遗址的一部分,刻下是商城遗址考古公园和商都遗址博物院的近邻。河南本土的考古学家安金槐,当初认为郑州商城遗址是商之隞都所在。郑振铎和郭沫若,共和国两个最富有浪漫气质的好古者、大方家,闻讯先后来此实地考察。1956年春天,郑振铎随全国政协考察团巡回豫陕,在郑州白家庄等发掘现场,由衷感慨:"这个远古的城墙遗址是相当于荷马史诗所歌咏的特洛伊古城的,是相当于古印度的摩亨杰达罗遗址的。在中国,恐怕是一座最古老的城墙的遗存了。"接着,1959年,郭沫若于考古现场挥笔写下"郑州又是一殷墟,疑本仲丁之所都"的诗篇。不料在"新时期"开头,1978年,北京大学的邹衡,独具只眼,他说郑州商城是商朝最早之亳都所在,系汤帝临朝。

公园有金水河漾漾伴流。除了这个旧的低调的"隞都遗址"标志,公园的东南门,堂皇竖起高大的汉白玉"郑州商城亳都遗址"纪念碑。原本黄河博物馆也在这里,因为修地铁而北迁,现在最新的黄河博物馆临着黄河花园口,醒目矗立于河之南岸。

在公园不大的荷花荡看荷花和芦花,与在黄河中下游分界线向东不远的大水边上看"蒹葭苍苍",同样是郑州,却真实再现了《秦风·蒹葭》之"蒹葭苍苍,白露为霜。所谓伊人,在水一方"。这厢是邙岭尽头,北岸有横斜太行,秋日临河吟古,难免我移花接木,由隞都转思亳都,从上古联系当下,历史的扑朔迷离,捉摸不定,若芦花万顷在风烟雾岚中披拂起伏。

278

兼葭苍苍　花样芦苇

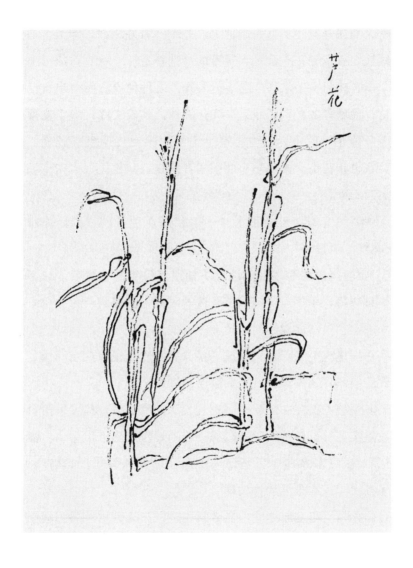

狗尾草。稗子。芒草。它们和芦苇都是禾本科植物。

禾本科植物，还包括庄稼地里的玉米、谷子、高粱等等，都在夏天抽穗开花。黄河两岸地大，此刻一派好庄稼，铺天盖地的青纱帐，玉米开花不啻是大写意的茫茫芦花！

李时珍归纳《尔雅》之后前人释芦之种种说法而得出自己的结论，他解释各种芦苇说："芦有数种：其长丈许，中空皮薄色白者，葭也，芦也，苇也。短小于苇而中空皮厚色青苍者，菼也，薍也，萑也。其最短小而中实者蒹也，薕也。皆以初生已成得名。"

芦苇的实用，曾经是水乡一道壮丽而美妙的风景。孙犁在《荷花淀》里说：

"要问白洋淀有多少苇地？不知道。每年出多少苇子，不知道。只晓得，每年芦花飘飞苇叶黄的时候，全淀的芦苇收割，垛起垛来，在白洋淀周围的广场上，就成了一条苇子的长城。女人们，在场里院里编着席。编成了多少席？六月里，淀水涨满，有无数的船只，运输银白雪亮的席子出口……"

多年前，我在白洋淀的《荷花淀》《芦苇荡》和《采蒲台的苇》里实地寻觅孙犁，碰巧购得一册当地作家陈申田的《白洋淀漫记》，说尽水乡四季风情。其中穿插歌谣和诗句，如串珠贝，我将其视为一本难得的竹枝词。

荷花与芦花盛放之后，物尽其用，白洋淀人用芦苇，编制苇箔等实用工具。

记收割芦苇之《打苇时节》：

一阵秋风一阵凉，水乡十月芦叶黄。琼花翻飞漫天舞，银镰挥动打苇忙。满载苇船如雁阵，空返轻舟笑语扬。堤头岸边人声沸，男女老少齐上场。

比赛编织手艺有《水乡织女》：

处处苇垛处处席，水乡人家多织女。盘腿卧脚如打坐，手舞臂摇流星雨。荷花编罢三尺篓，玉藕织成丈二席。忽闻棹歌渔郎归，日暮炊烟漫淀起。

详细还有——
《解苇》：

当街院内面朝阳，新苇收罢摆战场。白皮青皮迎刃解，露出婀娜好行藏。

《碾苇》：

河边浸湿晾半干，拉着石磙场上碾。翻来覆去都压透，任你刚直也变软。

《抽苇》：

新苇登科又选秀，长条板凳任人抽。扒筋刮皮大堂过，只为争得主人留。

《打箔》：

架子支在西堤口，苇哥剥皮又断头。麻绳捆来又捆去，不愧白洋好身手。

《编篓子》：

谁家姑娘才十一，织得席篓与身齐。窝角锁边全都会，敢和妈妈比一比。

……

现在，哪里还看得到这些？

芦竹似芦非芦，又竹又芦。芦竹貌似粗秆大高粱，是芦苇中的落叶树，冬枯不死，春来茎叶自绿。我最初识芦竹在微山湖，铁道游击队的后裔——粗放的徐州与枣庄人，一连声叫它海苇子。微山湖大运河，济宁台儿庄，这一带凡行舟所到之处，皆芦苇芦竹满布，荷花接天盛开。并且，秋来也多肥美河鲜与"水八仙。"

去年，我们往济宁、济南更东的地方，去青州看古刻佛像。

青州旧属东夷，这里建有东夷文化广场，有海岱公园。"李清照故居"在市博物馆旁边下沉的湖荡里，半边临水，芦竹芦花荷花，垂柳蓼花桎柳花，簇拥环绕。芦竹取名海苇子，于此深有感触。是的，它从渤海之滨蔓延而来。

芦竹逸生于野外，喜欢湿润气候，现在则是各地公园造景的良材。芦竹开花晚，迟在白露前后。其花朝天开似高粱穗。每到中秋白露，我要跑到离家较远郑州东区的沉砂池一带，画芦花初放，那里遍植芦苇芦竹。近年来，城市加快建大小公园和绿地，芦竹风姿到处可见。与之相伴的花叶芦竹更入画，嫩金黄叶片秀美飘飘，间生着白色条纹，或许该称它斑马芦。哈哈！

芦苇是个大家族。除了高大上者，也有本色芦苇，乡人呼之芦草，它拉近了芦苇和杂草的距离。芦草不同于鹤立鸡群、高高在上的芦苇芦竹，不仅可以临河在湿地或滩涂上生长，还有任性生长于旱地甚至瓦砾之地的，和菅草白茅根交织一起，貌不惊人，系高不过二三尺的小芦苇。6月初，河畔收麦子的时候，大块麦田的地边地头，褐黄枯焦的麦子和青青芦草交织。人们提前割芦草，为麦收开道，将青嫩的芦草用机器打碎，撒到水里喂鱼。水面上一时唼喋有声，满塘涟漪。

某年夏秋之交，就是眼前这个时候，我在濒临马里亚纳海沟很近的塞班岛上，看海并沿着海滩海岸线尽情远足，椰子棕榈木麻黄大榕树南方菩提以外，还长着大片仙人掌和芦苇芦草。人在异乡很容易有出奇的思考，我想起来一个自己怀疑很久了的问题，——国人动辄喜欢考究某某东西包括植物，乃我国最早或者归我独有。而芦苇，还有柳树、杨树、橡栎、松杉等等，不少都是世界性植物，到处都有的呀。

2023 年 8 月 12 日于甘草居

两棵乌桕

　　人对植物的理解，似乎不及对人类自身和动物界。深秋红叶季来临，植物学家、化学家争说树叶变红的奥秘，不外乎说叶绿素、花青素在气温变化与阳光作用下互为转化的关系，年复一年地做一番科普。可是，同一种树木例如乌桕，在同一个地方，即使相距不远，为什么变红的节奏参差不齐、差距较大呢？

　　出了小区大门，向北仅一箭之遥的街口，北环绿廊里有一棵自生的乌桕正年轻，绿得很旺而变红迟，每年 11 月下旬才泛紫红，小雪节气过了都冷了，它红似一团天火暖洋洋的。当初，那个尉氏籍贯的环卫工人，中年人有点老相，他犹豫着要不要除去这陌生的，不请自来的小树苗，我几次给他讲乌桕的好，口吐莲花，说是变红了跟画一样好看。这棵乌桕侥幸得以生存。

　　此前，我们小区搞绿化，特意从外地弄来一棵长得秀美的大乌桕。

　　我熟悉乌桕，说来也是先入为主的。在豫南亲近乌桕前，因为写读书小品，就模仿周作人，他的《两株树》兼顾南北，专说

285

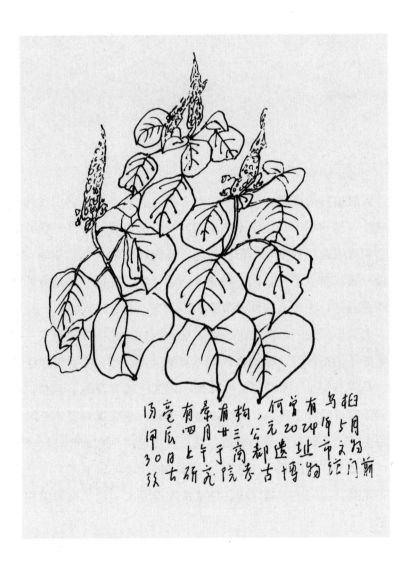

汤毫有桑有桐，何曾有乌桕
甲辰四月廿三公元2024年5月
30日上午于商都遗址市文物
致古研究院考古博物馆门前新

毛白杨和乌柏，我都读化了。鄂豫皖交界山区，大别山的红树以乌柏、枫香、漆树、柿树、黄楝树为主，上世纪 90 年代，失去实用价值的乌柏，树枝树冠因为过去打柏籽而致残，似莽汉一般纷纷叉手立于村头或田间，秋来红得斑斓。乌柏生虫少，6 月端阳节前后开花，初始细小似冬虫夏草，开大了松散了毛茸茸若狗尾草。冷不丁就结籽了。

乌柏雌雄同体，当初只有本院一棵乌柏孤零零的，它兀自开花，兀自结果。有意思的是，这乌柏开花开得很好，很晚才发现它会结籽。而刚好相反，它旁边的老皂角，每年早春落下一地黑紫带白粉霜、长短不齐的皂角来，就是不见它开花。皂角开花，与椁之花一色，青绿茸茸，皂角花带柄呈短穗状，谷雨、芒种之间开花。别的皂角，很容易见其开花，我院这一棵，直到这两年，终于让我看到它开花了。类似的怪异，书上哪里有？

周作人曾因掉书袋过分被人诟病。《南唐书·彭利用传》曰："利用对家人稚子，下逮奴隶，言必据书史，断言破句，以代常谈。俗谓之'掉书袋'。"电灯、电视机普及前，读书夫子需要点着柏籽油作成的蜡烛夜读，用掉书袋来证明自己学问渊博，或皮里阳秋，指桑骂槐，完全可以理解。现在呢，人们到处跑，天南海北，四处旅游、漫游，并且微信和小视频流行，再大把抄书状物说理，便不合时宜。对照《两株树》之古人叠床架屋说乌柏，我尝试作如下的现实补充——

同为卵形树叶或心形树叶，乌柏之叶不同于黄栌，每一片都圆得可爱而下面带了尖子，长长的尖子拖尾似蝌蚪甩尾。其叶之纹路脉络也独特，故而十分入画。郑州近黄河，乌桕和老资格的白杨树并排生长。早几天，为了检验乌桕变色早晚去了东风渠，一双大乌桕还浓绿，可有无数只白头鹎密密麻麻钻到树冠里啄食白色的桕籽。可怜的乌桕，这一刻像一袭华丽的绣袍爬满了虱子、跳蚤，远观像无雨而簌簌抖动的白杨——不似白杨，胜似白杨。

大乌桕红得早，每年霜降要应时变红的，可是这几年它红得迟了，仿佛变懒了。但红起来，红的鲜艳度还行。2003 年 10 月 25 日，霜降翌日，是癸未年的十月初一，送寒衣与寒衣节。这天我在日记里记乌桕——

乌桕红了！严格地说，到目前为止，这是我院唯一可以变红，又最能对应古典诗词咏秋红的乔木。它 2001 年从洛阳林校移植而来，树干高，秀美高挑的腰身，一点也没有耽搁就接着生长，连原本靠下一侧因旧地林密遮掩影响发育，略显缺失的那一部分，到去年秋天也差不多复原了（这里说复原，是指它在田野里无拘无束本该生长的模样）。相对于大院里郑州常见的杂树，这棵乌桕鹤立鸡群，是来自异地的稀客。但是，它像是一个有家教懂得世故而性情温顺、秀外慧中的新媳妇一样，没有过渡期就和大家打成一片。

乌桕在郑州很常见了，可如果你问一下本地人，就是上年纪的人，他们依旧不熟悉乌桕。你劳驾度娘问乌桕，说黄河以南可以生长。但 2012 年出版的《华东地区园林观赏树木》，曰乌桕之地理分布，在长江中下游流域及华南、西南地区。

　　江南文人多，历代不衰，文献里形成了话语霸权。读晚明小品和周作人，仿佛乌桕独盛于彼处。徐光启就说："乌桕最盛于江浙。"《群芳谱》言："江浙之人，凡高山大道溪边宅畔无不种。"古人坐井观天者多，就是徐霞客，潼关华山以西，北岳恒山以北，皆未至。但西岳华山，孟冬浅雪映红树，山脚多柿树，高山上有柏与枫。遗憾的是，我们在华山诗文里，罕见咏乌桕的。

　　乌桕从树叶变红的节奏看，差别的确大。同为郑州市区，有的立秋即见红叶，有的白露、秋分先红，满树变红；有的寒露、霜降变红；那棵自生的年轻乌桕，则立冬、小雪节气才红。好像演艺界，各呈其能全无雷同。知堂引《蓬窗续录》云："饶信间柏树冬初落叶，结子放蜡，每颗作十字裂，一丛有数颗，望之若梅花初绽，枝柯诘曲，多在野水乱石间，远近成林，真可作画。此与柿树俱称美荫，园圃植之最宜。"那我还拿我的多处观察来抬杠——乌桕并不是到叶红时才裂籽，不一定，不一律。往往青绿浓荫而簇籽开裂，仿佛棉花吐白棉。还有早早而脱光了树叶，中秋节就枯树着籽如花。

　　10年不止了！行道乌桕因气候变暖，从郑州北上，越过黄河而焦作、新乡、安阳，红到了豫冀边界。石楠、枇杷常青树，在冀南的绿道里都有了。

2023年11月1日于甘草居

零露瀼瀼 "城"有蔓草

冬来下不下雪，早雪迟雪先不用计较，但郑州市区的中心地带总是要到 12 月才能见到白霜落地。这霜下得真够迟的，与 10 月下旬霜降节气差了这么长时间呀？对的，这是城市的"热岛"效应所致。

郑州作为新兴国家中心城市，后来居上，得益于这些年城建规模大——老大大！新千年以来，轮番接力，一环又一环往外扩大。于是，大郑州北至邙岭花园口一线，南到荥阳与新郑，工业园区、航空港区和新的住宅区，糊了麻将牌似的在大河之南就地摊开，任你费力登高远望也望不到边。上古时期，两周时代的邻国与郑国，《诗经》明确记载的地方，被一网打尽，囊括无遗。而多年以来，气候暖化持续发酵，效应之一，表现在郑州市中心地带的落霜时间，往往迟于每年的初雪。

我说的中心城区，比市政公布的范围保守了些，指的是三环以内的地方，人口密集烟火盛，有沪语"老城厢"的意思。三环以内好比"雷池"，三环以外的新地盘，这里与郊区的边界呈犬牙交错状，例如那靠近黄河的惠济区，冬来落霜早一些。而黄河以北，老家焦作临着南太行浅山区，每年立冬前后，冬小麦才出嫩苗，一地青青，柿子没有够完夜间就会下霜。山区初霜时间，与地方志记录旧年的时令变化不大。

去年，我在院子里和小区周围初次见霜的时间最迟，是 12 月 28 日早上。郑州初雪和 12 月中旬大雪一场之后，好不容易才见到房前屋后下霜有白霜渍，虽然手有些冻，深呼吸一口清冽的空气挺开心。跨年那阵子，几乎天天落霜，有一天浓霜竟似雾凇一样。

元旦新年过了，1 月上旬，小寒节气翌日，早晨我和写诗的小友一起到北环以北的大道边看日出，料不到冬至来后的回头太阳，它无拘无束走得很快，近在眼前是偏东北方向，与我们观景的东西大道快要接近了。临水的小公园铺满白霜，鲜艳的南天竺红籽绿叶，与干枯的芦花组团朝上，一边则是羽衣甘蓝、三叶草、三色堇和角堇，就地组为花图案，映在晨曦的红光里，似披一层朦胧的白纱。太阳一露头朝阳照射，须臾而地霜化为水，结晶颗粒变成盈盈露珠闪亮，似乎眨巴着无数小眼睛。人从这里横斜走过，鞋与裤脚被露水打湿。

触景生情，不由得背诵起古诗来——《郑风·野有蔓草》："野有蔓草，零露漙兮……野有蔓草，零露瀼瀼。"当然，此地已非野地和农村。

四季有花，冬日摆花，郑州 20 多年来一直在尝试。开头是羽衣甘蓝、金盏菊、红莙荙菜；慢慢金盏菊被淘汰，最美的耐寒草花首推羽衣甘蓝和三色堇精巧搭配，大小反差醒目。羽衣甘蓝是食用甘蓝的园艺变种，叶片阔大呈大匙形，基生叶片紧密互生呈莲座状，叶片分光叶、皱叶、裂叶、波浪叶多种，外叶绿的层次有别，内叶叶色丰富，有黄、白、红、粉红、玫瑰红、紫红等等。羽衣甘蓝又名叶牡丹。直到2015年12月，郑州街头摆花开始放置美丽魔幻的三色堇。

三色堇与报春花，能否平顺越冬，取决于冷冻程度。今年冬天，12月中旬工人才栽下三色堇，不料大雪来了大冻一场，草花被冻化了。元旦一过，天气回暖，公园与路边花坛，重新栽一茬三色堇和角堇。选用三色堇纯是因为它洋气。借用复旦文友谈瀛洲方家的文章《养儿盆三色堇》，他如此状描，落笔生花：

三色堇，顾名思义就是每朵花上面都有三种颜色，通常是黄、紫、白。而它的花心中又有紫色或黑色的深色色块。它一共有五片花瓣，上面两瓣，中间两瓣，下面一瓣。这深色的色块，在上面的两片花瓣上没有，在中间的两片花瓣上，则形成两块"熊猫眼"的形状，在最下面的那片花瓣上，则形成一个倒过来的心形（有时是扇形），你也可以把它看成是两片面颊。所以，除了妈妈教我的"鬼脸儿"以外，它还有"猫儿脸""人面花"等俗名。（《新民晚报》）

羽衣甘蓝多种，倒是抗冻最有优势，历来越冬颇安然。三色堇和角堇开花，加上霜冻中的野草婆婆纳之小蓝花，组成俄罗斯套娃一样的奇妙花系列。

以往，郑州的元月比12月冷，数九寒天，杂树落叶而大地

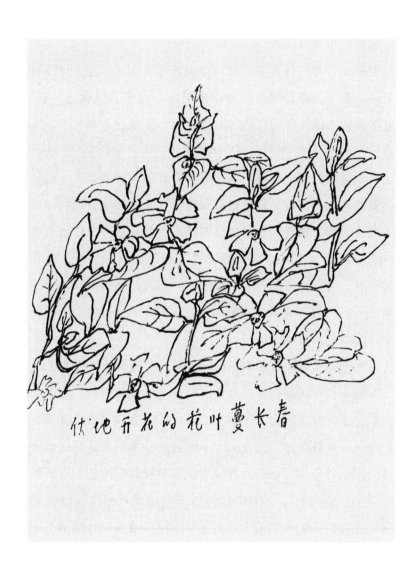

伏地开花的花叶蔓长春

上冻，一岁繁华归于朴素、简单。人在大街和城市主干道上望远，两边建筑仿佛被压缩，与分开的街道，呈一幅幅骨骼骨架形状，闹市也格外显豁。

今年元旦前后我再看，发现情况变了！金水大道和花园路、经三路，等等，路墙路篱不复疏朗瘦瘠，直视不再通透。刻下，处处墙篱边上或连环的口袋公园及花坛，常绿灌木和竹子，簇簇拥挤，它们与雪松、大女贞、香樟、广玉兰、枇杷、石楠、桂花、八角金盘搭配，诸绿上下呼应，大道不再萧索萧条，而是鼓鼓囊囊的。八角金盘，最早我是在昆明和长沙等地看到的，后来去上海、苏州看梅花，也发现高架路下面开始栽种。郑州有八角金盘，不到 10 年时间，但它落地生根开花好，可惜有人将它错识为蓖麻。目前竹子品种多，粗细高低都有，城市扮绿，竹子是主角之一。一如《卫风·淇奥》："瞻彼淇奥，绿竹猗猗……瞻彼淇奥，绿竹如箦。"

原来吧，郑州地栽灌木绿植，只是大黄杨和小叶女贞、铺地柏。本世纪初，江南的金叶女贞、瓜子杨陆续被引种。冬天寒冷的天数少了，城市绿化美化加大力度，日本女贞、珍珠女贞；茶梅、山茶，火棘枸骨，猛地扩大了绿篱的品种。大黄杨是老资格冬绿的角色，冬深了，它由青绿变成浅绿发黄的淡色。瓜子杨秀美，是个"变色龙"，随着冬冻与解冻的节奏，它由青绿而变棕紫棕红，再由棕色重新转为绿黄青绿油绿。茶梅，开花落花，是一片片落花；山茶的花却是成朵的坠落。还有几种四季茶花，郑州也有了。

翠芦莉，又名蓝花草。花叶蔓长春和洒金珊瑚即花叶青木，露天生长很随意了。扶芳藤、络石、常春藤、攀缘卫矛、花叶卫矛，这个家族自然生长也在扩员。花叶蔓长春，除了冬天，其他时节续续断断，不停开花。络石在布满青苔的树干上，攀缘生长，一铺一挂的。地面上动不动厚密长一层，似爬满了花生秧。络石开小白花，是风车茉莉的缩小版。酷似《周南·樛木》："南有樛木，葛藟累之……南有樛木，葛藟萦之。"

郑州爆发式的植绿，品类十分丰富，气候暖化是主要原因。同时，秋冬降雨缓解干旱，雨雪湿润，是常绿植物冬季生长的重要条件。欧洲，尤其是北欧，冬天白雪茫茫，但常春藤、扶芳藤和紫阳花绣球，随处可见。眼下，郑州的公园和庭院里也是了。冬天，小区及校园里靠墙的地带和林缘湿地，处处青苔满布。老树大树的树干上也是厚绿的青苔。曾在重庆磁器口老镇的庭院里，与主人喝茶聊天摆龙门阵，那里有高大的白兰花叫缅桂花。主人说，树上青苔，地上青苔，这就是咱家养兰花栽种缅桂花的条件——气候湿润。郑州赶不上重庆，可是，气候分明在不停变化。2023年，常春藤初秋生了花蕾，逐渐看见它高处开花，这不寻常。何首乌，不仅冬天与枸杞一样常绿生长，而且，5月与10月，它竟然两次开花。一般只是单季花秋深开花。

奇异的发现说不完。南方的白花鬼针草、鸡屎藤，和草胡椒、胜红蓟联袂出现后，连带效应，2023年夏秋，我又分别发现了南方地草雾水葛，湿地之野生风车草，攀缘则有虎杖、木防己等等，一连串之前不曾见过的植物。梅花完全适应了大河两岸生长，不用多说。好几处栽植的聚八仙琼花，基本上四季常绿，不仅春天开花，秋冬亦花。靠我家近的一株，每年春节还开好花。而市区的绿荫公园，门口特地引栽了南粤的红千层，两三年了，还年年开花红艳艳。

气候暖化连年"最热"，中原气候失调，花草花木失序，杭州、汴州错位，"花到岭南无月令"了！

中国国家气候中心已经确认，2023 年是最热一年。

联合国秘书长安东尼奥·古特雷斯，之前愤激地说，持续气候暖化，全球变暖的时代已经结束，全球"沸腾"的时代已经到来。他呼吁，我们必须立即采取重大的气候行动。

2023 年公认最热，算是"沸腾时代"元年。

1 月上旬，欧盟哥白尼气候变化服务局宣布说，2023 年是地球有记录以来最热的一年，而且很可能是过去 10 万年里最热的年份。它的负责人卡洛·布翁滕波说："从气候方面来看，这是非常特殊的一年……即使与其他异常温暖的年份相比，也是独一无二的。"

布翁滕波说，在对照树木年轮和冰芯等反映古气候信息的证据后，科学家认为，2023 年很可能也是过去 10 万年中最热的一年。与 1850—1900 年工业化前时期相比，2023 年全球平均温度升高了 1.48℃。

虽然目前全球升温幅度尚未突破 1.5℃，但是，2023 年的气温有近一半时间超过了这一水平，创造了"可怕的先例"。2023年全球气温，比上一个最热年份——2016年显著偏高了0.17℃。（《参考消息》1月11日）

2024年元月13日于甘草居

地上草花翻波浪

从惊蛰至小满,公历 3 月到 5 月,这两个多月的时间很紧凑,为一岁间冬与春和夏之过渡。那树木和地上的野草花轮番上演真热闹,开花落花,起伏无定。

立春并非春来。实事求是地说,3 月开头之惊蛰,在大河两岸还没到春天,气象意义的春天还要等。可就是这个阶段是关键,老话说的"龙抬头",由此开始看自然便很有看头——杂树中的落叶树,由枯树而发芽开花,到绿叶绿满;灌木绿篱,大体也随着乔木小乔木的律动变化。常青的绿篱如大黄杨和瓜子杨、箬竹、铺地柏、红石楠、日本女贞,等等,它们比落叶的树篱金女贞、小叶冬青、红叶小檗,随着地气上升回色,明暗不同若"变色龙",逐渐脱去冬寒的褐红与棕紫变成青绿翠绿,末了如泼了一层绿漆似的,故而更富有观赏性。

但与公式化的树篱演变,跳集体舞般大起大落不同,更加奔放和不受拘束的是这时节地草开花的随性与不羁。由于不规则,颇有点诡谲和出人意料,常常给人惊喜。

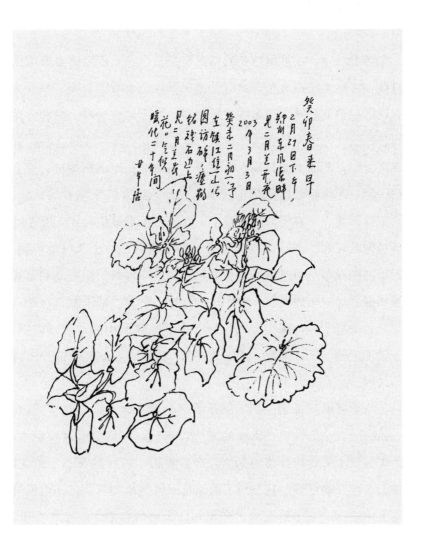

　　我说的地草，可以是人工草坪，也可以是裸露土地的杂草；可以在庄稼地和庭院地、林下地，也可以是它们之间的边缘隙地。

　　春节之后，正月里越冬的草皮还是枯白色，若经露水或细雨打湿，才略微泛点金黄。这时，第一可观的要数野草婆婆纳，也有叫阿拉伯婆婆纳。土名呼之野芫荽，属于冬性杂草。它和麦苗同步，头一年的深秋在向阳的地方就会开花，却往往被忽视。而春来再生，地面上尤其临水的地方，婆婆纳先绿占满地皮，好太阳一照，小眼睛似的蓝花花就随风而开，给人带来早春的欢欣。它不停开花，一直到清明节过了，农家种瓜点豆的时候，婆婆纳袅袅伸腰长高了还开花，这时与最早贴地而开的小花风姿不同。人工的红花草与白车轴草，春分后开花也很可观，但不能和婆婆纳相提并论，略逊风骚。《周南·芣苢》中的"采采芣苢，薄言采之。采采芣苢，薄言有之"，《召南·采蘩》中的"于以采蘩，于沼于沚……于以采蘩，于涧之中"，婆婆纳天生就是这种古诗的风度。

　　与婆婆纳开花错一拍，早开堇菜和紫花地丁，小花蓝紫色，一团一簇亦令人惊艳。离我的家门口不远，东风渠边绿柳绿水，河堤斜坡上多是挖野菜的姑女，穿着打扮很花，越花越不嫌花。她们在遍开婆婆纳、紫花地丁的绿草间挑荠菜和苦菜，一边说笑着大声喧哗。空中是斑鸠、乌鸫和白头鹎的合唱。今年3月里，我第一次发现了新的堇菜花是小白花。由于城市植绿造绿地，从不同地方运来带土的花草，于是不曾见过的如戟叶堇菜开白花，忽然就有了。猛一看，我还当是通泉草或点地梅呢。

《美国山川风物四记》，是自然文学作家艾温·威·蒂尔的名著。开卷之《春满北国》写各地草花美丽，无奇不有。其第10"秧鹤河"——

我手表的两根针……就在那一刹那，3 月 21 日上午 6 时 13 分 22 秒，太阳的中心正好对着赤道。春分已到，昼夜等长。北美洲大陆的春季正式开始。

……在 3 月 21 日这天，我们越过了一条节序的界限，心理上的赤道。这时的春天是名实相符的春天了。

交织在我们春季第一天回忆里的是秧鹤的啼声。无论我们在沿河的哪条小径上行走，那种幽远粗野的悲号总在林中回响……这种啼声一路伴我们同行，行过沙白如盐的小蚁丘、林间棕土上遍地的紫荆花瓣、灰绿色的松萝凤梨落缕，还有如毯的棕黄色栎叶。

而在其第18"幽谷瑶草"里，他继续状描春天的野花——

我们离开达克敦死地的直线距离只有 120 英里，却好像已相隔半个世界，对照太鲜明了。

这天下午，我们驶经一条尘埃漫漫的路，又步行经过一些树干银白色的山毛榉、春飞蓬、堇菜和棉茎繁缕等，来到一个柔美的山谷……幽谷的两壁陡峭，有如一本只略略翻开的书，又俨如两座倾斜的花园，从顶到底都开满了无数蜡质的粉红和白色的延龄草花。花的颜色随时日变换，其中有一种初开时是雪白的，稍后变成粉红，在凋谢以前又变成深紫。我们对这个幽谷最初和最深的印象就是两边斜壁上的延龄草花幕。

但其间也还有别的花，如獐耳细辛、楼斗菜，兜状荷包牡丹、美洲血根草、杓兰、春美草、五叶银莲花——这些名字只需一提，便能让人感受到这肥沃林地的景象和气味。

半个世纪以前，约翰·缪尔曾想在他童年生活的威斯康星的农场买一片草原地作为白头翁花的保护区，使后代的人得以窥见垦荒时代的景物。他的志愿没有完成，但后来陆续有人实现了缪尔的理想。这些人致力于在全国各地保护具有代表性的地区，作出了无价的贡献。各种鸟类与野花，以及其栖息地与生产地都可能因为得不到保护而消亡。自然保护主义者越来越意识到建立这些"典型生物样本"小保护区的重要性。

请看，在这位美国作家眼里，春天的草花野草花是具有独立观赏价值的，认真欣赏这自然的美景就是了，而无须与别的东西比附和联系。作为同是大自然产物的人，人类用尊敬的目光，心怀感激看花就是了。

在他之前，时间是1855年，也有人细致且繁复记录异地的草花野草花。

那年，俄国人马克以"科考"为名远行，最后写出一部《黑龙江旅行记》。这一途，他也细致观察各地草木和野花，同样元气十足。受"俄国皇家地理学会西伯利亚分会"派遣，4月8日，他带队从伊尔库茨克出发，经外贝加尔地区向东远行。

5月10日，进入石勒喀河河谷，"眼前是一片湖沼密布、向外展延得很远的沼泽草地。从这里，我们看见了坐落在前方左岸上的石勒喀工厂。途经树林时，我们看见了黑啄木鸟和花尾榛鸡，而在湖泊上面，数不胜数的海鸥正在游来游去……"

他们开始打鸟——

对野雁的连续射击，使这群可怜的鸟儿更为慌乱，耽到傍晚，石勒喀上空连一只野雁也没有了。

在石勒喀工厂停留期间，我每天都到近郊一带去，有时登上构成左岸的高地，有时深入沿右岸伸延数俄里的低地。高地上的桦树和落叶松以及生长在石勒喀河及其支流河岸上的柳树和稠李，已经披上了美丽的鲜嫩绿叶。高地上有些地方斑叶堇菜、高山罂粟、条叶庭荠、毛点地梅、莓叶委陵菜、金腰子、北方虎耳草等均已开花；而石勒喀河右岸低地，特别在恰尔布恰河河谷，遍地都是驴蹄草、亚平宁侧金盏花兴安变种、细叶石芥花。冷风不断刮来，加上数日前又落了一场雪，因此春天的影响在这里还不那么显著。

许多植物，如兴安杜鹃、生长在岩石上的长距耧斗菜和鸢尾，在去年这个时候已经鲜花盛开，但现在它们却刚刚开始开花。据盖斯特菲德讲，蓝荆子的美丽的花朵，去年这个时候已遮蔽了所有悬崖。在这里打落的鸟儿有：黄鹡鸰、白脸鹡鸰、黑喉石、黄胸鹀、白头鹀等，还有黄腰柳莺、扁尾沙锥和几种鹬类鸟。

灰喜鹊，当时尚属珍禽。也是石勒喀河流域，"在这里生长着柳树和稠李的岛屿上，我们突然听到灰喜鹊的清脆叫声，于是立即划船赶往叫声传来的地方，以便打下这种稀奇的鸟儿，这种鸟儿在我们的搜集品中还嫌太少。"

5月17日，他们越过边境，进入到黑龙江内河地区。俄国人称黑龙江为阿穆尔河。

5月20日，来到了今天漠河与额尔古纳市交界的石韦地带。这儿地处额尔古纳河流域，每到一处，在不同族群居住地，他们不放过任何接触当地人的机会，在各个村寨和居住点，要么作画临摹原住民的栖息处，要么包括用交换方式，获取当地人大量的衣饰物品和生产生活工具，作为重要的"民族学实物"。此行漫长，直到翌年1月16日，"经过九个月的旅行，我们平安地返抵伊尔库茨克"。

不同季节，地域不同，马克一行观察的植被也各不相同。他们对草木野花，看到遇到如获至宝。例如这天的记录如下——

岩石嶙峋的岸坡附近，除一些黑桦外，还生长着山杨树和稠李树，有些地方还生长着已经凋谢的多节的达斡尔榆。阴暗潮湿的峡谷里边，经常可以见到黑醋栗和某些开花的绣线菊。我在覆被一层薄黑土的缓坡上看见稀花米口袋、多茎野豌豆和矮香豌豆，还看见掌叶堇菜、单花鸢尾、芍药、老鹳草、蒿、瓦松、舞鹤草以及其他植物，其中有些已经含苞待放，而另一些却刚刚开始披上新叶。等到标本员富尔曼与我们会合后，我们立即继续航行。

在一条名为阿马扎尔河，也是黑龙江的源流之一，他这样记述：

这条河，又称大格尔必奇河，即是《中俄尼布楚议界条约》（1689年）提到的那条河，根据那一和约，这条河本该成为俄中之间的真正边界。

诸如此类，书里比比皆是。马克于此等同于威尔逊那样的植物猎人，或者是斯坦因那样的盗宝人。

不同的地方和节气，草花野草花品种不同。隔着一条黄河，南太行我的老家与郑州相比，是另一番春日景象——

经历多年的气候暖化与城乡一体化，山区的植物改变明显了，梅花、竹子、银杏、红槐花，木槿和紫薇，已经是大小聚落里的寻常树木。过去农田油菜花极零星，今年清明节，山地绿得发黑的麦苗少了，更多是黄烂烂的油菜花。坟地的野草花，有红花紫堇、蒲公英、夏至草、泥灰棵、荠菜花、播娘蒿等等。荠菜细白花混合着米蒿细黄花和高而招摇的油菜花，抱团开得很灿烂。在麦苗衬映中，大山山岭也泛青了，与村子只隔着一条黄土沟壑的东坡，山麓有柳树半匀黄。太行无茶，但嫩柳如绿雾，似乎是土地神朝天吐了一口又一口饱含新茶雨前茶的水雾。柳与杂树错落之间，还有水红色荷花红的桃花，金黄蔓延的连翘花。临着深沟的土塄边，酸枣黄荆野皂角发芽出小绿叶，就它们还保持着家山的原生态。人家家门口，两种"鬼见愁"——丝棉木和卫矛，前者先绿而绿叶满挂，后者则先出花蕾。去年"十月一"，我首次见到这棵灌木卫矛结比枸杞还小的红果子。丝棉木，山西陵川人叫它"四季梅"的。

柿子树由于秋来柿子不好卖，村人开始陆续出售柿子树，被移栽到山外南水北调绕山远上的绿化带里。村里原生的椿楝杨桐，因为木材没用了被陆续淘汰中。家具买现成的，盖房子是水泥结构，屋顶彩钢瓦。为了美化环境，有人甚至栽了悬铃木。花喜鹊、灰喜鹊和红嘴蓝鹊，大胆飞行掠过人头。有花喜鹊衔着树枝高飞，飞上树头加固老巢。红嘴蓝鹊矫情放声叫，后音"嘀哩哩"拉得很长。而锐利声音的灰喜鹊一群群似无人机小队，专门缠人。我们依次往坟头上压纸摆供品，由北向南，好一会儿才来到父母面前，而后边老祖爷墓头的供品——香蕉、红苹果、鸡蛋糕，灰喜鹊专拣晶晶红的大苹果，下嘴争叼苹果肉。三下五除二，旋刀一样，就吃尽了苹果肉，将苹果皮似半个小碗一样留下。吃过苹果轮到鸡蛋糕，香蕉最后。花喜鹊土名叫马尾（衣）雀（翘），灰喜鹊叫灰麻儿，红嘴蓝鹊才来到没几年，还没有土名。

清明时节，珍珠斑鸠亢鸣，在山谷里回响。珍珠斑鸠的声音如哭如诉，往往被误为布谷鸟叫。而布谷鸟每年到达郑州的时间，在 5 月 12 日左右，它不受天气冷暖限制。不似燕子，有时清明来，有时春分来。"玄鸟司分"，在黄河中下游分界之南北两岸地区，特征不明显。例如，今年春来迟，燕子是春分之后看见的。清明节前夕，山里我大哥的屋檐下，燕子才刚刚回来。

2024 年 4 月 8 日于甘草居

凌霄花，"芸其黄矣"

　　从去年 5 月到今年 5 月，厄尔尼诺兴风作浪一整年，致全球气候暖化上了一个危险的新台阶。

　　说"沸腾时代"不无激愤，可大河两岸夏收的时间，分明是提前了。河南今年，从 5 月 24 日到 6 月 7 日，半个月时间全省麦收就全部结束；而去年是 6 月 12 日结束。气候暖化的恶劣性、破坏性还表现为"极端气候"频频，令人摸不着头脑——去年 5 月下旬 6 月开头，河南麦收遭遇罕见"烂场雨"，阴雨连绵 10 多天，饱满的麦穗就地发霉了；这个 6 月，则是高温热浪伴随重度干旱，老天越发肆无忌惮。明知道现在和古代不同，人站在黄河大堤上北望田畴，我和朋友把几乎遗忘的歌谣，如《水浒传》里的"赤日炎炎似火烧，野田禾稻半枯焦。农夫心内如汤煮，公子王孙把扇摇"，又重新拼凑吟诵。

　　以上算是过门，甘草居老生常谈是花木花草。

　　这些年，郑州地区从梅花牡丹、月季楝花，各样花卉似乎都开早了。水涨船高，凌霄花自然也不甘人后——

307

2022 年 5 月 10 日见花；

2023 年 5 月 12 日见花；

而今年 5 月 8 日，甘草居隔窗见到凌霄和仙人掌一同开花。索性翻一翻花木流水账比较过往，2003 年 6 月 7 日《看草》记录："东墙上和大门口的凌霄一起开花了。成簇的细喇叭状新花层层斜坠，为母体绿色藤蔓平添飞动之势。"

现在花开的时间，几乎提前了一个月！凌霄花开和布谷鸟归来同步，麦收之前花就开了。

我常年观察草木，欣赏草木，享受草木，写之画之，对于这热烈又喧哗的凌霄花，岂能放过。我并无另当画家的野心，我的画与我的文字一体，二者不隔。纯用墨线来画，清一色的难度在于花朵及簇花容易被密实的叶子淹没。我也尝试过用粗笔画花，细笔画叶，效果则不伦不类挺尴尬。

2008 年 6 月 8 日早上，天朗气清，我对着东墙画凌霄开花，尝试在平面用装饰性手法来表现它。徐徐画满一纸，略微觉得有点新意，但差距还远。那一段正好读黑塞，遂引用他作画的一段文字，题为"作画"为自己作跋——

　　画纸稍干后，我在草地上将画摊开，立刻看出自己仍没调好颜色。失败了。只有别墅层檐下的阴影画得很美，它高贵地向天空伸展，很符合我的理想，即使没有钴蓝也完成了……啊，没有才华就没有艺术！不论别人怎么说，能力、潜力以及些许的幸运，才是艺术的关键。我常自以为是，甚至主张，一个人有没有才华、技艺是否精湛并不重要，重要的是他是否真有内涵，以及他想借由艺术表达些什么。

我真是愚蠢……艾兴多夫算不上大思想家，雷诺阿也不是特别有深度或才华横溢的人，然而，他们胜任自己的工作，且言之有物，不论多或少，至少他们完全表达了自己的想法。若是没有这样的能力，那么将笔丢掉吧！或者，继续努力，一次又一次，绝不气馁，毕竟有志者事竟成。

黑塞他面对自然作画，通过色彩的运用和光影变化，表达自己深邃丰富的内心世界，审美标准高。和黑塞的粉画、水彩画相比，我的花木小品，既不是博物画和标本的翻版，也不是纯粹的白描与速写。但我有意识地和专业的植物插画拉开距离，运笔中默记国画的白描与写意。例如，我画春天的荠菜抽薹开花，一棵挨一棵疏密有致，下意识联想到巩义石窟中的《帝后礼佛图》。而当年这一纸凌霄花，是借鉴黄筌的《写生珍禽图》。假如作家状物写景，也独属于自己的感动和波动，我的草木描画，那曲挠有致的线条，当是我写作时的心电图波纹跳动。

暮春紫藤花，夏秋凌霄花。凌霄比紫藤花期长，两种藤花乃大河两岸藤花双骄。除了庭院装饰，紫藤即藤萝野生者也多，紫薇也野生，而凌霄花，我似乎还没有见过野外自生的。但凌霄花十分古老！

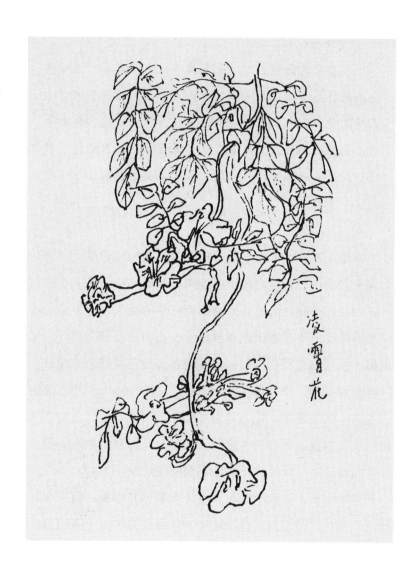

凌霄花

《诗经·小雅·苕之华》——

　　苕之华，芸其黄矣。心之忧矣，维其伤矣。

　　苕之华，其叶青青。知我如此，不如无生。

　　牂羊坟首，三星在罶。人可以食，鲜可以饱。

此乃上古饥馑之年之旷世哀歌！

大灾之年，地上只有凌霄花不管不顾开得好，人畜都要饿死了！

羊可以吃的东西都没有了，人还能吃什么呢？

人吃人的惨剧到处发生，这样的日子能支持多久呢？

诸多的《诗经》白话，已故河南大学华锋先生领衔撰著的《诗经诠译》，这几句译得最贴实："母羊身瘦大头脑，鱼篓空空星光耀。饥荒之年人食人，人瘦无肉吃不饱！"我觉得这样说浅显易懂，道出了歌者本义。但是，也有学者善意回避"吃人"，担心中了"丑陋的中国人"这个蛊。

端阳节凌霄花葳蕤盛开，与金针和萱草花绽放相逢，也与老人给小儿女系五彩线，用朱砂点布老虎辟邪的风习相逢。萱草花是红金针，金针花有纯黄色品种。布老虎是黄色，虎皮黄，朱砂则一点红。

仔细看凌霄花，它的颜色是金针红和朱砂红。郑州的凌霄花，有金红和深紫红两种颜色。而新来的非洲凌霄是粉紫色。从诗曰苕之华写开，《尔雅》曰苕，开两种颜色的花，还有开白花

311

的。苕，又名陵苕、凌霄和紫葳。《史记·赵世家》："美人荧荧兮，颜若苕之荣。"王粲《七释》："红颜熙曜，晔若苕荣。西施之畴，莫之与呈。"杨慎《芳兰引》咏句："南国美人东家子，若英华彩苕荣比。"

看！黄色与金橙色色度在变化中。《诗经·小雅·苕之华》："苕之华，芸其黄矣。"又《诗经·小雅·裳裳者华》："裳裳者华，芸其黄矣。"毛传"芸黄，盛也"。孔颖达疏"芸是黄盛之状"。王引之曰"芸其黄矣，言其盛，非言其衰"。

"扬州八怪"之汪士慎诗咏凌霄。其中《画凌霄花歌》："……草堂六月凉，满院松风香。举头听松瀑，累累藤花黄。藤花黄，我鬓苍，一年一对花芬芳。不道种花人易老，却愁树木老大挠风摧折难于保。何如写入图画中，笔墨流传颜色好。"

而明代高濂，写《遵生八笺》者，他咏凌霄《春从天上来》，其句"看荧荧。朱华烘日，绿蔓凌霄"。

原来是这样！

立夏才过，凌霄开花。凌霄花领跑夏天的树木之花，不畏酷暑风雨，一遍遍开花。直到寒露、重阳过了，仍有残花伴着菊花开放。从5月到11月，凌霄和木槿、紫薇、合欢、夹竹桃同放花朵朵，盛大的花季，似乎是在凌霄花领舞中一波又一波开放的。廿四番花信风，原本就是有两个版本的。梁元帝《纂要》："二十四番花信，一月两番花信，阴阳寒暖各随其时。"打头是鹅儿、木兰，殿后乃山茶、瑞香。故而芒种送花神一说，有方家指出是曹雪芹为林妹妹的一场杜撰。

的确，夏日的花木花草，野草花、蔬菜花、水上花、树上花、灌木花，林林总总，五彩缤纷，完全不输于春花。年复一年看花、赏花、画花，我被凌霄花给征服且迷住了。甘草居东墙上，5月上旬凌霄发花，直到6月夏至过了，头茬花才间歇，然后继续开。一边开花，一边落花，像过年放火鞭似的。凌霄花独领风骚。凌霄开花，上接下引，相当于社火队伍之抢眼的"伞头"。

凌霄花开在麦收前，凋零花谢于秋收之后，阅历比诸花广大，见证麦子、玉米两季收获，很独特。

周瘦鹃之《拈花集》有《凌霄百尺英》一文，他引述《花镜》说凌霄："凌霄花虽说善于依附，一定要靠别的树攀援而上，然而也有挺然独立的。宋代富郑公所在洛阳的园圃里，有一株凌霄，竟然无所依附而夭矫直上，高四丈，围三尺余，花开时，其大如杯……"

特别精彩的是他把苏东坡咏凌霄花的引言重新标点，焕然一新。那苏东坡与凌霄花的掌故如下——

宋代西湖藏春坞门前，有古松二株，都有凌霄花攀附其上，诗僧清顺惯常在松下作午睡。那时苏东坡正作郡守，有一天屏去骑从，单身来访，恰好松风谡谡，吹落不少花朵，清顺就指着落花索句。东坡为作《木兰花》词云：

双龙对起，白甲苍髯烟雨里。疏影微香，下有幽人昼梦长。湖风清软，双鹊飞来争噪晚。翠飐红轻，时堕凌霄百尺英。

这凌霄花啊，太幸运了！

2024 年 6 月 20 日于甘草居。甲辰夏至前。

杜瓜在别处

·

　　看到褚半农先生说沪上土物与方言的文章，栝楼的小名叫杜瓜，文图并茂很亲切（《杜瓜：长在沪地的〈诗经〉植物》，刊2024年8月28日《文汇报·笔会》）。仿佛我熟悉的一位老同学或好友，居然不知道它有另外一副面孔。豫北南太行一带，自己从小就熟悉的栝楼，土名壳蒌蛋是它的果实，根如山药，叫天花粉。而它在江南，还有个别名正儿八经的叫杜瓜。

　　想想也不稀罕，因为同物异名和同名异物的例子不胜枚举。褚先生说六七十年前，杜瓜在上海就罕见了。这厢，南太行和郑州，大河两岸栝楼蔓延不断颇常见，刻下依然。我从记事起就认识瓜蒌，"文革"时期在山区上学，课外割草喂猪喂牲口，也弄药材卖给供销社。不仅摘壳蒌蛋，我还亲自刨过天花粉。

　　栝楼和马兜铃、芄兰，都是扯秧植物，唯独栝楼根曰天花粉长而肥大，可以卖钱。如果它长在半坡上或庄稼地的地头，你无法采取地下的天花粉，它扎根很深奈何不得它。至今还令我兴奋不已的，是我发现一棵栝楼长在梯田的石头塄上，这它没跑了！

我叫来二哥，俩人先把石头塄扒开一个口，再用镢头顺势往下刨，费力不算大，而一个二尺多长的天花粉就被我们俘获了！模样似山药，也似黄皮藕。当然，为自己卖钱刨天花粉而拆毁梯田的石头塄是要受责备的。但这也是"茗烟闹学堂"的一个翻版。

我小时候豫北还闹过饥荒，饥不择食，老辈人带头什么都吃过，柿糠、红薯秧、杨树叶挨着吃，然而却没有人打壳蒌蛋与天花粉的主意。周王的《救荒本草》和李时珍《本草纲目》里传输的栝楼可食用的经验，在我的老家全然不存在。现在人时兴食野，野菜野果逮住啥吃啥，川黔的扎耳根都有人爱上了，可是，没有人尝试栝楼这司空见惯的野草药材。

直到退休之后，2020 年 9 月去皖南再登高，我从黄山下来，由太平沿着青弋江过泾县走皖南的"小川藏线"。途中休息的时候，发现河边草皮里开盈盈小粉花，似麦冬书带草的花，可花色是粉红的。用软件识别，知道它是绵枣之花。我老家过去也是有绵枣的。与此同时，看到一畦畦的丝瓜在架子上开好花，还有开白色且淡淡发黄的瓜蒌花，葡萄架一样开花结果吊着清一色的壳蒌蛋。但凡不认识的我必然要问，这才知道壳蒌蛋在此曰吊瓜，吊瓜子是炒瓜子的上佳，西瓜子和南瓜子均不及吊瓜子。安徽有个"瓜子大王"年广九，他的连锁店里必有炒吊瓜子。

我在新县两年，豫皖交界之大别山里农家种打瓜，貌似麒麟瓜，绿皮花纹，是取瓜子用的。小粒瓜子比甜瓜子大不多，有黑色与红色两种，炒吃极香。我模仿丰子恺的小品，写过一篇新县的吃食，其中打瓜瓜子的特色，袭用了丰先生的俏皮话。那里的

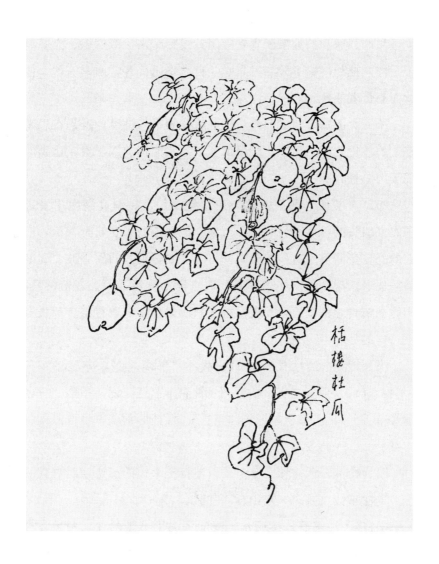

油栗子比橡子大不了多少，是灌木而非树木果实。萧红忆鲁迅，冬天的雨夜，夫子吃零食吃吊在窗户外的一筐风干荸荠。许先生说很甜的。新县的油栗子煮熟后用针线穿起来，似辣椒、大蒜辫子一样，挂到房檐下等到过年吃，自己吃也待客，回锅一炒，糯软而甜带着油性。

那一次由皖南到了上海，住下后我的第一件事，就是在思南路上的炒货店问吊瓜子，买吊瓜子。果然比别的瓜子贵，比别的瓜子肉厚且香。

2021年夏天，我们去湖南访友登南岳，在洞庭湖南岸发现了农家墙头的薜荔和壳蒌蛋。当地人把栝楼的果实叫野苦瓜，嫩青的壳蒌蛋摘下来直接炒菜吃。写《暴风骤雨》的周立波，湖南益阳他老家现在是网红"打卡"地，我也看到了人工栽植栝楼。干脆在植物志里搜检，发现栝楼在东北亚和东南亚有很多，且有不一样的品种。

缘《诗经》给栝楼有原始记载："果赢之实，亦施于宇。"《尔雅》曰："果赢之实，栝楼。"《神农本草经》说，栝楼"一名地楼"。而《吕氏春秋》记作"王善"。栝楼的别名，足可以抄一张纸。

因为杜瓜、栝楼和壳蒌蛋，由不得把手边的《诗经》再翻一翻，这次重读《豳风·东山》，我的认识升华了——

《诗经》注解有许多版本，我随手的用书是两种，一是袁梅先生的《诗经译注》，齐鲁书社1985年的初版本，和现在中州古籍出版社的修订再版本。另一个，是河南大学已故的华峰先生领衔注释的《诗经诠释》，1997 年初版，2000 年重印，现在修订为大开本，印了好多次。华峰是华钟彦的公子，而华钟彦曾师从高亨和钱玄同。《豳风·东山》这首诗，到底主题思想是什么？袁梅说是反抗的，征人吐槽奴隶主的不合理战争。"表达了古代人民对奴隶主阶级发动非正义战争的抗议"。华峰先生更直白，曰："这是一首反战诗篇……曹操《苦寒行》有'悲彼东山诗，悠悠令我哀'，可谓深领本诗之旨意了。"

华峰说得更确切更好。

2024 年 9 月 5 日于甘草居，秋热犹炽

带着《诗经》看秋收

光阴似箭不假。六一那天，我们在花园口黄河大桥北面原阳地界的刘庵村才看的麦收，转眼国庆节，大河两岸正遍地秋收。

机器收麦，机器耕地；机器收玉米，机器磨碎玉米秸秆将秸秆还田；机器收花生，机器脱花生果，机器粉碎花生秧用作饲料；机器获稻，机器播种……茫茫大平原一望无际，一统天下满眼是机器纵横奔驰作业。远观机器收割，四下狼烟动地；近看机器耕地，湿润的土花似浪花翻卷。壮阔浩大的秋收携着果实和新粮的芬芳，机器翻腾开土地腹部冒出泥土的气息——大地与人的交融若汉画石刻里伏羲女娲纠缠，这时臻于完美统一！

是呀！论色彩斑斓，秋收比夏收丰富多彩。秋天多色调，加上立体的秋收，地上地下果实累累，秋的波浪浪打浪美景无边。日益加速的城市化纵然使田野远离市人远离社区，但每到农忙和三秋大忙时节，仿佛是一种"魔怔"，我必定要在这时候不顾一切往田野深处跑，似野马脱缰一般。这几年吧——

2021年国庆过后，我随李佩甫大兄和清平一道去郏县和平

320

顶山看秋收。这一带是十五国风起头的地方，《周南·汝坟》说："遵彼汝坟，伐其条枚。未见君子，怒如调饥"。我们和当地友人共谒"三苏坟"，踏访临沣寨，在伏牛山与汝水交织的地方看天色看树色看土地颜色看日落日出，怀古观今，听佩甫大兄说此地当年。寒露重阳过了，偶有雁阵北上，可天气静稳不寒凉。谈及农时和种麦，老县长说，气候暖化持续，我们也在跟进变化。"寒露种高山，霜降种平原。""秋分种麦正应时"，人老几辈子的老皇历改了。

2022年10月9日，又和冯杰、马达等人同行，过河去卫辉市为冯杰的新书《鲤鱼拐弯》首发助威。这里是卫风和邶风歌咏之地，背依南太行之大拐弯，面朝簸箕状的黄淮海大平原，京广铁路和京港澳高速公路、国道107和南水北调中线大渠紧贴着穿境而过。谈过文学话家常，我问地方官风俗与种麦时间，他说这些年推迟靠后了，一般都在10月半之后。麦无二旺，早了不行呀。

2023年国庆小长假过后去周口黄泛区，这是陈风之地。寒露别说种麦了，一世界辣椒、红高粱此时还没有收获，种麦或在10月底。淮阳龙湖边，荷花谢了而桂花盛开，大小环道临着村镇，农家收获的金色玉米就地铺着连绵不断头，还有人挑着晾晒新割的大豆棵。

这个寒露（2024年），秋霾夹着细雨，我和磊超小友北向而走得更远一些。豫北北中原，从卫风、邶风远至鄘风地界。滑县和延津的大田玉米收过了，家家户户在忙花生——门前晒着花生，大田里机器还在出花生，和满地插花是溜花生的女人；也不断有人往收购点卖花生。料不到此地种花生比玉米多得多，此刻多是忙花生的人。

滑县老城即道口古镇，卫河桥头新立了"世界文化遗产"大运河地理标志。距此不远的南北苗固二村，三五里长街人烟十分稠密，与常见的"空壳"农村不一样。村外有黄沙冈黄土丘陵，杨树、紫穗槐、刺槐、红柳，树林荫蔽了黄河故道旧白马津，乃有名的瓠子堤所在。汉武帝元封二年（前 109）从泰山封禅归来，特地来此监督并指挥黄河决口复堤，随臣司马迁也参与了。距此不太远的李固渡，系范成大使金北上经过之地，现在是滑县王庄镇的西申寨村，与延津县毗邻交界。黄河危害远遁，刻下这一带大村大聚落，群众生产生活条件翻天覆地大变化。大小院落，晒花生晒芝麻。玉米收获早，玉米棒有用编织袋一袋一袋垒起来似城垛，有用木栅栏或芦苇篱笆围着玉米穗成舟船模样，人们待价而沽。别的地方，很难看到人民公社时期的打谷场了，这里还有，高大的花生垛子似旧年的稻谷和麦秸垛，看着就使人想起月夜捉迷藏的情景，且散发好闻的秧草及花生果的香气。花生垛比老房子还高许多。身临其境，我自然要问问今年的收成——

一亩地收获 600 斤至 800 斤花生不等。1 斤花生 2.5 元至 2.8 元左右。一亩地少的也有 1500 元左右收入。

一亩地收获玉米多则 1500 斤，少的 1200 斤。今年不兴玉米，收购价 1 斤 0.9 元，不到 1 元。不如种花生。人们看好花生种植已不是一年了，但绝对没有料到玉米价格今年大跌如此。种地人厚道心也宽，谈话间并不因一季的粮价起伏论成败，从其坚毅的脸色上看，明年玉米和花生兼种的思路不会轻易动摇。何况，土地流转使种粮大户为其负担了大部分风险。

往土地深处继续走，发现大面积种蒜的，红土似的农药拌了蒜种大蒜瓣，一亩地要300来斤蒜种。这厢老两口一前一后在施肥，复合肥多少钱一袋，我没好意思再问，怕貌似急脾气的老妇人吵我。

我说过，《诗经》注译诸本，我熟读的是华锋领衔的《诗经诠译》，下面的引文还按这一本说吧——

《小雅·大田》："大田多稼，既种既戒。既备乃事，以我覃耜。俶载南亩，播厥百谷。"

一望无际庄稼地，备好良种与农具。各项事务准备齐，新磨犁儿好锋利。松土来到向阳地，播下百谷在田里。

甘草居：刀耕火种之后，农具从上古三代的耒耜，进步到汉代的耧犁，这一步延续千年，直到新中国实现农业机械化。现在各式各样的农用机器——收割机、播种机、脱粒机、脱果机，等等，五花八门，一应俱全。当地人间或也使用改造过的旧农具，例如用铁皮焊制的播种兼施肥用的多用耧机，还靠人力拉动。甚至也有旧式的木耧，于农家小块地运用简单。

豫北北中原秋收秋种正忙，大地呈现的仿佛是一场农机与农具的混合博览会。

"不稂不莠，去其螟螣，及其蟊贼，无害我田稚。田祖有神，秉畀炎火。"

田中没有生莠草，搏杀螟虫与蝗虫，蟊贼之类全灭掉，勿使害虫食禾苗。祈求土地显神灵，捉住虫子用火烧。

甘草居：农作物与病虫害是天然矛盾。从 1970 年代开始的种子公司，小麦、玉米种子供应都经过了防虫处理，麦种是胭脂红色。青菜、菠菜和芫荽，现在用小包装种子，系青灰色大颗粒。大蒜、韭菜和芹菜，也一律需要防虫。烧荒施肥与除虫的古法不再，现在防止空气污染，每到收获季节，对焚烧秸秆严防死守。路上张挂标语，村口是戴着红袖章的人在把守，要求把火种留下。治虫全靠农药——下种时用药，生长过程中也不断用药。不用药，种子都不出苗。

"彼有不获稺，此有不敛穧。彼有遗秉，此有滞穗，伊寡妇之利。"

那边禾青未收割，这里有些被遗漏。谷捆遗落在那里，此处也有谷穗撒，拾穗寡妇她得利。

甘草居：从《诗经》到《圣经》，农妇及老弱拾取遗留的麦穗稻穗天经地义。目前性质变了，几乎是城乡妇女结伴而来，欢快进行着类似挖野菜一样的游戏和游乐。

《小雅·甫田》："曾孙之稼，如茨如梁。曾孙之庾，如坻如京。乃求千斯仓，乃求万斯箱。黍稷稻粱，农夫之庆。报以介福，万寿无疆。"

周王庄稼堆场上，如同屋顶与桥梁。周王粮囤连成片，如同山脊与高冈。需要千仓把粮藏，需要万箱来载装。黍稷稻粱都丰收，农夫个个喜洋洋。报祭神灵求福康，周王万岁永无疆。

甘草居：哎呀！这天然浑成的浪漫主义的诗句，颇有几分像当年大跃进的民歌——"稻堆堆得圆又圆，社员堆稻上了天。撕片白云揩揩汗，凑上太阳吸袋烟。"却也是刻下豫北农村秋收与仓储的纪实。

还有《豳风·七月》，《小雅·楚茨》《小雅·信南山》和《小雅·大田》，《周颂·载芟》《周颂·良耜》……同一片田野和土地，农村农民农业，延续和更新着《诗经》的故事。

2024 年 10 月 12 日于甘草居

冬天不像冬天的样子

12月底，郑州的气温一连两天又超过了上海。28日，郑州最高温9度，上海6度；29日，郑州最高温10度，上海9度。

我以手机每日天气报告的记录为依据。如果把之前的记录全统计，京沪郑三地，本月郑州"最热"更多。

棕榈和凤尾丝兰都长疯了。本世纪初，郑州人还把凤尾丝兰误认作剑麻，它五一和夏秋之交两次开花。现在，4月里在清明、谷雨之间第一次开花，凤尾丝兰很招摇地和骄傲的牡丹花相伴。然后，夏秋到冬天接着不停开花，甚至三九天春节期间还冲寒开花。本院20多年的小树林变成了绿树坞，原本冬天11月底，杂树脱叶之后很显豁，直通通可以看到南边小街上，现在不行了，杂树之泡桐、皂角，懒洋洋12月中下旬才落叶完毕。林下棕榈、夹竹桃、小叶冬青、枸骨等等，蓬蓬勃勃，巍然不动，挡住了人们的视线——自然看不穿也看不透了！

白杨在郑州，有毛白杨和新疆杨两种。我看舒飞廉的专栏多了，才知道大叶青杨在孝感也叫白杨。新疆杨是《白杨礼赞》

者，直条条往高处长，冬来 11 月齐刷刷脱叶很利索。毛白杨是本地品种，落叶迟，直追耐寒的国槐与柳树。但毛白杨与速生杨和大叶青杨因用途不一样，它现在不受待见，越来越少。速生杨、大叶青杨即青杨树，容易分割，用以制作板材及一次性筷子，用途广泛，是经济树种。现在中原地带的行道树和绿道树，包括高速公路两边用于隔离的绿化带，都是清一色青杨速生杨。小区靠近北三环，原是郊区，两头是一个村委会下属的两个自然村，南边黄家庵，北边隔着三环是马李庄。两头拆迁之后，经过六七年时间建设，现在新社区都入住了。马李庄和桑园附近，是我 20 年来精神滋养地，树木花草，花开花落，气候暖化，大气污染治理，诸如此类知识，甘草居基本上是在这一带自学获得的。马李庄现在高楼林立，大路边特地保留了当年的一株老青杨，冬至到了，青杨树它老人家朝气蓬勃还青，和端庄安静的菩萨一般。间隔一双垂柳，若童子相伴，更似绿伞模样。

再往北，黄河花园口大雪节气当天上午，俨然柳绿花红——是蔷薇和树月季花好花红，河水则绿如春水；半月后冬至下午暖日斜阳，河对岸北裹头一带河水弯曲白哗哗的，波光潋滟映着日光。滨水的菜地，大白菜肥大，冬油菜和麦苗青绿若铺锦绣。柳树依然绿着。这些年，每年元旦新年，我要到家门口花园路上电视台门口观柳，对着绿柳披拂暗自感叹——柳啊垂柳，你就这样一意孤行长下去，慢慢会变成和"花城"广州那种行道榕那样，迟至开春落叶，三五天再生新叶像变戏法那样，那样我才赞你好样的！

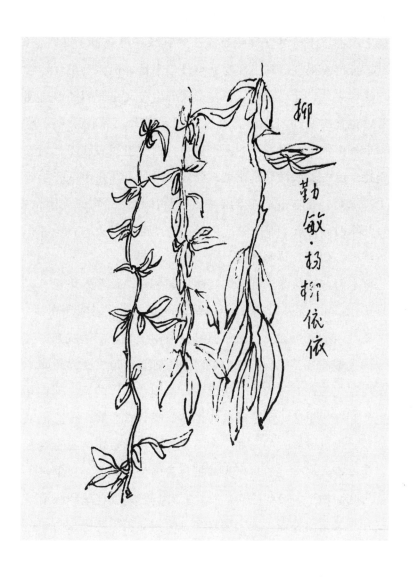

2016 年之前，法桐在郑州变红变彩色罕见。这之后，由于加大了空气污染治理力度，蓝天多了，空气日益洁净，大多数行道树之法桐，于秋冬之际变红——先黄绿，再金黄，继之变红；金红、金橙再褐红。刻下红叶品类日趋丰富，枫槭乌桕红，杉树红。水杉之外，池杉和落羽杉在东风渠生态文化公园和西流湖景区等，也连绵变红，持久美观。11 月，苏州天平山赏枫，范公祠一带好山水全是枫香树。枫香树在大别山里我看够了，满以为它坚持自己的地域性品格比乌桕要好，可是，郑州市区终于还是有了。绿荫公园不止是红千层，还实验性地弄了两棵美国枫香，经过几年时间考验，基本适应生长。冬至前我又去看，一红一青绿，红的红似火，热辣辣的。

草本何首乌与芄兰是姊妹爬藤。芄兰在《诗经》里也有。郑风是郑州一带，在河之南；卫风是河之北，正我老家所在。《卫风·芄兰》："芄兰之支，童子佩觿。虽则佩觿，能不我知。容兮遂兮，垂带悸兮。"当年在山村给牲口割草，芄兰夏天开碎米小白花白花花的，老家人叫它捞饭秧，秧读"壤"的音。何首乌蔓延生长到郑州市区，则是近些年的事。《中华本草》一直记载它是仙草，根可滋养人的，如今和马兜铃因科学鉴定含有毒性，被国家药典打入另类。但它作为绿植观赏仍是不错的。以前过了霜降就落叶而枯了，今年它 10 月才开花，花后一直绿到眼前。12 月底甘草居南窗外面，我家为它在苦楝树上斜着竖一根竹竿，乌绿何首乌如龙似蛇，精神抖擞。甲辰龙年，乙巳蛇年，这一株何首乌春天复绿新生，夏天攀援而上，经历夏秋冬，生机益然，绿在龙蛇之间。

那是 2008 年冬天，我拟叶灵凤《香港方物志》的手法写《郑州冬天的树花》，说寒林清冷，静水冻冰。12 月公园里只有蜡梅、枇杷和柊树之花。

2016 年 1 月，我之《冬树四花》曰：郑州"除了开稳当的枇杷花、腊梅花、柊树和四季桂四种树花之外，还有山茶和山玉兰值得一说"。接着又说："我是一个自觉的气候观察者。除了几本有代表性的植物学著作和花木书，手头还有本 1987 年出版的《北京气候志》，通过其中的统计不难看出，上世纪 70 年代是一个界限，北京冬天的极端气候指标，从 80 年代开始变化。90 年代以来，江南的梅花，北京都可以露天栽种并开花了。"

国家气候中心当年在专门报告中说：1983—2012 年，是过去 1 400 年来最热的 30 年。

2024 年元月，我在"五色土·知味"发表《冬季杂花生树》；12 月续写《芙蓉拒霜暖冬色》，持续跟进报道。我惊叹道，冬来 11 月，古人说的"小阳春"，郑州居然又迎来树木开花之小盛期——枇杷、柊树、四季桂、蜡梅、八角金盘、木槿、山茶、山玉兰、凤尾丝兰、月季花、红木香，等等。特别要说说古老的木槿花，《郑风·有女同车》："有女同车，颜如舜华"者也。以前木槿开花到中秋节，刻下开到立冬过后，12 月木槿还不落叶。11 月中旬，我去江门参加暨南大学教授、老同学曹云华的新书《观念共同体：海外客家人的文化认同》之发布会，南粤花正好，美丽异木棉、洋紫荆、火焰花、决明黄槐、朱槿、红千层、木芙蓉、夹竹桃五彩缤纷；蓬江两岸连绵草花似华锦带。回到郑州，天气还不冷，小区与公园里，南方草花翠芦莉、马缨丹、长春花、绣球和雄黄兰还在开，两地一模一样。最典型，郑州绿荫公园大门口移栽一株南方的红千层，12月中旬，我约好友去那里探梅，看腊梅开得怎么样，料不到那株红千层叶犹绿，树梢开花后还结籽了呢。

去年冬天，郑州雪多，并没有压倒"最热"的结论。今年至此，元旦新年"飞雪迎春到"是愿景。

曰，2015年至2024年是连续最热10年。前不久，美国外交协会网站评述本年影响世界的八件大事，头三条分别是：唐纳德·特朗普赢得美国总统选举，中东剧变，气候继续变暖。气候暖化问题，排在"人工智能的发展继续令人震惊和担忧"等之前。

气候暖化在郑州，实实在在，表现甚为突出！

2024年12月29日于甘草居

二月花朝：黄河边的花样年华

　　本世纪开头，大概从 2002 年起，每年的农历二月二左右，我附庸风雅，总急着去东南探梅。

　　原来不知道梅花花信，也没有见过图画、图案（搪瓷类器皿等）之外《诗经》所言"摽有梅"的梅花。"梅花以惊蛰为候"——这是已故的山西画家祝焘先生对我说的。说山西画家，是因为祝焘、汪伊虹夫妇在太原定居工作，二位乃职业画家。汪伊虹毕业于中央美术学院，是湖畔诗社开山汪静之的女儿。差不多每年春节元宵节之后，从太原坐火车下山，经过郑州歇歇脚，会朋友、同道，曾经也来过我家做客。他说要去看岳丈看梅花——先到南京再去杭州。祝先生是著名的花鸟画家，信奉对景写生。

　　画家和梅花的故事说不完。我一连去了苏州、南京、上海、杭州和湖州，就摸清了苏州与杭州两个香雪海的门路。吴昌硕我说过了，黄裳与盖叫天 1955 年开春结伴去邓尉探梅，事后，来燕榭用淡笔写得积极又婉致，十分令我沉醉。我邯郸学步，不止一次去邓尉山。尤难忘者，2008年春节大雪，我和朋友抛风冒雪在东南跑了一周时间，第一天夜里赶到无锡，灯映小巷，白雪堆得和瓦屋檐齐。小年夜中午由鼋头渚奔赴邓尉山，一路湖水结冰多，一阵飞雪，一阵雪霰，车子直打滑，果梅早开的小白花被冰雪冻住了。下午，人在司徒庙的廊檐下手捧热茶喘息的时候，雪子紧似冰雹，打得庙舍间的蜡梅和翠柏刷刷响。除夕登虎丘山，对着画了一纸红梅胭脂豆且抄门联，现在还保存着。

这还不说。郑州三联书店有本杨明义的书，记录黄永玉1970年代开初，为了画司徒庙后院里的"清奇古怪"，当天晚了也没有离开，凑合到供销社住一宿，翌日大清早复入庙门，用一张丈二宣纸画了一整天。我想，咱也不能示弱啊！遂与报社的记者小雨，先到南京梅花山转一圈，再大巴赶往苏州。公交跑到香雪海，下弦月都出来了，我路熟，带着他从山丘翻过去，直接来到司徒庙的旁边。彼时"农家乐"才兴，景区不许留宿。我说我俩记者，专门来采风写文章的。给东家说好话，又大大方方点了好菜"太湖三白"消费，才在楼上的硬木板床躺下。隔着窗户是梅花开。

第二天天蒙蒙亮，上到楼上大平台，"清奇古怪"开细花与梅花一并溢香。我用数码相机三百六十度猛拍一阵。过早食菜泡饭，眼看着庙祝过来开门，我们一闪身进去，吓了和尚一跳。

后来，我不用去东南了，倒不是体衰脚力软，这还不至于。是因为梅花在郑州逐渐开好开多了，家门口看花多从容啊！可仍然想念苏州的鳜鱼春笋、杭州"片儿川"、上海"老正兴"的腌笃鲜。特别是江南独有的娄蒿、马兰头。然而这两年家门口大变

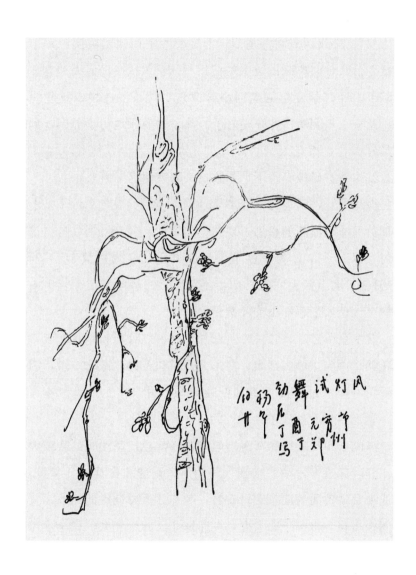

样，不仅春来花好，好吃的骤然也多起来了。

郑州梅花连年早开——今年我几次发"朋友圈"，"梅花以雨水为候"。郑州西流湖梅花节，千金梅岭赏梅熙熙攘攘，2月18日至3月3日。广武山边上的黄河梅园，3月2日盛大迎客。我们院子，经过早几年的老旧小区改造，毁了一些树，重栽一些树，就有玉蝶胭脂梅花开很好了。凡是大的绿地与小公园，到处都是好梅花，梅花玉兰一并开。一周前，甚至遇到街头移树拓宽，红梅花被斫枝弃地下，我收拾一阵束而提了回来。

梅花早开，因为近年春来早。竺可桢说，梅花和竹子是上古时期黄河流域温暖的标志，现在俨然重现。《翰墨记》曰："洛阳风俗，以二月二日为花朝节。士庶游玩，又为挑菜节。"贺铸《二月二日席上赋》："二日旧传挑菜节，一樽聊解负薪忧。向人草树有佳色，带郭江山皆胜游。"

整个夏历二月，二月二、二月十二、二月半和二月廿五，各地花朝日不同。单以洛阳、郑州、开封和黄河北豫北一带，因为地暖花开早，过年闹元宵和耍社火与二月二"龙抬头"连在一起，老百姓欢天喜地乐翻了天。

都说潮汕英歌舞和闽西抬老爷叫好，兰州和陕北的腰鼓大秧歌叫好，你过来，请君来到大河两岸，到豫北古县浚县和滑县，间或来紧贴黄河的武陟农村看看，敬神拜祖耍社火的场面，背阁抬阁踩高跷，舞狮子耍老虎，一连好几天的大气派，完全不比远处的差，甚至略胜一筹。

2月3日，立春当天去洛阳探春，蓝天白云下，满城都是过节人，都是簪花人，都是汉服仕女……夜晚月上柳梢头，洛阳古邑老街和应天门广场，灯笼灯火，流光溢彩，人流如织，美女如云。店家好吃食琳琅满目，并不逊此际江南！洛阳兴喝汤——洛阳水席和牛肉汤、驴肉汤、羊肉汤、豆腐汤、丸子汤、不翻汤，还有羊杂碎叫臭杂肝汤，哪一口喝下去都叫你美滋滋地心花怒放。城市发达繁荣了，水系发达了，市容也格外干净整洁。我问某个小区，你们咋弄得这么好这么齐楚？门口晒暖的老人来劲儿了——咱洛阳哪个小区不一样好？洛阳人感恩，打心眼里知道四方游客是送钱来了，真正活财神，店家与摊主喜笑颜开，软语待人。

郑州的羊肉烩面、胡辣汤和牛肉合子、黄河大鲤鱼等等，品位也响当当。太史公曰："昔三代之（居），皆在河洛之间"。郑洛汴当年，长期耍大牌。东南士子长途来奔，因为吃食习惯不同，屡为朝廷朝堂调侃——《洛阳伽蓝记》卷三：尚书令王肃系江东投奔北魏者，"初入国，不食羊肉及酪浆等物，常饭鲫鱼羹，渴饮茗汁。京师士子，见肃一饮一斗，号为'漏卮'。经数年已后，肃与高祖殿会，食羊肉酪粥甚多。高祖怪之，谓肃曰：'即中国之味也。羊肉何如鱼羹？茗饮何如酪浆？'肃对曰：'羊者是陆产之最，鱼者乃水族之长。所好不同，并各称珍。以味言之，是有优劣，羊比齐鲁大邦，鱼比邾莒小国，惟茗不中与酪作奴。'"高祖拓跋宏开怀大笑，因举卮曰："三三横，两两纵，谁能辩之赐金钟。"

2025 年 2 月 28 日，乙巳二月初一于甘草居

牡丹花好赖近河

　　牡丹南北皆有。南北朝时期诗人谢灵运发现永嘉（温州）山水间有牡丹花，为人津津乐道，可比他早很多，《郑风·溱洧》那"赠之以芍药"，有人认为此处芍药花即牡丹花——因为牡丹亦名木芍药。

　　不止诗家，问世于两汉的《神农本草经》，记牡丹又名鹿韭、鼠姑，"出汉中河内"。后来，因帝王帝后景象崇尚，牡丹被尊为花王，独领风骚。随即而来，若王恺石崇斗富一般，各地无不以拥有园艺牡丹而骄人。

　　固然遍地风流，据我有限的观察游历，则认为牡丹本性是黄土之花，于黄河流域开花最好最大——从上游开始，兰州和甘南临夏的河州牡丹，中游的洛阳牡丹，下游的菏泽牡丹，九曲黄河——黄河之水天上来，牡丹花若一连串明珠闪烁，光耀河山，最是称奇于华夏大地。洛阳王城公园是牡丹观赏的核心景区，那汉白玉牡丹仙子"翩若惊鸿，矫若游龙"，没有网络的时候，也是人人争到的"打卡"圣地。因为地理和气候原因，菏泽牡丹比洛阳牡丹花开略迟，但人气和知名度不输洛阳，我对那里的花神祭祀系列活动，印象深刻。

还有延安万花山。延安通向黄帝陵的大道，出了市区不远，西南杜甫川里的万花山，有木兰祠庙和牡丹花园很独特，牡丹系就地野生的优异品种。没有赶上花季，虽然我是霜秋时节在那里徘徊流连，但是朴素庄严带着北朝时期风格的花木兰祠庙、杜甫祠堂，许多古碑石刻和抗日红色文化遗迹交相辉映，也就不难想象出春来举办牡丹文化节的胜景。牡丹不畏严寒的秉性，于此也可证明。

郑汴洛一线，郑州洛阳东西遥望。310 国道和连霍高速公路并行，高低起伏，途经隧道涵洞大桥，山川自相映发，使人应接不暇，曰沿黄景观大道名副其实。1983 年 4 月，我有幸参加改革开放之后的首届洛阳牡丹花会。那几天，住在东花坛附近的市委党校，位于市区和白马寺之间，接连在浩浩人流中簇拥看花，尽管老百姓多穿着蓝色涤卡制服较呆板，照相机甚少，但是，游客和市民欢声笑语不断，管理人员来回巡视护花护不过来。那情景与场面，分明人为花狂的自然天性已显露无遗。一年接一年，随着我国综合国力越来越强，城市越来越大，公园与花园日益多元化，花会越办越好，已经升级为"中国洛阳牡丹文化节"了！2022 年当是第四十届，可惜因"新冠"疫情肆虐，官宣推迟至今年举办。

旧俗说："谷雨三朝看牡丹"，现在则清明时节花正好。因为气候变暖的态势还在持续。

牡丹

牡丹根性坚贞顽强，但牡丹开花娇贵，怕风怕雨怕晒，自古看花赏花，洛阳僧俗两界，各自事先就要搭建花棚子护花。这个传统一直延续到现在，王城公园白马寺等等，各大小花园无不精心利用现代技术搭天棚护花，努力延续牡丹花开时间。能够年复一年成功举办牡丹花会，洛阳与其他地方相比，可谓别出心裁。

"年年岁岁花相似，岁岁年年人不同。"40多年来，许多次到洛阳看花，身临其境，每次我都有新的感受。很难忘的一次是2017年4月，那几天，由《河南日报》"中原风"副刊做东，和《人民日报》"大地"、《文汇报》"笔会"、《羊城晚报》"花地"、《洛阳日报》"三彩风"等单位，在洛阳联合举办读书会，借着牡丹花会大场景迎接"世界读书日"。那一次，"笔会"主编周毅应邀也来了，兴冲冲的。好长时间了，她一直为我读书写作发表文章，助力加持。有一次，仲秋桂花季，还邀我参加《文汇报》在南京举办的笔会，介绍我拜识邵燕祥先生，先生的夫人谢文秀老师和陈四益先生，以及比我年轻许多的吴东昆、张定浩等人。我对新技术素来迟钝，电脑使用笨手笨脚，微信也用得晚，"黄永玉先生九十大寿书画展"在国家博物馆举行开幕式，我在现场用手机不停拍照，也给周毅发信息，她说你应该使用微信发"朋友圈"的。这次于洛阳重逢，她说终于满足了自己长久以来的一个心愿，不仅要好好观赏牡丹花，还要看黄河。除了开会与看花，大家还接连看了龙门石窟、汉函谷关和千唐志斋，到了与黄河近在咫尺的龙马负图寺。然而，错一步她却没有到达河畔！临走的时候她说，她还要再来，专门看一次黄河和小浪底水库。

可是，我们不知道这时她已经犯病了。回到上海以后，还在"朋友圈"里发了不少赞扬牡丹花会，对于古都洛阳的美好感受。还接龙探讨关于白居易墓园的种种话题……另外，她在《新民晚报》"夜光杯"以笔名芳菲，发表了这次美好的洛阳之行，看花访古的感想。好像换了个人，她有说不完的话似的。

然而她去了！到底没有实现旧地重游——在洛阳和北邙看黄河的愿景。而牡丹花，古迹古城、《洛阳伽蓝记》等等，是要和滚滚黄河一并看的呀！

2023 年 10 月 19 日于《中国副刊》

跋

何　频

　　这本书结集的 50 多篇文章，属于专栏性质，文气连贯，是我给老朋友《文汇报》"笔会"副刊撰文而成的第二个集子。

　　2016 年初，于大象出版社出版的《茶事一年间》，忝列李辉先生主编的"副刊文丛"问世，那是第一本。这本名之为《一边园花　一边野卉》，与上一本衔接紧密结成一对，系姊妹书。

　　从 1990 年代开始，直到现在，我能够长期在"笔会"与《文汇报》上写文章，自叹文运好。一则反映了我的文化追求，另外诚如古语所言："同于道者，道亦乐得之"。其中有年轻时候的愿景在此需要说明。

　　我在"文化大革命"中读初中和高中，地处山区，1974 年高中毕业。彼时，老家的学校里颇有几位被"下放"的老师，他们眼界高、学历高，对好读课外书的学生禁不住会高看一眼。因此，从 1970 年代上海创刊的《朝霞》和《摘译》（外国文学）发行全国，我及早就看到了。有老师经常给我看，我随后也订了，直到现在还放着一个"合订本"呢——当然是自己用铁丝穿起来的。

新世纪千禧年来后人到中年，机关工作和生活稳定，我自觉加大了读写的力度和深度，与《文汇报》《东方早报》（纸质）联系，为之写专栏可曰水到渠成。因为我读写有恒心。2012年中秋节前夕，编辑部邀我参加了在南京举行的作者联谊会，这次活动助我写作上了新台阶。从小文字到现在的专栏文章，逐渐放开了手脚。而且人脉、文缘双丰收——黄裳、邵燕祥、流沙河、黄永玉等前辈，先后因《文汇报》和"笔会"而得以与之互通声气。更有后起之秀列位，我朋友圈陆续添加了舒飞廉、张定浩，和朱航满等，彼此熟悉热络。

"笔会"系文坛"老字号"了，我认为讲究文脉承续是其重要特征。南北文人老中青，组成一个仿佛是合唱的团队，不同声部，高低协同，错落有致，大珠小珠落玉盘。我厕身其中，努力完成自己的"草木"角色，兢兢业业，一直没有掉队。邵公邵燕祥更亲切鞭策我："何频的这些写花草的文章，可以说沿袭了古代文人中一个非主流的传统，一直到'五四'以后知堂、叶圣陶、俞平伯，以至叶灵凤、周瘦鹃、张恨水一脉。"我较早找到了自己的精神归宿，安心读写，甘之如饴。说实话，退休之后心无旁骛，比专业写作者也不差。

不得不提到，2021年"7、20郑州特大暴雨"发生的时候，报纸恰好要刊登吾文《夹竹桃：南村北移的波折》，吴东昆兄和编辑部，趁势让我谈一点水灾的情况。因为断电，我手机关了，那边很着急。甫一接通，知道原委，我深受触动，于是就有了此文下面特别的一段说明。也就是从这一刻起，我意识到自己不无粗糙的文字，竟负有地域责任。

草木和自然写作"最现实"，必须接地气。作文中常常言必称"老家"，因为老家是我的草木文字之根。没有豫北的山村和农村及县城生活，我或许写不了这个题材。包括后来到武汉求学及郑州生活，"老家"这团发面的酵母，神出鬼行，常令我举一反三，随时随地为我演化出丰厚的风土民俗营养。当年编纂《北洼村志》，书成的时候，我曾很用力地写了后记《我们的祖辈，或许是一棵野皂角》。但看了又看，觉得迂腐而删去了。这里的《黄荆·酸枣·野皂角》一文，约略还有其影子在。

我变成城市人，在城市生活将近 50 年了。省会郑州，目前是中部地区后来居上的大城市了，黄河和嵩洛文化，开阔并壮我胸怀，给我启迪。我取城市化和天气暖化为视觉，记录并状描草木来说文化说变化，这和我人文社会科学的学历背景与文艺素养有关。2003 年，月季花开春孕育出花蕾是 3 月 29 日。新世纪开头那几年，大致都是这个节奏。间隔 20 余年，今年 3 月 13 日上午，我在家门口两个地点，均发现月季花与藤蔷薇一同孕育出小花蕾了，提前半个月还多一点。这是我负有使命的发现，我是认真的！

草木写作和四方游走结合，与文史掌故灵活穿插，是我继承老一辈草木与博物学者写作的新尝试。我不止写草木，但老朋友"笔会"热情地要我专写草木，义不容辞。文人的多重面相，是为一例。

承上海远东出版社抬爱，本书列入"中国作家看世界丛书"，令我十分高兴。策划人指定由我自己插图，成全并延续了我的书自我插图的一贯风格。在传统白描和植物志图画里探索个人风格，特地加那么一点写意在里边，体现了"在场性"，想来也增加了阅读的趣味与活泼。

从世纪初给《大河报》写专栏起步。2008 年以后，南北各地我写的专栏不算少，却多没有单独结集的际遇。例如，《天津日报》副刊"满庭芳"，我为之写过几十篇蛮有意思的小文章。包括在《南方都市报》《东方早报》等报刊上的"画谭新钞"专栏，数量可观，至今也有没有结集出版。而"笔会"文章，先是李辉主持的"副刊文丛"，策划之初他就想到了我。这次"中国作家看世界丛书"又是。说明了"笔会"专栏的醒目与分量。

有意思的是，去年春天，河南大学的魏华莹教授，要她的学生李诺言来采访我，假定我是散文家，随后她们又做了相应的工作，最终撰文发表。愉快的受访中，我说自己已经问世的作品，除了书话与读书随笔好几本，等等，还有两本关于野菜的作品集，再就是《文汇报》专栏文字两集——当时计划要出的，始料不及，本书竟然是我的老友黄政一仁兄来接盘操刀，这让我无比开心，也省事多了。诗人张定浩应邀作序，我们同为"笔会"门中人。吴东昆兄，是周毅之后鼓励我最多的人，平时不辞辛劳为我的文章编辑、润色，本次又全数为我辑录文章，相当于替我弄出了文稿。固然"文章合为时而著，歌诗合为事而作"。但红尘滚滚中，总要有人超拔宠赏，方能激发写作的动力。这些都是我的福，在此万分感激。

何频

2025 年 3 月 19 日，春分前一天于郑州甘草居